提前退休3

坐郵輪遊

冰島、大西洋、太平洋

項明生

「旅遊」（Tourism）到
「旅行」（Travel）之第一人

香港的旅遊達人，70年代的前輩有遲寶倫和簡而清，當時香港經濟起飛，中產階級湧現，香港人湧往「鐵塔凌雲」的巴黎、「富士聳峙」的日本，初驚世界之大、瀛宇之闊，唯地平線限於西方大城市。

今日的專業旅行家項明生，則進一步開拓視野，足跡由北極圈都南美的安第斯山，由日本櫻花的深度美學到東歐前南斯拉夫的戰火廢墟，而且不在限於探討食宿消費的價格，而在旅行之間探討人生的意義和人性的真諦。

項明生是將香港人習知的「旅遊」（Tourism）提昇到世界公民的「旅行」（Travel）精神層次之第一人。項明生的旅行有強烈的性格探索風格、品味追尋的渴求，融「見識」與「通識」於眼界的一體，超越「消費」與「消遣」的生理局限，遨遊於天地人三界之間，神遊於東西南北八荒之外，不但有哥倫布和魯濱遜發現新大陸式的歡奮刺激，復有老莊和徐霞客的慎獨逍遙。

項氏旅行，在大中華區，品牌僅此一家。他對世事萬物的好奇、大千色相的熱愛，於自然蒼生的崇敬，浪跡神遊的追求，恆持不變，歷劫不衰。每一次倦歸自海角，或即將啟程天涯，項明生總身披一縷太平洋的煙雲，眼爍南極星的異彩，對

眾人訴説着他一千零一夜的荒漠故事和九九八十一難的恆河沙劫。如杜甫逢李龜年，李白送別汪倫，香港因有此赤子，獅山維港連接了五洲四海；中文的閱讀因有此異士，唐僧的悟慧有了傳人。

陶傑

與項公子結緣於郵輪

我的「新老友」項公子又新出郵輪書請我作序文，我樂於應命。我想到，將來在香港推廣郵輪旅遊的大任，一定要靠賴他的生花妙筆了。

之所以說「新」老友，是因為我雖和他認識不太久，但感覺上已是無話不談的老朋友了。我和他的結識過程，已見於這本書中他的生花妙筆。真是難得的緣份，那次團體旅行我原本是不參加的。不過，也許我要補充一下，我之所以事前表示不參加團體活動，不是因為我如此的反社會，而是我不知道團友們會是誰。結果發現原來很多位都本來就是老友。當然，最大的緣份，是我竟然會在這樣的情況下認識了項明生。

哈哈，項公子之名是我給起的，因為從他的衣着、舉止，甚至排場，都不禁使我想起屬於我及更早的世代，但今天已式微的公子們。我更羨慕的是他的青春常駐！

除了那次見面外，我和 James 後來在香港和北京都一再聚會過。我覺得項公子的為人，兼具傳統中國人的人情味，和現代香港人的效率。項公子當年來港白手興家，已是港式的成功故事，足以傳誦一時。但我最高興的是，他保留了只有傳統中國人才有的人情味，或曰義氣。我也住在北京，覺得今天在大陸，還是有香港缺乏的人情味的。我樂於和他交朋友，是因為我認為項公子保有大陸人的所有優點，而沒有他們的缺點。他的成功絕非偶然。

項公子的寫作非常用心，資料豐富而在文字中注入了他多姿多彩的生活感，讀他的書恍如與他同遊。買這本書就像有此機會，洛陽紙貴只是意料中事。

　　　　　　　　　　古鎮煌

自序
藍色文明之舟

　　作為面向黃土背向天的黃種人，自稱是黃帝的後裔，喝的是混沌黃河水，一生奮鬥就是眼前那幾寸黃土地。最能耐的黃種人就黃袍加身，住進黃色琉璃瓦大殿，但最終統統共赴黃泉！黑格爾曾經說過：「平凡的土地，平凡的平原流域，把人類束縛在土地上，把他們捲入無窮的依賴性裏邊，但是大海卻挾着人類超越了那些思想和行動的有限圈子。」

　　滄海之闊，打開了孫中山的眼界；輪舟之奇，令國父明白了黃土高原小農經濟的不足。中國，於是才痛苦地被迫告別了兩千多年的封建時代。波瀾壯闊的中國近代史，由此揭幕。

　　作為一個陸地民族小孩，大海是我的啟蒙老師，人看得遠，思想才宏觀。近年我愛上了坐郵輪，每年坐十次八次橫越大江大海，令我跳出黃土儒家文明。在郵輪上，可以擁有 360 度的無際空間，讓我的思緒馳騁上下五千年也無阻礙。遇上天氣好之時，更加不止水平視野的環迴全景 Mode，連頭上的藍天白雲穹頂，也一覽無遺，還未計日升月沉、辰宿列張的壯觀。

　　前年初版《提前退休！坐郵輪遊世界》，書中介紹了怎麼選擇郵輪，跟郵輪天書 *Berlitz Cruising & Cruise Ship* 之五星分類、收費、怎麼選擇目的地、國際郵輪聯會的市場調查趨勢等入門知識，還有自己的七個郵輪之旅：水晶郵輪地中海遊、水晶郵輪波羅的海遊、公主郵輪北美楓葉遊、公主郵輪巴拿馬運河遊、麗星郵輪台灣遊、Hurtigruten 南極半島遊、Hurtigruten 北極追光遊。

去年初版《提前退休 2！坐河船遊世界》，更榮獲有「出版界奧斯卡」之稱的金閱獎。海洋文明是當今的天之驕子，但人類的發源地，卻是「明日黃花」的河流文明。小小河船，正好是尋幽探秘、沿歷史長河逆流而上的最佳載體，記錄了歐洲五星河船，包括 Uniworld 春遊多瑙河、Tauck 萊茵河聖誕市場之旅、Luftner 荷蘭鬱金香之旅、Dreamboat 法南薰衣草之旅。還有亞非洲河船，包括 Road to Mandalay 緬甸伊洛瓦底江遊、埃及尼羅河遊及越南下龍灣帆船遊。

　　今年一如以往，我跟 *Berlitz Cruising & Cruise Ship* 2017年版，將我坐過的郵輪分類，並在本書中和大家一一道來：

　　1、最佳大型度假郵輪 Cunard 冠達郵輪（瑪麗皇后二號）：大西洋加那利群島、西葡（十三日）。

　　2、四星探險型郵輪──Silversea 銀海郵輪（Discovery號）：第八大洲（紐西蘭）及美拉尼西亞（十六日）。

　　3、首個亞洲豪華郵輪品牌──星夢郵輪（雲頂夢號）：由船廠到登台表演（由於剛落水，Berlitz 未有評級）

　　4、三星探險型郵輪──Hurtigruten（Fram 號）：冰島環島遊（十一日）。

　　5、三星大型度假郵輪──皇家加勒比（海洋航行者號）：沖繩（四日）

　　由於我已提前退休，一年大假不多不少為 365 天，所以我通常會自己附加 pre-cruise 或 post-cruise 的旅程，特別是需

要搭長途飛機的異地上船 Flight cruise。第一章最後附加了倫敦；第二章前面加了奧克蘭，後面加了斐濟；第三章加了德國漢堡；第四章加了哥本哈根、雷克雅維克；第五章因為是香港來回的四天三夜旅程，是為最短。

　　本來還有一個坐 Croisi Europe 小型郵輪，走過巴爾幹烽火半島的有趣行程，最後埋稿時才發現此船原來是一條「三文魚」！*Berlitz Cruising & Cruise Ship* 無此船，另一本 *Berlize River Cruise in Europe* 也無此船。此船原為河船，但行走的克羅地亞、黑山海岸，雖然無風無浪，實際上是海域。那這條鹹淡水交界的河船，我還是放進明年的《提前退休 4！坐河船遊世界》吧！

目 錄

第一章

瑪麗皇后二號：
大西洋加那利群島

瑪麗皇后二號是全球碩果僅存
唯一的 Ocean Liner

世界經濟中心曾經長期是地中海，由五千年前的埃及，到希臘、羅馬，以及絲路的終點：威尼斯。15世紀大西洋邊陲的葡萄牙、西班牙，開拓了大西洋，發現了新大陸，世界經濟中心才由地中海轉到大西洋。大西洋光輝了五百年，直到戰後美、日、中依次崛起，世界經濟中心又移到了這三國共享的太平洋。這轉移之中，只有美國左右逢源，獨佔雙洋，而中、日先天從來都沒有大西洋的份，注定我們對這個大洋異常陌生。

我的血統，到底還流動着遊牧民族的血液，不肯滯留在此。我這年齡，還悸動着流浪者的冒險因子，不甘心拋錨。這刻只有一種東西，還可以撩動滄海桑田的沉睡心房——當看到瑪麗皇后二號（Queen Mary 2，簡稱 QM2）郵輪的大西洋行程時，令我興奮莫名。

大西洋的某個角落、三個大陸之間、非歐美洲的匯流之處，藏匿着八座火山島，份屬《北非諜影》摩洛哥的鄰居，處西南邊一百公里而已。然而它和這個近鄰卻沒有任何血緣關係，因為這八座火山島在五百年前的大航海時代，已經被一千多公里外的西班牙和葡萄牙佔領並殖民。七座火山島成為了西班牙王室的地盤，命名為加那利群島（Canary Islands），現在仍是西班牙的一個自治區。和南美洲的巴西命運一樣，只有一個 Madeira 群島成了葡萄牙王室的囊中物。

加那利群島，非洲西北岸外的火山群，冬暖夏涼景色優美，是西班牙最有名的旅遊地之一。遠約二千一百年前，茅利塔尼亞國王發現島上有很多身軀巨大的狗，故稱之「狗島」，也有説法指島上原居民崇拜狗，將狗當做神聖的動物。

航海大發現時，這些被歐洲搶走的非洲外海孤兒自然成了航海家的中途落腳點。例如哥倫布在發現美洲之前，就在這裏住過一段時間。航海大發現結束後，這些緯度和香港相差六度的亞熱帶小島就成為了北歐人的避寒勝地，包括邱吉爾、茜茜公主等。對亞洲人而言，在地球對面的亞洲，這些火山島就像火星一樣遙不可及，曾到訪的唯一名

這次旅程有陶傑作伴，肯定獲益良多！

人代表就是「我的故鄉在遠方」，到處流浪的三毛了。

這裏就是三毛與荷西的家、他們的夢想世界、人生的終點。

郵輪始祖

河流文明是昨日的落泊黃花，海洋文明是當今的天之驕子。今天連陸地民族也要講「一帶一路」，歷史上唐詩宋詞中無數謳歌長江黃河的文人墨客，看都不肯看一眼的海洋，到了哥倫布時代，成就了大航海時代。曾經輝煌過的河流文明包括兩河文明、尼羅河文明、恆河文明和黃河文明，紛紛成為海洋民族旗下的殖民地。一江春水向東流，長江不肯向西流。到了 16 世紀，河流文明被海洋文明徹底騎劫了。

海洋民族的祖先是維京海盜，由葡萄牙和西班牙領軍，荷蘭英國接力，挪威殿後，一一征服了世界的五大洋。由戰船、到交通工具、到嶄新的旅遊方式，必須要提一提郵輪之父：Cunard 先生。喜歡坐郵

輪的人一定聽過他的名字，他父母是英國皇室效忠派，美國獨立後，全家移民到英國管治下的加拿大。年輕的他預見了蒸汽船的商機，清朝時在加拿大 Halifax 建立了龐大船隊，就叫 Cunard Line，跨越大西洋，往來祖家英國，他改變了新舊世界的交通，被稱為「蒸汽獅子」。1839 年他獲得了英國第一個跨大西洋郵件業務的合約，船名前綴都有 RMS（Royal Mail Ship）字眼，代表 Royal Mail（英國皇家郵政），委託他們運送郵件，故稱「郵」輪。19 世紀到 20 世紀中，Ocean Liner 跨洋郵輪風光一時，成千上萬歐洲移民乘坐這種唯一的交通工具，前往新世界的美洲找尋新生活。現在美國最大的白人族裔為德裔，就是百年前數以百萬計德國人坐郵輪 Hamburg America Liner，由漢堡到紐約登陸。例如 Cunard 就運載了 250 萬英國人跨越大西洋，移民北美洲。

這一切歷史和亞洲沒有太多關係，天朝有絲綢之路已經足夠。所以今天歐美人士對跨洋郵輪有深厚情意結，就像中國人比意大利人更熟悉馬可波羅一樣。百年前我們的祖先沒有機會以這種跨洋郵輪方式漂洋過海，所以甚少這方面中文資料，我正好藉此機會親身惡補。

親身在郵輪上惡補如何坐船漂洋過海

世界上唯一之花

當看到船公司的行程時，上面滿是陌生的地名：Madeira、Tenerife、Lanzarote、Gran Canaria，我就尖叫出來。連發音也不會的地名，更加令我興奮莫名、蠢蠢欲動。人不如舊，旅遊地點不如新，我馬上報名參加了這個行程中連港口名字都沒有聽過的郵輪之旅。

地點是陌生得來帶有完美、異國得來還很安全的大加那利島 Gran Canaria。那這船就活脫脫是錦上添花、世界上唯一的一朵大馬士革玫瑰了。

這艘不是郵輪 Cruise，這艘是 Ocean Liner。

根據全球最大的郵輪協會 CLIA 每年的會員調查報告統計，現在 CLIA 會員有 410 艘船（比 Berlitz 計分的 280 艘船還多）。大部份都是 Holiday ship，或稱 cruise，即是度假郵輪。

另一種明日黃花叫 Ocean Liner，功能是渡過大洋，曾經擔任跨越大西洋的交通工具超過一個世紀。其硬件要求比 Holiday ship 要高很多，包括能抵抗風浪的設計、足夠燃油連續維持五天以上等等。始作俑者的 Ocean Liner 是 Cunard，令 Ocean Liner 聲名大噪的是 Titanic。

環顧今天四百多艘郵輪每天圍着各大海域來回地轉，碩果僅存的 Ocean Liner，就是由英女皇命名、正統藍血的 Queen Mary 2！她於 2003 年建造時是最高、寬、長和噸位最大的客船，體積比鐵達尼號差不多大一倍，也是現今唯一仍運行的 Ocean Liner。它沒有復古地使用蒸汽引擎，而是採用勞斯萊斯的燃氣渦輪引擎等推動，更寧靜可靠。

能夠登上這艘傳奇郵輪，怎麼不叫我這個郵輪迷癡醉、萬分期望？這個瑪麗皇后不是著名的 Bloody Mary，而是 Mary of Teck，即是喬治五世的皇后，兒子包括不愛江山愛美人的愛德華八世，孫女包括現在英女皇伊利沙白二世。而這位藍血貴族就曾於 2007 年到訪香港，欣賞過我們的幻彩詠香江，然後瀟灑地華麗轉身前往獅城。

QM2 於 2003 年建造時是最高、寬、長和噸位最大的客船，體積比鐵達尼號差不多大一倍。

遠洋郵輪黃金時代

　　清末民初、直到二戰，天朝生靈塗炭，皇帝到老百姓都要逃難，誰會有閒情去外國旅遊或移民？那時，卻就是跨越歐美之間 Ocean Liner 遠洋郵輪最興盛的黃金時代。1840 年郵輪之父 Cunard 的第一艘蒸汽船 Britannia，首次由英國利物浦出發，用 8.5 海里船速，花了十四天跨越大西洋，到達美國紐約。過了兩年，英國海軍跨越印度洋、太平洋，敲開清朝的大門，清廷割讓香港。

　　一戰後經濟大蕭條，美國在 1929 年收緊歐洲移民限制。由於跨洋郵輪船身吃水深，很多淺水港口進不去。船艙設計目的為了搭乘最多數量乘客，很多無窗下等客房（即是《鐵達尼號》中 Jack 住的那種），不利和舒適設計目的的 holiday ship 郵輪相競爭。所以，當時運送移民

為主要客源的德法意加等國的跨洋郵輪紛紛轉型，成為以遊客為客源的郵輪。Cunard 的對手是英國的 White Star（白星）郵輪，其旗下的豪華郵輪：鐵達尼號在 1912 年沉沒後，被 Cunard 收購，二戰後白星品牌淡出，剩下 Cunard。

二戰後，跨洋郵輪成為明星、皇室、外交人員及遊客的至愛，Cunard 有 12 艘跨洋郵輪穿梭大西洋。黃金時代直到 1959 年，第一架飛機飛越大西洋，進入 Jet Age，民航成為郵輪殺手，郵輪作為交通工具，速度無法對抗飛機，進入寒冬。大部份跨洋郵輪都永遠拋錨，成為水上酒店，1967 年 QM 退役，成為紐約長灘的酒店，1961 年日本 Hikawa 成為博物館。郵輪業的絕處反擊，是將交通工具的本身功能，變身成為一種度假方式。70 年代的電視劇《Love Boat》更將公主郵輪拍成一個海洋上的浪漫勝地。至今公主郵輪上，仍然有 Cunard 郵輪的黑白相片海報，因為兩家公司均屬世界最大的郵輪集團——嘉年華（Carnival）旗下。

二戰後，跨洋郵輪成為明星、皇室、外交人員及遊客的至愛。

千古風雅名船

俱往矣，大西洋的巨浪淘盡，千古風雅名船。

當今世界上有四百多艘郵輪運作 Cruising，但只有一艘郵輪仍然操百年故業的 Ocean Liner。中文可能比較混淆，跨洋郵輪是 Ocean Liner，郵輪是 Cruise，英文的分別楚河漢界。Liner 是定期來往不同港口的服務，而 Ocean Liner 指跨海洋的長途跨洋郵輪。

QM2 是歷史最悠久（一百七十五年）的郵輪品牌 Cunard 旗下，2004 年下水之時破了眾多世界紀錄（最大、最長、最高、最貴），堪稱世界名船的。QM2 現在仍然主要行走該公司曾經擁有的「鐵達尼號」路線——跨大西洋線，由英國坐船七天到美國東岸紐約，或五天到加拿大 Halifax。

跨洋郵輪並不是一種廣告手法，而且跨越大西洋絕非太平洋、印度洋那麼簡單。首先，多天連續不能補給，因為由倫敦到紐約的海路沒有小島，燃油、食物都需要額外儲備。速度更加冠絕所有郵輪，Blue Riband 就是指跨洋最快速的郵船。過去百多年，歐美各國都爭相建造更快的郵船，最早是 1837 年初航的十五天，到十天、七天到現在 QM2 的五天。以往德英加各國船公司為一爭 Blue Riband 殊榮，像奧運選手一樣，贏了就舉國歡騰。現在大西洋的汪洋大海中，只有這艘唯一的選手，以 30 海里時速，無敵最是寂寞。其他最新巨型郵輪，例如 Oasis of the Sea，時速是 22.6 海里。

大西洋又名綠色魔鬼，因為風高浪大冰川多，鐵達尼號就是悲劇，所以甲板需要特別高，船身必須用比任何郵輪都厚一倍的鋼板。當年嘉年華買下 Cunard 後，最後的跨洋郵輪已經是 1969 年的 QE2（伊利沙白女王二號）。嘉年華主席 Micky 童年時坐過跨洋郵輪，所以有情意結，決定建造一艘現代化的豪華跨洋郵輪，這是三十多年第一次有新跨洋郵輪下水。

四年時間，豪擲九億美元，打造破盡世界紀錄，不止最快、最大、最安全，為了滿足「最豪華」而首次為跨洋郵輪加上露台的代價，這艘巨無霸寬過巴拿馬運河了！無法穿越該運河，只能兜圈經合恩角。但合恩角風高浪急，又叫魔鬼海峽，對 QM2 的穩定性構成風險。這艘名船傳奇性的建造過程，例如船身用比任何郵輪都厚一倍的鋼板，所用鋼材比同等郵輪多四成。《國家地理雜誌》花費四年將其建造過程拍攝成紀錄片《Mega Structure of QM2》，也算是威風一時。

　　作為有史以來停泊香港最大的郵輪，QM2 耗資九億美元，巨無霸長達 345 米，長度比巴黎鐵塔的高度還長 45 米。高度 72 米，相當於廿多層樓，內裏有 15 間餐廳酒吧、五個游泳池、載客量 2,620 人、船員 1,253 人。

　　郵輪不時進行四個月的環球之旅，停香港一晚。這艘以其祖母命名的名船，曾招待過英女皇伊利沙伯二世。我去年有幸獲嘉年華香港高層 Nancy 邀登船吃晚餐，上去參觀。到處都是英女皇、皇太后的簽名相片、雕像，光是這份大英皇室光環，就足以令 QM2 鶴立雞群，與眾不同。其他郵輪以明星乘客為招徠，QM2 就是英美法各國元首的海上行宮，曾經 2004 年被徵用兩週招呼各大國元首去參觀雅典奧運。

郵輪上的泳池有時還不及陽光受歡迎

郵輪從哪裏來？

我曾坐公主郵輪到達加拿大哈利法克斯（Halifax），相對上一站魁北克是「新法國」（上加拿大）的首都，這裏是「新英國」（下加拿大）的起點，也是「新蘇格蘭」（Nova Scotia 省）的省會。英國人修建的哈利法克斯和法國人同期修建的魁北克，外觀上就不一樣。法國人的建築像女生，溫柔而漂亮。英國人的城市像男人，剛強而實用。

下船，碼頭旁邊就是一公里長的 Harbour Walk，這裏是 18 世紀英國移民登陸的港口，有一個紀念雕像，愁眉深鎖的男人手提小行李箱，舉腳邁前。身後的妻兒在英國老家，千里送別。那時漂洋過海去美加創業的移民，都是沒辦法為生活要離妻別子的窮人。想不到，過了二百年，他們後代在美加的生活已經好過祖家了。

另一雕像是哈利法克斯驕傲的兒子：Cunard 先生（1787 到 1865年），自 1839 年獲得了英國第一個跨大西洋郵件業務的合約，Cunard便成了著名郵輪品牌，運作至今。

Cunard 和鐵達尼號

三十年後，Cunard 碰上一個倒楣的挑戰者。1868 年，英國的White Star（白星）郵輪加入競爭，大家對這家已倒閉的公司很陌生，但一定聽過其旗下的豪華郵輪：鐵達尼號。鐵達尼號和 Cunard 一樣，船名前綴都有 RMS（Royal Mail Ship）字眼。

1912 年，當時世上最大也最豪華、號稱永不沉沒的鐵達尼號由倫敦開往紐約，五天後就戲劇地沉沒在 Halifax 外港。船沉沒後，白星也一沉不起，後更被 Cunard 收購。

Halifax 海事博物院就有著名的 Titanic 展覽，包括撈上來的鐵達尼

號上的大堂樓梯木扶手。對，就是 Rose 和 Jack 初次見面的那一幕場景。木製扶手精雕細琢，保存完好，如果你相信這個感動全球的愛情故事，彷彿就可以看到 Rose 的纖纖玉手，曾經放在這個凝結時光的扶手上。

還有木製躺椅，記得在電影中，Rose 躺在頭等艙甲板上的這種躺椅看書。印有白星 logo 的純銀餐具、骨瓷器、細木家具等，細訴這個倒楣而悲壯的郵輪品牌。外國人沒有中國人那麼迷信，公主郵輪就組織乘客來看這個沉船展，船上酒吧還晚晚高唱《My Heart Will Go On》！

看着 Cunard 郵輪的舊式相片海報，耳邊彷彿傳來縷縷《My heart will go on》的音樂聲！

廿年進化史

今年是 Cunard 跨洋航行一百七十五週年，我幸運地登上了這艘享譽世紀的最後一艘跨洋郵輪：QM2。

為了「最後的貴族」郵輪兩週之旅，我準備了晚餐正裝穿着的 Texudo、絲絨外套、西裝褸、西裝背心、Shirt、西褲若干；主題之夜的軍褸、唐裝等；應付白天觀光的麻質西裝褸、短褲、七分褲（最熱 25 度），以及大褸、乾濕褸、Fleece、雨褸、圍巾等（最冷 5 度）。

尚未計算 accessories，包括三條皮帶、三隻錶、領呔及 bow tie 若干、絨帽草帽及 cap 帽、皮鞋、帆船鞋等。基本上將香港全年有機會穿的衣物都放進最大的 32 吋新秀麗唸。因為這次郵輪不止正裝之夜多，跨越 24 度緯度，全程氣溫相差 20 度。

回想當天我是只有一件 T 恤一條短褲一對拖鞋走遍歐洲的背囊客。從 T 恤短褲進化到滿滿一唸衣物的豪華郵輪客，別人可能要用四十年時間，六十歲退休時才會上豪華郵輪着 Texudo 跳 Ballroom Dance，我只用了廿年時間，比別人用少了一倍的時間；不過，我付出的是比別人多不止一倍的努力。

QM2 的房間設有露台，讓乘客更寫意地享受景色。

他鄉遇新知故友

搭乘瑞士航空到英國上船。時值 12 月，每位乘客都收到聖誕禮物，裏面是梳洗用品。機程十多小時，吃完飯就睡，終於在上午九點到達倫敦。Cunard 職員來迎接我，不過還是要付出 59 美金的巴士費用和一個半小時的車程才到達 Southampton 碼頭。

Southampton 碼頭大名鼎鼎，因為這兒就是 1912 年鐵達尼號啟航之地。

北風凜冽，海邊小屋後面，屹立着巨無霸的紅黑鋼鐵巨人！又高又長，比我平時見過的郵輪更為宏偉。這是一個現代化的郵輪碼頭，沒有一戰前夕人潮湧湧的兵荒馬亂，所以也沒有當年的 Jack 和 Rose ！

　　Check in 後上船，去 King's Court 吃自助午餐，有小龍蝦、冷蝦，有驚喜。兩時半在 Todd Room 有 Welcome Cocktail，見到這次其他團友：主人家 Nancy、陶傑、郵輪界老前輩古鎮煌、Jetour 老闆 Ronnie 等老朋友。

　　我和古鎮煌神交多年，曾為欄友，他的郵輪書也是我的啟蒙老師。想不到他也曾經讀過我的專欄，一見如故，雞啄不斷。在 Britannia 晚餐，我們一邊吃，一邊聊天。由 ISIS 到巴黎，由瑪麗皇后到現代香港。我問陶傑看好誰會做下一任特首？「你去馬騮山隨便找一個馬騮，黃袍加身，全港市民都會拍爛手掌，因為一定總比現任官員好！」陶傑笑說。哄堂大笑之中，結束了完美一餐。一班新知舊雨，為這次郵輪之旅揭開了吹水的序幕。

第一晚新知舊友已聚首一堂，這次郵輪之旅必定口水多過浪花！

日出大西洋

在 Cunard 的第二天是航海日，拉開窗簾，打開露台的落地窗，180 度的滄海，一眼看不完。平靜的天際線接駁着未睡醒的天空，掛着一芽桔子似的清月如水，渾然忘記了大西洋冷颼颼的晨曦海風，吹得睡袍也飛起。

我住在 11 樓的露台房間，走上去 13 樓，就是頂層甲板。空無一人，跑了兩個圈，見到船頭下面有個漂亮的方形戶外泳池。池邊的菲律賓籍員工身穿黑色 Cunard 風衣，還在抖擻。我脫了睡袍，一頭就埋進水中。泳池水不算太冷，也不大，游五下就到邊了。因為位於高層八樓，水跟着船的節奏而搖擺，甚至出現一呎高的風浪。天邊那一彎沒有血色的淡月，還是那麼寂寞靜謐。

泳池旁邊有按摩池，一跳進去，暖水就打通了任督二脈，灰灰的天空開始起床化妝了。塗上拉斐爾的天使油畫中那種嬰兒服裝的粉嫩粉藍色。天邊那幾朵沒人留意的灰白色雲朵，瞬間變身成金光閃閃的彩霞。霞邊耀眼地綑上紅寶石一樣奪目的花邊。我期待下一分鐘，拉斐爾的小天使會從粉藍背景的金光彩霞中飛出來。結果，是一個圓潤如西瓜的彩雲，彈破而出，光芒四射，直達萬丈，耀眼得不能直視。一看錶，早上八時二十分，日出大西洋。

每天晨曦，太陽為我們帶來新的一天，新的希望，無限能量，我實在應該珍惜，不應將天賜的正面能量，浪費在無聊或沒有建樹的事物上。

躺在按摩池內看日出，夫復何求？

與古鎮煌早餐

游完水回房，在走廊遇到古鎮煌。他問我要不要一齊早餐？古先生自稱是 Anti Social 人士，每次上船他都獨來獨往，連昨晚主人家 Nancy 安排的晚宴他也拒絕參加，想不到他願意和我這個後輩吃飯。我們去三樓 Britannia 吃 Sit Down 早餐。

「我今年已經坐了七次郵輪！這次的加那利群島也已經來過三次。雖然住在歐洲，但最不喜歡英國人的種族歧視。我在郵輪上從來不和外國人搭枱，要和自大的老外應酬最辛苦。我上次坐船，連續十晚都自己一個人吃飯，最後一晚旁邊的外國女士才問我想不想一齊吃飯？」

我們叫了橙汁，他喝了一口已經斷定：「應該是鮮榨！」一問，果然正確。Britannia 是 QM2 上面的經濟艙餐廳，還未算是商務艙的頭等艙 Grill 的餐廳。這種水準的早餐，的確超班！他叫了煎魚、pancake，全部吃光。我叫了 egg benedict，份量超大，蛋煮得很嫩。

作為郵輪界權威，他為我分析了十多個不同級數、價位郵輪的優

能與前輩兼偶像一起吃早餐，簡直是夢想成真！

劣長短，如數家珍，倒背如流。想不到他也有留意到我的作品，問我有關河船的經驗。由四千港幣的大眾四星郵輪，到四萬港幣的五星郵輪，他都幫襯過。就像有人同時吃麥當勞早餐、茶餐廳午餐、吃米芝蓮晚餐，他的「郵輪光譜」覆蓋了所有價位和檔次。加上已經以郵輪為家，這是我最為羨慕的生活方式。和這位久仰的郵輪界前輩共晉早餐，吃了甚麼已經不重要。

與陶傑午餐

坐上世界唯一的跨洋郵輪，前往當今地球村買少見少的異國風情小島，完美得來令人豔羨，還欠甚麼嗎？

旅！伴！

風趣的旅伴，令寒冷的冬天也充滿和熙的春風。睿智的朋友，更加像是冬夜裏的熊熊柴火，帶來光明和進步。

我由兩年前棄商從文，見賢思齊。專欄作家之中，中文上佳的不少，英文深厚的也有，融會貫通的人不多。這個人人都是博覽五車的google 年代，左抄右抄網絡維基炒成一碟當專欄的人也有，但有獨家見地、沒有互聯網也任意游弋五千年東西文化、敢得罪權貴、風趣幽默的人屈指可數。

與郵輪界前輩古鎮煌吃完早餐後，中午又有幸和陶傑吃飯。我們望着汪洋大海，談起孫中山當年由香山坐船去檀香山，由背向黃土，變成面向大海，「始見輪舟之奇，滄海之闊，自是有慕西學之心，窮天地之想。」國父因為上了跨洋郵輪了，目睹西方現代化，才想到要推倒清政府。

我想起明清時，片板不准進海，當時陸地民族到了大洋，應該是多大的震撼？

「這間 Britannia 餐廳是 QM2 的經濟艙，即是 Jack 坐的那種，你看，食客穿戴得那麼好，怎麼和《鐵達尼號》不同了？」我不太明白。

「這是馬克思打錯算盤了。他不知道資本主義社會工人的兒子不一定是工人，可以靠良好教育做工程師、會計師。升呢中產了，上郵輪也變得 classy ！」陶傑說。

「你看，經濟艙的碟子也是用 Wedgwood ！」我翻起茶杯下面的杯碟底。

「拍《鐵達尼號》時 James Cameron 就是要用真東西，一場沉船戲就打爛了幾千隻名牌瓷碟，搞到電影超支！」

地理加時間，才是真正的旅遊。穿梭世界各大洲，飛翔於五千年的歷史，這樣的遊記才好看。如果看見眼前的這碟意粉是意粉，那只是口腔期。運用大腦穿梭時空，才打開另一扇窗戶，要多遠有多遠。

旅遊和寫作，是人生的另類延伸。

飯後我們又一齊去甲板散步，我抓緊時間，向他請教人生哲理。從郵輪文化，講到海洋民族特性。英國是海洋民族，新加坡也算是，雖然主流是華人社會，但因為面向馬六甲，堅持不赤化。不過在李光耀家長統治下，規規矩矩做個醫生會計師沒有問題，但是做創作、藝術家就會覺得諸多限制，不少年輕人寧願向外闖，因為他們不喜歡有個家長管制。

陶傑的話題穿梭中外古今，視野比窗外的大海更遼闊。

學語言猶如習武功

晚上是正裝之夜，晚餐在八樓 Todd English。見餐廳叫 English，陶傑於是講語言都是武器，而英語是最強大的利器，特別是英國英語。他舉例自己過境美國海關時，被問來美目的。他說表格上已寫「Vocation」，關員問甚麼假期？他回這是私隱。關員窮追猛打，他用英國英語說來美幽會一個 Caucasian 中年男人，因為美國是一個以 Liberty 建國的國家，嚇到關員立即蓋章放行。

中英文作為武器也有區別，例如大媽的行為舉止，英文叫 Eyesore，廣東話可以叫眼冤，普通話沒有這個字，所以大媽就永遠不懂，會一直令人 Eyesore 下去；而小甜甜送身家給陳振聰，英文叫 Stalking，是一種精神病。

至於中文則另闢蹊徑，由於中文是世界上唯一仍然流通的象形文字，寫成文字和詩句，一入目，畫面已經較字母文字勝幾籌。

我們邊談邊吃，頭盤是帶子千層酥，主菜為煎帶子。陶傑食量不大，分了他的一半羊架給我。他的酒量也不大，Nancy 和 Ronnie 各開了一支紅酒。甜品為合桃雪糕，最後奉上朱古力。

正裝之夜人人化身 Ladies and Gentlemen

航海之日大豐收

晚餐後在 Queen Room 有「恰恰之夜」,眾人盛裝出席。這個舞池號稱海上最大,舞池中和觀眾席高朋滿座!現場樂隊奏出大量西班牙語歌曲! Nancy 和先生 Girbert 聞歌起舞,已經十一點半,平時這時間我早已上床。昏昏欲睡之際,和 Nancy 下屬 Vanessa 先行告辭,我們去空無一人的大堂和樓梯跟聖誕裝飾拍照。原來這幾個可愛的聖誕裝飾卡通雕像值幾萬英鎊,出自名家之手。

今天全日航海,我原本準備了書籍、電腦,想寫稿打發時間,原來是多餘,由早到晚,節目滿滿,口腹之慾滿足之後,心靈在才子日夜熏陶之下得以提升,應該是我大學畢業後學習收穫最豐富的時候。

這些聖誕裝飾卡通雕像如此可愛,我當然不能比下去!

烏雲中的金光

　　Cunard 的第三天仍然是航海日，七點鐘便醒來，上 13 樓甲板跑步，晨曦昏暗，冷風颼颼。碰到陶傑，他拿着報紙，找健身室。甲板上的員工都穿上厚厚風褸，只有我們兩人穿 T 恤短褲。

　　跑完步去游泳，今天風浪頗大，泳池水盪盪漾漾，湧出池邊，就像在海中游泳一樣。漫天烏雲蓋頂，壓得海洋也喘不過氣來。我以為今天應該看不到日出了，最低的烏雲縫隙之間，燃燒起一團火焰，不消幾分鐘，熊熊大火將烏雲燒得通紅，火爐中央金光乍現，用吃奶的力氣向上衝，衝破密不透風的烏雲。焚身以火，將烏黑天空燒成寶藍，將沉重烏雲淨化成棉花白雲。

　　早餐後到 Galley Tour 參觀，40 歲的大廚 Mark Oldroyd，長着一張孩子臉，以一口濃濃的英國口音向我們介紹。這個跨洋郵輪廚房和普通郵輪分別在於，每次都要存上七天以上的食物，以供跨洋船程，單是蔬果便要 50 噸、雞蛋 3 萬隻。

要準備跨洋船程的食物，殊不簡單。

孩子臉的大廚 Mark Oldroyd
左看右看也只像三十出頭。

船長介紹管理團隊

參觀後回房睡覺。睡醒後，約了陶傑去吃午餐。原來我們想去吃 Golden Lion Pub，但已經沒有座位，又去 Britannia，一邊吃一邊錄影我們的對話。

三點去七樓 King's Court 吃下午茶，這裏是自助餐，沒有 Queen Room 那麼正裝，也有 Scoon 吃，英國人沒有這種鬆餅就不是下午茶了。

今晚也是正裝之夜。七點半我們在 Golden Lion 酒吧先來雞尾酒，我叫了一杯 Mojito，再去 Queen's Room，船長在門口歡迎我們。舞池中已經站滿了盛裝的乘客，我和兩位美女職員聊天，一個來自葡萄牙，一個來自英國，兩個都在船上診所工作。她們工作六個星期，放三個星期。

船長公佈，這次乘客來自 34 個國家，包括來自贊比亞的人員！另外中國有 5 人，香港 11 人，日本 54 人，美國 150 人。船長介紹管理團隊，最多掌聲是孩子臉大廚 Mark。

海上學府

晚餐在郵輪餐廳 Britannia，一邊吃飯喝酒，一邊聽旅伴陶傑講故事，有如現場《光明頂》。他是一個無人能及的最佳 Story teller，胸懷五斗、學富五車、融會中西、信手拈來，又似有腹稿，不緩不速，起承轉合，引人入勝。到了細節之處，如同荷里活導演，繪聲繪色，添油加醋，加三分肉緊，抑揚頓挫，再來兩分創作，乩童上身，如同做戲，入無人之境，簡直令人心神被擄，看電影一樣，五體投地。

全桌八人，皆為城中工商才俊，特首選委會代表、旅遊界兩大旅行社老闆、郵輪公司老闆、銀行家皆洗耳恭聽，這是他的能耐和學識。除了偶爾在的士上聽過，我沒有聽他的電台節目，從這次經驗之後，

我後悔應該多聽他的節目。如果香港有講故事的奧斯卡，非他莫屬。

陶傑由這郵輪的姐妹船 QE 在 70 年代被香港船王董建華父親董浩雲買下，改裝為「海上學府」，但在香港改裝臨近完成時，離奇在維港發生大火完全焚毀講起。一直講到香港政圈趣聞、三任特首表現、金融風暴，以及香港政府的 credibility 在九七前後之微妙變化。

「美國政府 credibility 就不同。你想像一下，奧巴馬突然宣佈，明天下午三點會全球講話。你夠不夠膽量不聽？他說有個直徑幾大隕星在 48 小時後撞擊地球，預計地球末日，你做甚麼？」我即搶答：「買郵輪船票，就像電影《明日之後》一樣！」「這時，全球金股匯全面崩潰，方便美國聯儲局華爾街上下其手。過了 48 小時，奧巴馬說美國太空總署已經射下了那隕星，大家不必擔心！全世界多謝美國！到底有沒有那隕星呢？呵呵呵！」

講到數字，他的頭腦像是電腦。「人民幣宣佈印 196 億，原本印 45 億，這數字真真假假有多少？」

事後我在舞池忍不住問他。怎麼可以記得那麼多數字？「這個數字太誇張，我看見就嚇了一跳，自然記住了！」

飯後我們去 Queen's Room 跳舞，今晚是恰恰之夜，我和 Nancy 在這個世界最大的海上舞池翩翩起舞，回味今晚學習到的講故事技巧，能夠和香江才子共遊，每天共午餐、晚餐，這 QM2 不就是 QE 郵輪翻生，更大更新的海上學府？

飯桌上的話題，舞池上的舞步，我彷彿回到學生時代，每天都在學習。

我和 Nancy 在這個世界最大的
海上舞池翩翩起舞

火熱的頭腦

Cunard 第四日依舊晨早七點半醒來，去七樓船尾泳池游泳，泳池依舊沒有一個人。今天烏雲密佈，看不到日出。在按摩池寫稿，晨曦海風凜冽，雖然身體浸泡在熱烘烘的暖水之中，手臂在風中吹得僵硬，頭腦反而不感覺冷，更加思路清晰。人頭佔身體重量不足 2%，但就消耗 20% 的熱量，就像機器的引擎一樣，溫度高過其他身體部份。

中午和古鎮煌午餐，他想與我和陶傑三人合作寫郵輪。合作成事的話，該是很好玩的項目！

飯後去 Queen's Room 學跳華爾滋，我和 Vanessa 搭檔，老師要求大腿互相緊貼，跳得我滿頭大汗，她則面紅耳赤。

今晚晚餐不講政治，講各人的撞鬼經驗，就像中學生去 Camp 一樣。

朗拿度遇到鄭和

漂泊茫茫大西洋四天，終於望見了陸地。就是葡萄牙的自治省 Madeira，三毛年輕時曾經和荷西來過這裏旅遊，她稱這裏是「散落在大西洋的鑽石」，她翻譯成瑪黛拉島。

由郵輪露台上望出去，火山小島上點綴着大片的紅白雙色，紅色是瓦頂，白色是洋房。整整齊齊的無數山坡小洋房，將森林染成一大片粉紅潔白的花海，環抱形狀像一個巨大而天然的羅馬劇場。

我和陶傑由碼頭沿海邊，走去纜車站，大約廿分鐘。撞到 C 朗拿度的銅像，他是這小島幾百年來出過最厲害的名人了。其實，這個銅像有機會是鄭和！

1405 年到 1433 年，鄭和七下西洋，三百多艘寶船是當時世界最

大的船隊，多次到達非洲的東岸。包括索馬利、莫三鼻給，航線長達一萬五千公里。如果他再走遠一點，就會繞過好望角，就會和葡萄牙人丁單薄的幾艘小船，在這個小島相遇。因為 1420 年，恩里克王子的數十個葡萄牙船員、四艘帆船才航行發現 Madeira，開始在這裏種植甘蔗，15 世紀末每年出口六百噸蔗糖回歐洲。

處在這個中西歷史交叉路口，明英宗既不英明，也不明白，他在 1436 年下令停止造船，燒毀鄭和的航海日記、地圖。當然，葡萄牙的恩里克王子的船隊沒有停下來，由 Madeira 繼續向南，1473 年首跨赤道，1487 年繞過好望角。這時，由歐洲通往亞洲的印度洋已經在

這個銅像如果不是 C 朗拿度而是鄭和，世界將會是怎樣？

紅白雙色的民居點綴着火山小島

望，一個沒有了對手鄭和的大洋，等候小小的葡萄牙船隊（只有四艘多桅帆船）去征服。Madeira 已經成為了遠征果亞、馬六甲、澳門、香港、台灣、日本的葡萄牙船隊的加油站。

這時，天朝君主還在掩耳盜鈴，洋洋自得「普天之下莫非王土」！不必問李約瑟，以及回答他著名的李約瑟難題，站在大西洋的小島上，已經能看到這歷史十字路口的分道揚鑣。

山頂青花瓷

想不到火山島 Madeira 上這個小小的港口會是葡萄牙第二大的港口，僅次於里斯本。我們來到這兒卻不是參觀港口這麼簡單，而是坐一坐三毛也坐過的滑車。

滑車始於 19 世紀，方便山頂的居民下山搭乘。三毛 1976 年到訪這裏，描寫她和荷西如何坐巴士上山頂，然後坐滑車滑下山的有趣經歷。

滑車百年不變，上山倒不用坐巴士了。2000 年才落成的山頂纜車，由奧地利公司承建，單程 10 歐羅。車廂慢慢往上升，在紅色屋上緩緩飛過。同車廂的情侶，專門由倫敦飛三個半小時，來這小島度一週假期。男孩是住在倫敦的越南華裔男孩，女友是英國白人，跨種族的純真戀愛令我想起上世紀的一對戀人：三毛和荷西。他們也曾來過這裏一週旅行，Madeira 因為三毛的文字而在華文世界留芳百世。

二十分鐘後，就到了山頂 Monte。山頂有一座小巧的天主教堂，教堂雖然很迷你，但是有一個歷史人物埋藏於此而著名，就是奧匈帝國的末代皇帝卡爾一世。這裏離歐洲 1,000 公里，離非洲反而只有百多里，歐洲一代帝國皇帝在這個偏遠小島上終結自己的生命。我想到台灣的蔣中正，離開了自己曾經擁有的大陸，最後在一個小島上終老。

老馬伏櫪，應該和這個奧匈帝國末代皇帝的心情都差不多。

教堂兩邊都是葡萄牙的藍色磁磚，才子陶傑說因為這種技巧是明代的時候從中國學來的，中國叫青花瓷，藍色在白瓷上特別顯眼持久。我不禁哼起周杰倫的《青花瓷》：「素胚勾勒出，青花筆鋒濃轉淡！」我們坐在教堂前的樓梯，俯瞰這階梯似層層的山城，像結婚蛋糕，底部就是平坦如浴缸的大西洋，以及玩具船一樣的郵輪 QM2。

旁邊有間 Charming Hotel，露天茶座可以俯瞰到港口。我們叫了一個燒豬扒、沙律，當地的熱情果飲品，一邊吃飯，一邊吹水和錄影。這裏氣氛閒適，節奏緩慢，是個退休的好去處。時值 12 月，正是北半球的冬天，這島的氣候 20 度，陽光燦爛，戰後邱吉爾喜歡住在這裏繪畫也是有道理的。

明代時從中國傳來的青花磚

跟三毛坐滑車

CNN 在 2015 年 2 月票選「全球最 Cool 的七種交通工具」，結果 Madeira 的 Toboggan 滑車入選，而我們香港中環半山扶手電梯也榜上有名呢！

我也因為三毛的關係，一直想學她坐坐這個滑車。但當年她的小說沒有相片，我只能憑空想像這個又雪橇又椅子的東西長得是甚麼模樣？

「滑車事實上是一個楊枝編的大椅子，可以坐下三個人，車子下面，有兩條木條，沒有輪子，整個的車，極似愛斯基摩人在冰地上使用的雪橇。」——三毛《瑪黛拉遊記》

這次我和陶傑一齊去坐滑車，五分鐘的車程，收費兩個人同一車 35 歐羅，一個人一車 25 歐羅，三毛寫道當年的費用是一百元新台幣。

山頂的天主教堂旁邊，就是滑車的起點。滑車看上去的確像以前的木雪橇，上面有個大藤籃，承載遊客。由於沒有輪子，地面的摩擦力比雪地大很多，即使向下的山坡傾斜度很高，如果沒有人力，就滑不動。於是有後面兩個戴草帽的車夫，一左一右地拉動木雪橇，用腳一蹬，沿山路滑下去。

三毛到底是感性的，她是這樣描述滑車：「起初滑車緩慢的動着，四周景色還看得清清楚楚，後來風聲來了，視線模糊了，一片片影子在身旁掠過，速度越來越快，車子動盪得很厲害，好似要散開來似的。我坐在車內，突然覺得它正像一場人生，時光飛逝，再也不能回返，風把頭髮吹得長長的平飛在身後，眼前甚麼都捉不住，它正在下去啊，下去啊。」

這木頭車像玩具，也頗刺激。兩個車夫在後面，時而落地助跑，時而上車滑行，忙得大汗淋漓。他們的鞋子有很厚的底，因為每天都在地上不停高速摩擦，否則很快就會穿窿！到了中途，傾斜度不夠的地方，車夫就下車拉車，就像黃河縴夫一樣。但縴夫是赤裸全身，車夫到底是歐洲人，全部都穿上整齊雪白的制服。

木頭車在狹窄的山路上飛奔，也有賽車的效果。車夫的喘聲和風聲呼嘯而過。到了轉彎處，他們還來一招「飄移」，難道他們也看《頭文字 D》？

沿途有很多人望我們，還為我們拍照，我已經猜到這些人是滑車公司的攝影師，果然完事後就有人向我們兜售相片！狹窄的路上還有私家車，但都會讓路給滑車。

「山頂大約海拔二千五百多公尺高，一條傾斜度極高的石板路，像小河似的在陽光下閃閃發光，彎彎曲曲的奔流着，四周密密的小戶人家，沿着石道，洋洋灑灑的一路排下去，路旁繁花似錦，景色親切

悅目，並不是懸崖荒路似的令人害怕。」——三毛《瑪黛拉遊記》

　　滑車停在了山腳，然後我們就沿着山路往下走，大概走幾公里才到了城市。沿途很安靜，眼前都是色彩豐富的小屋，黃色的、紅色的……而且每家每戶的花園都有紅色的、黃色的花開到牆外。

　　最後我們找到一個廣場坐下來喝茶，叫了兩個蛋糕、三杯飲品，才七歐羅，真的十分便宜。

山頂的教堂

陶傑和我一起跟三毛坐滑車

乘吊車上山頂

陶傑在看甚麼書

行程第六天到達 Tenerife，這是加那利群島最大的島嶼。Santa Cruz 港口更是西班牙第二忙碌的大港，高樓大廈林立，和昨天的山上小鎮 Madeira 比較，這已經是一個現代化大城市，西班牙到底比葡萄牙要進取一些。

早上有免費的接駁巴士，由碼頭出市區。我們沿着市區大街閒逛，到處是免稅電器商店，就像加勒比海島國一樣。這個小島也沒有昨天的那個那麼漂亮，就像普通的大城市一樣，沒有小鎮風情。

途中撞到古鎮煌，他是識途老馬，寫郵輪書也介紹過這裏。他教我們走過橋，去 Merkado 市場。到了市場，陶傑見到咖啡廳就坐下來，我就四圍逛逛看。市場外圍賣便宜的衣物百貨，內裏賣鮮花濕貨。魚市場最為有趣，藏匿在大西洋深處的奇珍異魚都紛呈面前：黃身黑點的海鰻、長過大腿的吞拿魚、張牙舞爪的鯊魚都有。

回到咖啡廳的時候，陶傑正低頭看一本《文史知識》，小小薄薄的一本簡體字舊雜誌，1990 年內地出版。「現在大陸也不出版這麼有質素的書了，我家裏還有很多，這次旅行只拿一本來。」

他前兩天還在倫敦機場買了幾本英文時事雜誌，今天就在看內地三十年前的簡體字雜誌。他跨越的文化層次大概是我認識的人中最遠的！我問他看的書為甚麼那麼雜？他說金庸曾經告訴他，花 20 塊錢買了書一定要賺 200 塊錢回來！他就是本着這個精神，博覽群書。很多人認為他罵中國是「小農社會」、「小農 DNA」、及「醬缸」，所以是英國走狗，但怎知他同時在閱讀這些內地出版的「與歷史對話、與時代同行」文史書籍？

郵輪上有圖書館，陶傑當然要看看有甚麼書值得一看。

Merkado 魚市場真的千奇百趣。

標緻的孤獨咖啡

逛完市場，我和陶傑坐在街邊的咖啡廳吃午餐。旁邊一個七十多歲的西班牙女士，戴着皮帽子，穿着同顏色的皮背心插着紅色袋巾，內裏是帥氣精神的格仔恤衫，還有同顏色皮裙子和皮鞋。悉心打扮，優雅地坐在那裏點燃了生命。一支煙、一杯咖啡、一條小狗、一個人、一個下午。吸引了兩個麻甩佬的視線。

男人究竟可不可以單純的精神戀愛？

我在幻想她今天一定是花了半個小時或者一個小時的時間，一早就在衣櫃、鞋櫃裏面，換來換去，就是為了下來在街頭喝這一杯標緻的孤獨咖啡。不是為了討好別人，也沒有約會，但就是有意無意的增加了這個城市的可觀性和美感。叔本華說：「To live alone is the fate of all great souls.（孤獨是卓越心靈的命運）。」她完美地演繹了。

陶傑聽到我稱讚這位孤獨太太，走過去用西班牙語跟她聊天。原來她是一個設計師，怪不得那麼有藝術美感。埋單快走的時候，陶傑

問我這裏有沒有花店？「我想買一枝花送給這位女士，然後給她一個 Goodbye Kiss！這種叫精神戀愛。」

「男人不是都用下體思考的動物嗎？柏拉圖想太多吧！」作為男人，我不太相信男人可以高尚地摒絕肉體的慾望。舉目四望沒有花店。馬路公園中心鮮花盛放，我跟他說不如去採一朵花？

失落的亞特蘭提斯

吃完飯我們決定去金字塔，跟計程車司機講好價，50 歐羅來回，他會在原地等我們兩個小時。

亞特蘭提斯（Atlantis）是音譯，意譯應是大西洲，於大西洋（Atlantic）中沉沒的遠古文明，英文一看就知道是同出一轍。利瑪竇在明朝時將 Atlantic 翻譯成中文「大西洋」，是以天朝為中心的地理觀念。但後人不明就裏，又將同一詞根的 Atlantis 音譯了，令小學生混淆。

據說聖經《創世紀》中描述的「伊甸園」就是這裏，柏拉圖記錄了這個高度文明的國度，擁有華麗的宮殿和神廟，在一萬年前一夜沉沒於大海中。他說：「亞特蘭提斯位於『海克力斯之柱』（即今直布羅陀海峽）之外不遠處的地方，是大西洋上通往其他島嶼的必經之地，穿過這些島嶼你可以到達環抱大西洋的另外一片大陸。」歷史上大多牽強附會的人認為在南極、地中海中找到了這個失落文明，我都不相信，直至我來到大西洋的小島 Tenerife，我就相信了。

首先，地理位置吻合柏拉圖的描繪，我坐的 QM2 郵輪，就是經直布羅陀海峽到達大西洋的這個小島。這個島嶼是大西洋最高點之一，1492 年哥倫布就是穿過這島嶼到達了另一個大陸：美洲新大陸。最重要的是，1991 年在這個曾被認定沒有文明的偏僻小島上發現了古代文明的遺蹟：Guimar 金字塔。

我的感覺是回到了墨西哥：白菊花盛開，金字塔無語蒼茫。眼前這六個金字塔，分明是由瑪雅人的親戚修建。半個世紀以前，挪威學者 Thor Heyerdahl 也有這個疑問。Thor 窮終生研究這裏的金字塔，發現和新舊世界的金字塔有相似關連。若說沒有溝通，為何這裏與西西里島、太平洋、墨西哥、秘魯等地的金字塔似得驚人？若說有溝通，但在沒有通訊設備的時代，他們是用甚麼互相溝通交流的呢？

Thor 最後想到古人應該是利用小船渡海。於是在 1969 年，他就用古法編織了三艘蘆葦草風帆，由北非摩納哥經過這個小島，跨越大西洋，前往加勒比海，證明遠古時代已經有這類跨洋航行。他的試驗也解釋了在沒有飛機沒有輪船的年代，為甚麼大西洋的兩邊都有同樣的金字塔？同樣進行太陽崇拜？古人就是靠日觀太陽夜觀星，用最原始的蘆葦草風帆進行文化交流。1997 至 1998 年，考古學家用碳十四，證明金字塔建造日期在公元 680 至 1020 年之間。

為記念 Thor 的努力，現場還有蘆葦草船的複製品。可是 Thor 的理論只能解釋不同地方的文化可以交流學習，卻無法解釋誰人和怎樣懂得去修建這些金字塔？

這個兩萬平方米的金字塔遺址遍種各種植物，另外還有一個關於復活節島展覽廳。博物館同時也是一個熱帶花園，內裏種植了奇花異草、蘆葦草等。

我們晚上沒有參加 Formal Dinner，反而去了吃自助餐。這兒環境比較輕鬆一點，陶傑今天跟我談起了另外一個話題：前往地獄的路，是由善意鋪成。還有談到世界局勢，連吃的食物也可能會發生世界第三次大戰，還有中國的前途。口與腦都運作不停！

世界各地的金字塔

Thor 想到的蘆葦草風帆

究竟是誰教曉誰建築金字塔呢？

夢中的橄欖樹

你，你也在這裏嗎？

到了撒哈拉，我帶上你的著作，在滾燙的無垠沙漠上，找尋你筆下的鮮花，花開成海，海又升起，讓水淹沒。

到秘魯，為了看一場你描寫的《夜戲》，還有馬丘比丘上面的印加靈魂。

到厄瓜多爾，這是你上一世的故鄉，那片被血染紅的心湖。

旅程的第七天，我終於到了大加那利島（Gran Canaria），看到和你曾發過呆的這片永恆蔚藍的天，差點淹沒你的永恆蔚藍的海，我才知道你才是永恆的。

你曾帶給童年的我一片奇異的不一樣天空，你那躁動不安的流浪者血液牽引着我，這些年間走過萬水千山，最後還是回到你的不老文字之中，我旅遊和寫作的起點。

三毛，你也在這裏嗎？

這島有愉悅輕鬆的氣氛，空氣中瀰漫拉丁民族的慵懶負離子，遠離人間塵世，波西米亞式的遺世孤寂，與世無爭，遠離宗主國的西班牙一千多公里，散落在大西洋的七粒鑽石。

一直以為三毛是屬於撒哈拉沙漠的。那些不朽的文章，太過深入民心。1976年，西班牙被迫撤出撒哈拉，三毛兩夫婦就搬到同屬西班牙的大加那利島，因為這裏和她最愛的沙漠遙遙在望。他們在這裏度過了最平淡的生活，整整三年半，也是她一生中最後的快樂時光。三毛在《逍遙七島遊》寫道「這個小島在撒哈拉沙漠的正對面，終年不雨，陽光普照，四季如春」。

我終於到了大加那利島，踏上三毛曾走過的土地。

離開了撒哈拉

生活，是一種夏日流水般的前進。惟有三毛，在荒蕪中看到鮮花、在平淡中看到天堂。

大加那利島是三毛的故鄉。三毛每一天在沙灘上散步，然後撿石頭拿回去畫，寫了《石頭記》。她經常去十字港的地攤，認識了一個背包客日本人，寫成《相逢何必曾相識》。還有家中那個懶惰、貪心、好說主人閒話的女傭馬利亞，成了《永遠的馬利亞》的靈感。在碼頭遇到了流浪漢，善良的她譜成名作《溫柔的夜》。

她每天去十字港買菜，為荷西準備一日三餐，直到荷西在這裏潛水時遇上意外。這裏也帶給了三毛最痛的回憶。

三毛擅長在貧瘠的生活中自製小確幸和愉悅，沙漠在她的筆下開放了鮮花，還升起了大海。她專去沒有華人的異域找尋寫作靈感，讓讀者陶醉在色彩瑰麗的異國風情。她的作品嚴格來講不算遊記，因為寫景少，寫人多。對於讀者來說，沒有親歷其境，任何寫景的文字都是過目即忘，令人記得的、感動的、哭泣的、笑嚷的，都是撒哈拉和大加

大加那利島是三毛的故鄉

那利島的當地人，主角就是三毛和荷西自己，他們短暫（僅僅五年）的婚姻，因為《撒哈拉的故事》而永恆。三毛的筆下世界，固然離奇瑰麗，而她短暫燦爛的 47 歲人生，更加傳奇浪漫。

宇宙銀河最傑青

當今特區有奇女子買了數百呎蝸居就成了香港傑青，那得到四千萬平方公里土地的另一位歐洲青年，豈不是宇宙銀河最傑青？

今天特區還面臨無法解決的「土地問題」，要怪就怪鄭和出海，風過無痕，沒有為天朝擴展一尺疆土。看看今天最最平庸的美國人，在麥當勞天天炸薯條八小時，廿幾歲仔也買得起前後一千呎花園的千呎洋房，每天回家躺在巨廳沙發，他都要多謝哥倫布，令歐洲人在美洲、澳紐得到史無前例、後無來者的四千萬平方公里新疆土，比歐洲原本面積擴大了五倍，平均每個歐洲白人多了五倍的土地。而這些機會，曾經和我們擦身而過！

我到達大加那利島上哥倫布故居，偏偏想起了鄭和。明朝的鄭和，生得高大威猛、武功高強，知兵習戰，統領二百四十多艘船、二萬七千多名船員七度遠航，代大明皇帝向外國耀武揚威，絕對傑青無誤。

過了半世紀，一個紡織工人兒子哥倫布，整天發夢出海到中國。先後向各國集資，足足游說了十多年，才得到剛剛獨立的窮國西班牙的資助，但這筆資助僅夠他三艘船航行之用。

五百年前，航海家如同今天的金融家，十分吃香，葡萄牙人沿非洲海岸向南航行，最快到達當年貿易第一大國：中國。自 12 世紀，歐洲人已知道地球是圓的，向西穿越大西洋，理論上也可以到中國，但就不划算，因為西航線比南航線兜遠很多。他們是對的，由歐洲經大西洋去中國，要繞過大半個地球。而且，當時這大半個地球，尚未有

歐洲人踏足過，馬可波羅也是經陸路去中國。誰知道那大半個地球上，有甚麼妖魔鬼怪？奇人怪獸？傻瓜才會向西行！

對，真的有個傻瓜，陽關大道？不走，偏偏向獨木橋走！

他異想天開，捨南向西行，不理成本效益，向西班牙女王伊莎貝拉鼓起三寸不爛之舌，推銷了三次才得到贊助。他花了兩個月，由這個島出發，到達古巴——他搞笑地回來向女王宣稱，他已經到了「大汗之國」！

當然他嚴重低估了地球直徑，以為古巴是中國的外島。他也不知道元朝大汗在他發現美洲百多年前已經被明太祖驅逐出了中原。這樣看來，他不是一個傻瓜嗎？

不過，正如中國智慧「塞翁失馬，焉知非福？」哥仔尋不到中國，卻得到了一個大洲！

哥倫布令五百年後，西班牙語最後取代英語，成為世界上第二大母語，僅次於漢語。他本人母語是意大利語，看來當年威尼斯商人又走寶了！

誤打誤撞，名留青史。莫名其妙，發現美洲！

大加那利島就是哥倫布出發前的地方

鄭和錯過的世界

我踏足在大加那利島。三毛描寫「我總覺得它有着像香港一式一樣的氣氛」，指的是這島的港口 Las Palmas。1492 年由這裏啟航了一個改變世界的船隊：哥倫布啟航前往未知的美洲。

港口六公里外的舊城市中心 Plaza de Santa Ana，矗立着黑黝黝的大加那利群島上面最大的教堂。教堂後面的老城有一條很安靜的老街，街牌上寫的是「Colon」，西班牙語的哥倫布。這裏昔日的總督府，就是哥倫布的故居 Casa de Colon，一座 18 世紀的兩層殖民地木質建築，現在成了一個博物館，陳列着他歷次遠航的地圖、航海日誌和船隻模型，包括發現美洲的簡陋的「聖瑪莉亞號」。

相比早他五十三年出海的鄭和，1405 年至 1433 年率領二百四十多艘寶船七下西洋，這三桅帆船實在寒酸得像非洲的土著舢舨，而鄭和寶船就像是巨無霸的瑪麗皇后二號（QM2）郵輪。但兩者對世界的影響力，卻剛剛相反，有天壤之別。

博物館展出 1450 年的世界地圖，顯示歐洲人所知的世界當時只有歐洲，以及亞洲的一部份，還有丁點北非，這就是後來所謂的「舊世界」。但是才過了五十年，哥倫布之後的 1500 年地圖已經和現在世界地圖十分接近了，整個非洲、大西洋、南美洲、中美洲都被繪製出來，但北美洲只有東岸，尚未知道美西的存在。

這時，天朝君主還在北築修長城南海禁，四邊死死封鎖自己。鄭和身後的寶船、航海日記，悉數被明廷毀滅。導致今天的世界不是以中文為國際語言，而是歐洲語言。一切機遇，只因為鄭和錯過了。

大加那利島上面最大的教堂

這座兩層高的木建築就是哥倫布的故居

要怪就怪哥倫布

特區面臨無法解決的「土地問題」，港人居住面積十年縮一半，美加澳物業最大的買家均來自中國，這種奇怪的現象，這要怪就怪哥倫布。

哥倫布的歷史價值，就在於將面積和中國相當的歐洲，由一洲變多五洲：歐洲、北美洲、中美洲、南美洲、大洋洲。歐洲不再是被成吉思汗、摩爾人、穆斯林征服欺壓的黑暗中世紀歐洲了，歐洲將成為世界最強大的洲。因為他們將建立眾多的 Neo-Europes（新歐洲），歐洲有了 S，成為「歐洲們」，而不是「亞洲們」。歐洲人講的語言，將成為世界語言。歐洲人將統治世界。由魁北克到利馬、開普敦到悉尼，新倫敦、新巴黎、新阿姆斯特丹紛紛如雨後春笋，改寫了地圖版本。

哥倫布的航海路線

大加那利島是哥倫布起航前往未知世界前最後一站，哥倫布故居後面有個不起眼的小教堂，1492 年他在這座小教堂裏跪下，祈禱聖母保佑他能夠找到前往印度的新航線。

歐亞兩大洲在過去的兩千年不停征戰，羅馬打過去，亞歷山大打過去，大流士二世打過來，然後成吉思汗、帖木兒、阿提拉、穆罕默德二世輪番血洗歐洲，還有十字軍來來去去，歐亞大陸從未停息征戰，二千年來互有輸贏。

到了哥倫布，改變了歐洲的命運，將矛頭由向東指向西，這次賺大了，贏得的新地盤比整個亞洲的面積還要大，在這個層面，肯定令「I see，I conquer」的凱撒大帝也目瞪口呆！因為凱撒大帝一輩子也沒有見過北美、中美、南美、還有澳洲，更遑論在那裏建立多個 Neo Europe（新歐洲）。只因為發現新世界的是哥倫布而不是鄭知，所以這些地方都成了新歐洲，而不是新亞洲。這就是亞洲和歐洲，打了兩千多年後，決定歐勝亞敗的轉折點。

尋找三毛

離開了古城的哥倫布故居，我跳上的士。我是非去這地方不可，即使不好三毛的旅伴陶傑不肯去，我還是堅持自己一個人去。坐 QM2 來到這汪汪大西洋中的大加那利島，沒有理由不去找神交了半世紀的她。我把早已準備好的地址給司機看：Telde 小鎮的 3 Lope de Vega。

窗外飛過蔚藍無垠的大西洋，燦爛無比的藍天，還有那悠閒飄浮的白雲，是否都還是她當年的舊相識？

十分鐘後到達 Telde，一個寧靜的平凡小鎮，但司機兜來兜去也不知道那條街在哪裏，我試着用手機上網也找不到，於是他就開去人多的超市外，找到另外一個司機問半天，似乎聽懂了，於是開去海灘。

我想起，她當年每天都去沙灘拾石頭，寫成了我至今仍記得的《石頭記》，那她家應該離海不遠吧！

檸檬黃的土牆，關不住的春光果樹和棕櫚樹，從門上紅瓦後面探出頭來，就在海邊的一條斜坡路上面，終於找到那個三號門牌。她叫三毛，所以注定是住在三號？

天還是她筆下那麼的藍，雲還是那麼的淡泊，海風還是那麼的溫柔，海浪聲仍舊令人放鬆，1976年的寧靜空氣裏面滿是自由的氛圍、流浪的氣味。那個喇叭牛仔褲、白上衣、一頭烏黑長髮的嬌小身影，還飄逸在前院的小樓梯嗎？

鋁製大閘深鎖，望進去院子裏面雜草叢生，後面有一幢很普通的一層高民房。門口有一個嶄新的招牌，用西班牙語註明：這裏是三毛的故居，招牌在 2015 年 9 月 11 日才由 Telde 鎮政府豎立。我到訪時才相隔三個月，那肯定是因為太多地球另一端的文青，千山萬水來這不毛小島朝聖，令鎮政府恍然大悟，四十年前曾在這裏住了三年的小個子台灣女子，雖然沒有諾貝爾文學獎，卻是華語世界的文學泰斗。

我在門口站立良久，一個戴太陽眼鏡的中年男人回來開門，他十分友善她望向我，於是我們就開始聊起來。他會講簡單的英文，原來就是這故居的新主人 Julio Socorro。他在 1980 年買下這裏，當時三毛還在世，但已經回到了台灣。

「Echo 是一個很可愛的女生，荷西死後她曾經回過這故居。」

「我當然清楚她的影響力，每天都有世界不同地方的華人遊客來這裏，就是為了在門口照一張相，雖然她已經離開這裏四十年了。」

「四十年算甚麼？莎士比亞走了四百年了，我們還不是在讀他的作品！」

「啊，你比喻她做莎士比亞？其實我也想將這故居變成三毛博物館，我不想賣這房子，也不是為了賺錢，只是想她的讀者可以在這故居懷緬一番！」

三毛曾每天都走過的斜路

三毛的故居，我心中的聖地。

永遠的三毛

告別了 Julio 先生、告別了三毛的故居，我就踏上她舊時的足迹，沿着這條斜斜的路向海邊走去。海風吹起靈感，安靜培養情緒，我相信這個大西洋汪洋中的不毛之地，真是一個創作的好地方，磁場絕對比我現在寫專欄的香港蝸居強一百倍。在這個蒼涼的海邊，她寫出那麼多動人的故事，流芳百世，感動一代又一代的文青。三毛當年就在海邊撿石頭，成為她最快樂的消遣。她還在撒哈拉沙漠中，用文字種出鮮花，花開成海。和現在香港盛產的樓奴港女相比，真真夏蟲不可語冰。

她門口這小路的盡頭，就是《石頭記》中的場景。驚濤拍岸，是一個黑黑的火山石灘，那些黑黝黝的石頭，奇形怪狀，三毛就是三毛，她居然當這些醜八怪石頭是寶貝，在上面繪畫，還和石頭對話，將之鎖在銀行保險箱中！

我在海邊哼起來：「不要問我從哪裏來，我的故鄉在遠方！為甚麼流浪？是為了三毛！永遠的三毛！」

「深灰色的天空，淡灰色煙霧騰騰翻着巨浪的海，黑碎石的海灘刮着大風……」

這裏就是三毛拾石頭的石灘

再見三毛

　　計程車司機等了我大概半個小時，然後我們就往回走。但來的時候東彎西轉，走的時候更加找不到出去的路，兩次都走錯了要問人，可能這個小鎮實在太少人過來。

　　回到小鎮是下午二時半，中午的陽光正燦爛，但小鎮裏的店舖都關門了，店主們都回去睡覺了，整個城市也在睡眠中。街道上面冷冷清清的，顯得天特別的藍，雲也特別的低。

　　藍天展開畫布，雲朵瀉了油彩，任意變幻宇宙最大的一幅油畫。夕陽飛奔跌落大海，等不及和我乾了這杯酒。這寂寞的 Madeira 甜砵酒，今晚怎麼變得像這孤島海風一樣的艱辛苦澀？

　　再見了，我的愛人。夕陽追趕着海面上雪白的波浪，一下一下吹送我的離騷，唱的都是大西洋對太平洋永恆的遙遠思念。我站立在甲板上，任憑同樣冰冷孤寂的大加那利島那陣海風，呼呼吹刮我的臉頰，似乎向我訴說相隔了四十年的思念。

　　這孤島在大西洋之中小如芝麻，我看地圖一輩子也不曾留意，難道是為了方便你們逃避人群？QM2 郵輪走了，孤島回復寧靜，回到你和你至愛荷西的懷抱。你們是海面那對高飛的傲然海鷗，日夜守護這地球之上最為偏僻孤寂的小小伊甸園。白雲自燃，火燒天邊，金黃透亮，紅粉緋緋。寶藍石天幕落下，再見，不，永別了，永恆的三毛。

才子同遊大西洋

　　和他神交十幾年、相認識五年，結伴同遊還是頭一遭。出口成章，五步成詩，自然考不到他。旅遊是觀察人的最佳時機。入教堂，講耶穌。在花園，講植物。看到瓷磚，講絲路。遇到英國人，講天氣。和

司機，講西語，雖然不算流利。遇見西班牙貴婦，就用零碎西語談一場柏拉圖式戀愛。和商家，聊生意。見到船桅，介紹中西帆船結構的分別；當然少不了他最擅長的政治評論，一餐晚飯三小時，他由頭到尾，口若懸河。

他也是一個極佳的 Story Teller。本來一個沉悶的 DSE 題目「鹽鐵論」，兒子的老師只懂叫學生死背。他於是教兒子鹽是古代羅馬和中國的流通貨幣，所以今天英文工資叫 Salary，字根就在 Salt。不止令兒子茅塞頓開，也令這個議題更為人性化和有趣。

作為一個全職作家，我的偶像大部份已經作古。不是文人自古相輕，我每週追看的專欄作家曲指可數。有的中文佳，但局限在醬缸，老土而井底。有的英文佳，出口中英夾雜，辭不達意。雙語皆佳，但又欠缺文史哲根蘊，說話膚淺。我讀中英日德語，文史哲出身，惟獨欠「藝」，自然有齊文史哲藝修養的作家，會得到我的尊重。

政評時他揶揄政客的功力，爐火純青。他不罵街，也不粗口，不時表面讚美，實際踩踏。口是心非，綿裏藏針，尖酸刻薄，毫不留力，將英國人的英文幽默幻變成中文專欄及粵語對白。加上他的技巧，在細節處添油加醋，放大部份，誇張局部，就像拍攝電影一樣。簡單如他勸一個獨身老友去大陸娶個老伴，他就會說「你明天換一身爛布衣服，搭火車去四川，找個窮鄉僻壤。換成巴士，懸崖上行走就快掉下去。那個鄉村從來沒有外來人，如果有個五十多歲大媽肯服侍你，幫你洗腳，按摩，你就結婚帶她回香港，肯定令你長命多廿年！」

吹牛了得，文字了得，想不到他畫畫也了得。在大加那利島逛完哥倫布故居出來，看到廣場上樹影婆娑，他說想在這裏畫一幅鋼筆畫。我就去了找三毛故居，過了兩個小時回來，他的素描本上面已經有一幅歡快的鋼筆畫。的士司機不顧安全，豎起大拇指。我也由心佩服，才子不枉此名，多才多藝，無出其右。

有睿智君子做旅伴，乃人和；風和日麗之時同登世界級名船「瑪

無論何時何地，陶傑順手拈來皆是文章，都是學問。

麗皇后二號」，是天時；同遊大西洋的風光旖旎小島，地利也；一個
旅程，天時地利人和齊備，夫復何求？

今天晚上，是陶傑在這裏的最後一個晚上。我們在一起吃了一頓
很久的晚餐，由於大家已經分手了，他講了一個我們認識的朋友的故
事，令大家笑到肚子痛。晚餐都充滿了歡樂的氣氛，還有他曾經歷的
車禍生死一線，又令人感感然。所有的喜劇作家，都在經歷悲劇之後，
才創作出令人感動的作品。吃完飯後我們再去喝酒，一直聊到晚上 12
點半。

才子是但噏

如果有一天陶傑忽然跑去紅館變身黃子華或林海峰，我會買票入
場。

「Stand-up comedy」在香港譯作「棟篤笑」、「是但噏」。這種
表演雖名為「是但」，但絕不簡單。一個人要在台上兩小時，純粹靠

說話來取悅觀眾，還需要言之有物，殊不容易。雖可事前寫好劇本，但若然沒有知識和急才作後盾，則只是背稿，絕對會被觀眾大叫回水。與陶傑一同旅遊，才發現他的才藝不限於筆鋒上。網民說他「乩童上身」實非虛言，他的立場之寬，由極左家庭成長，到極右言論，都無人可及。知道我曾選過特首選委會，他馬上西環書記上身，用捲舌頭的京片子，獨白了五分鐘教導我。普通話是我母語，可以肯定說他的普通話足有九十分。他扮李嘉誠，那口潮州粵語，以假亂真，的確像極乩童上身。模仿能力之強，比軟硬天師更甚。清初《虞初新志》記載當時有口技之職業，如何一人聲演火災現場的千百人聲，才子也有此潛質，一人分飾多角。我於是打趣說如果《光明頂》執笠之日，他可以去搶子華或林海峰飯碗！

　　不僅如此，和他一起拍旅遊節目，全部臨場發揮，剛開始時我還有些拘謹。他左一句「旅遊才子」，右一句「明哥」，輕輕鬆鬆便把我帶入狀態。最後一天吃飯時，他忽然問我今天想拍甚麼？我望望眼前的郵輪、大西洋、餐廳、港口，這些議題前兩天都講過，腦海一片空白。「談了郵輪過去、現在，不如談談郵輪未來！」他的視線原來不在眼前，就像 Oscar Wilde 所謂：「We are all in the gutter，but some of us are looking at the stars.」當知識在互聯網上唾手可得，惟有視野才能使人與眾不同。

一千九百萬年前的異域

　　坐 Cunard 的第八日，我們來到加那利群島最東的 Lanzarote（蘭薩羅特島）。這島是一個異域，景觀豐富而奇特：純黑土壤，屹立火山，上端打開了蓋，露出紅赭色的餡兒，連綿不斷。不遠處卻是白浪拍岸，碧波萬頃。天際線上，天空純淨透明地藍，白雲作筆，恣意潑灑出藍

白相間的水墨畫，瞬間變幻。令我着迷而忙碌，因為天、地、海都拼命地同場表演競賽，頭頂腳前每一處都是不凡、奇異、色彩的盛宴。連地殼也龜裂，呈現兩層不同質感的土地，上面一層岩石，下面一層軟土。這裏甚麼都齊，除了生命。就像天地都創造出了的初期，世界就靜候生命的誕生。

1730 年 Lanzarote 上一百多個火山口持續噴發了六年，形成奇特的地貌，黑色的火山灰覆蓋了全島，使島上荒蕪如同月球。1824 年最後一次爆發後便沒有再爆發。1974 年西班牙政府開始開發蘭薩羅特島，發展以火山景觀為主導的旅遊業，他們的概念是與火山共生，保護火山，宣傳火山。所以島上的建築不得高於三層，全部外牆均塗上白色。黝黑的火山石上散佈雪白小屋，成了小島的主色。

今天陶傑下船了，我和 QM2 船公司 Cunard 的老闆 Nancy 夫婦同行，在碼頭上面找了一個計程車，帶我們去遊 Timanfaya 火山國家公園，車費 85 歐羅。沿途只見粉紅色的火山口，像昨天剛剛爆發。天空藍、火山紅、土地黑，還有一片白色的村莊，對比強烈而奔放。這裏的土壤特別的肥沃，只見周圍都種植了葡萄來釀酒。

終於到達國家公園，門票九歐羅。放眼望去，地表上面都是火山的黑色熔漿，奇形怪狀，就像是一個個掙獰的動物，有些更鋒利如刀，似乎連天空也可以割破。

這裏的管理十分完善，鑑於地面溫度高，遊客不能進入火山的範圍，我們要乘密封的公園巴士進入火山公園內，巴士全程不能下車，只能在車上拍攝，有三語（西、英、德）解說。由於遊客只能在封閉的巴士裏觀光，完全保育了原貌，所以 1994 年聯合國教科文組織把這公園列為「生物圈保留地」。

公園內除了一條柏油路，完全沒有任何人工建築。渺無人煙的荒蕪熔漿上，除了零星野草，毫無生命的跡象。這裏就是一千九百萬年前火山島誕生時的樣子。巴士停在一座紅色沙丘前，火山噴出來的不

不知這火山何時會再次爆發

止是黑色，還有紅色的火山口，就像地心頂部一隻破碎了的煙囪，保留了兩百多年前的一個晚上，地心打開門，噴射出火焰的遺蹟，還留有燒過的火紅跡象。一個個像巨人的鍋爐，完美的圓錐形山，中央打開大洞，深不可測，誰知道裏面藏着甚麼地球的秘密菜肴？

三大火山實驗

想知道火山口下藏着甚麼秘密，最好就是參觀 Timanfaya 火山國家公園遊客中心的三大火山實驗。

乘坐公園巴士一個小時後，回到遊客中心後，工作人員就向我們示範三個不同的實驗。

第一個是地心自燃，在地上挖了一個十多米深大洞，職員把柴枝丟進去，馬上就燃燒起來，因為火山地下溫度高達 250 度！我摸摸地上的火山石，也是暖暖的，看來，法國科幻大師凡爾納 1864 年小說《地

心歷險記》沒有吹牛。

第二個是井噴。職員在另一個達 40 米深、溫度高達 400 度的插入地心的鋼管洞中倒丁點水,馬上就變成蒸氣噴出來。他再倒一桶水進去,發出巨大聲響,立刻噴出十幾米高的一個噴泉,嚇得遊客紛紛往後退。

最後一個實驗是火山烤雞,在十多米深的地洞上面掛了一個鐵絲網,上面放有雞腿,只靠地熱烤熟,嗞嗞作響,還不停的在滴油。

圍觀的西方遊客嘖嘖稱奇,嘴饞的我卻怪當地人不會做生意,現場居然沒有人賣這些燒得香噴噴的火山實驗品!更沒有其他的火山產品。還是日本人厲害!同樣是火山島,但日本人卻把火山伴隨而來的溫泉融入到他們生活每一個部份內,而從溫泉產生的各式產品,多得可以嚇你一跳,從溫泉蛋,到溫泉饅頭、溫泉菜、溫泉納豆、溫泉燒酎、溫泉麻糬⋯⋯所有你想到的與想不到的,都可以冠上溫泉的名堂,令遊客乖乖奉上錢包。這大西洋的西班牙火山就只賺了我九歐羅的門票而已!

三大火山實驗

蒼狗一海鷗

離開公園，笑容滿面的的士司機帶我們去到一個大型戶外雕塑 Casa Museo Monumento al Campesino，只見火山石上面，有一個幾十米高白色雕塑，意念是人頭狗身，難道靈感源於五千年前的古埃及獅身人面像？此刻天藍得透明，白雲蒼狗，和雕塑互相輝映。

原來蘭薩羅特島是加那利群島最早有人居住的島嶼，西北非的腓尼基人、希臘人、羅馬人很早就發現了這地方。據說因為島上有很多狗，所以人們把蘭薩羅特以及附近的島嶼命名為「狗島」。而「can」在西班牙語中就是「狗」的統稱，所以作為加那利群島一分子的蘭薩羅特島，便出現了人頭狗身雕塑。

之後的士司機帶我們到了一個潟湖，湖中停泊了很多小木船，湖畔很多白色小屋餐廳。這裏的海鮮一點也不貴，一個海鮮飯才六塊歐羅，和 Nancy 一起一邊吃一邊聊。這裏陽光燦爛，空氣清新。

沿着潟湖有很多小商販，將這裏的火山石打磨成首飾出售，還有一種綠晶石 Olivia，被黑色火山石包住。我買了一個原石，兩歐羅。

終於要說再見。五點離開港口，站在露台外，向加那利群島講再見，不，應該不會再見，這七個散落大西洋的孤島。仰望藍得透明的天際，忽覺白雲蒼狗，世事在須臾之間變幻莫測。此時除了白雲，還有無數黑翼白肚的海鷗來送別。他們時而懸浮在空中，如風箏無數，依依不捨；時而俯衝向大海，如同箭鏃。時光在此刻重疊，他們導航了哥倫布、又送別了三毛，今天圍繞在我頭頂上盤旋不肯走。朋友，你我都是孤獨星球上的過客，匆匆忙忙，我們要分手啦。我會在太平洋的孤寂冬季天空上，呼喚你；在冷風吻過獅子山和雲層那一刻，想起你。大西洋上永遠的朋友，天地之間一海鷗。

這兒的居民特別喜歡把他們的屋外牆髹上白色

抽象的蒼狗雕塑

來送行的海鷗們

郵輪上的英式幽默

離開加那利群島，郵輪向伊比利亞半島（Iberia）進發，就是五百年前，哥倫布發現新大陸後，衣錦回鄉之路。

郵輪的第九天是航海日，睡到九點半，才去吃早餐。遇到 Nancy 的老公 Hubert，他叫我去玩 Paddle Tennis 比賽。在 13 樓的露天球場，已經有十多個老外報名參加。我第一次玩這個介乎網球和乒乓球之間的遊戲。賽制和乒乓球類似，難度不高、節奏不算快，很適合老年人玩。比賽以雙打進行，我和一個英國太太 Linda 組隊，她已打了多年，教我打球技巧。比賽十分認真，裁判指揮大局，觀眾吶喊助威。每贏一球，我們擊掌慶祝；每輸一球，又互相鼓勵。只是對手太強，我們以 10 比 20 落敗，她也不忘拍拍我，說 Well Done！球場面對大海，打輸了球賽，也贏了景色。

決賽時，一位英國女士飛身撲球，跌在人造草地上，褲子濕透。她的對手卻即場發揮英式幽默，「I am on the lucky side！」表面上說自己贏了一球，其實指自己打球時可以看到女士濕透的玉腿！

幽默這東西，還是老外在行。何以見得？最簡單，漢語詞彙本無此字，不是靠林語堂從英文 Humour 音譯過來，今天的華人也不知何為幽默！

中午約了古鎮煌吃午飯，吹下郵輪經。計劃我的明年郵輪旅程！

下午甲板上太陽椅滿躺着「乾煎」的乘客，肆意追逐每一時珍貴的冬天陽光，盡力吸收太陽的精華能量，因為幾天後回到陰冷潮濕的英國，這些儲存在身體的「太陽能」要支撐到明年夏季，才會又有陽光！

香港冬季不乏陽光，還份外和煦。我於是回房睡覺。因為每晚主人家的晚宴由八點半到十一點，令習慣早睡早起的我不勝負荷，午覺成為最佳調節。

睡醒了，在露台上一邊喝前兩天在 Madeira 買的砵酒，吃大加那利買的西班牙火腿，看古鎮煌的新書《船就是目的地》。作為愛書之人，結識神交多年的作家，是人生一大成就。我已經沒有機會結識三島由紀夫、雨果、張愛玲、三毛這些偶像，所以更珍惜眼前人，包括陶傑，包括古鎮煌。

追趕日落的小王子

學打 Paddle Tennis，也學英式幽默。

如果我也是住在 B612 星的小王子，相信我也會追着日落來看，一天看 44 次，寫 44 次。

日出和日落大海是看不厭的西施和 Catherine Zeta Jones，有時清純，轉眼性感，濃妝淡抹總相宜。每天看一兩次，怎麼夠？窈窕淑女，巧笑倩兮，美目盼兮，閉月羞花，君子好逑。人生大約就是這樣子，嘴巴向着冰淇淋，眼睛追求美麗，腦子想念心上人，眼耳鼻舌身意催促着腦神經分泌胺多酚，令我們快樂不已。所以，我在郵輪上看了十多次日出和日落，寫了十多次日落，仍不厭倦，因為無一雷同，如同生命中遇上的無數美人兒，絢爛奪目。又因為短暫，只來得及心動，來不及生厭，故此夢幻、故此嚮往、故此眷戀。

又是一次日落，我看着炙熱而刺眼的火球，燒焦成一個鹹蛋黃，搖搖曳曳不慌不忙的跌進金光璀璨的大海，煮出一大鍋黃金蟹粉粥。但待我拿出來相機時，那位主角已經不見影蹤，只有青金石打造的寶藍色天空，碟子上豪華地盛了大把粉紅粉橙的棉花糖雲彩，既輕柔又

日出與日落是我的西施和 Catherine Zeta Jones

甜美。

　　轉眼，最後一線的溫暖夕陽西下，冷風陣陣，趕緊喝兩口酒，泡在甲板上的暖水按摩浴缸中，欣賞冷色調的 magic hour。

郵輪獨行俠古鎮煌

　　「我人生最大理想，就是於息勞之日花光所有的錢。」如此豁達如此胸懷，出自我的偶像古鎮煌。

　　退休後全職旅遊，我寫了《提前退休：坐郵輪遊世界》、《提前退休2：坐河船遊世界》。讀者以為我是郵輪專家，其實我只是班門弄斧。古鎮煌在我還在讀大學時，已經退休坐郵輪，寫了五十萬字的郵輪遊記，出版了六本郵輪書。

　　古鎮煌這個名字，我第一次見是在鍾泳倫的《名錶論壇》。十多

年前我開始收藏手錶，追讀這本錶壇聖經，認識了其創辦人、錶壇教父鍾泳倫，他博覽群書，中文根底極佳，邀請我寫專欄。當時就和古鎮煌做了欄友，之後又在另一本郵輪雜誌做過隣居。他三十年前開始坐郵輪，絕對是郵輪界權威，名字在行內如雷貫耳，無人能及。

由 Nancy 處得知，同行名單之中有他，我已經充滿期望。他不同陶傑，雖然兩人曾先後任職 BBC，極為老友。古鎮煌個性極為低調，沒有個人專訪，著作連自己的相片也欠奉。作為他多年讀者，我連他的長相也不知道。

到了 QM2 的第一天，船上有一個小型的歡迎酒會，與會嘉賓大部份都是老朋友，除了一位面目白皙、精神抖擻、戴黑框眼鏡的老人家坐在一旁，貌似不甚熱衷社交。我向他遞上名片自我介紹，想不到他說：「我認識你項明生，我是古鎮煌。」被前輩高人留意專欄多年，受寵若驚。

古鎮煌重複強調自己 anti socialization，不會參加船上 Britannia 餐廳每晚八點半，主人家 Nancy 主持的晚宴、也不會參加 excursions 岸上遊，獨來獨往一個人。作為他的讀者，我當然了解，上世紀他早已千帆過盡，名船大港已經來了 N 次，自然不屑和後進同行。包括這次的加那利群島，連主人家 Nancy，Jetour 老闆 Ronny，前 Kuoni 高層 Brandon，陶傑和我都是首訪，只有古鎮煌已經來過三次了！

但我和他的確有緣，認識之後第二天，已經在走廊碰到他，約我一同早餐。在 Tenerife 逛街時又撞到，在大加那利時又撞到，還主動教我如何由下船的 Southampton，坐 National Express 巴士回倫敦。他是一個獨行俠，即使我們在岸上撞到，他也只是寒暄幾句，例如在 Tenerife 街頭偶遇，他教我和陶傑逛市場，然後就告辭，自己一個人繼續沒有目的地遊蕩。他經常說寫旅遊不應有壓力，一定要限定自己去哪裏哪裏，就不好玩了。另一方面，他是一個老頑童，會為一些人客比較成熟的郵輪改花名，例如「海明威名船」（意即老人與海），或

自從得知能與前輩一同坐郵輪，已經令我未出發先興奮！

直呼「老人船」。又會因用望遠鏡相機偷拍到了一個美女而沾沾自喜。他經常說自己年事已高，無宗教信仰，惟對於欺負孤寡老人的小偷、壞人無法釋懷，他有自己的全套計劃如何做惡懲奸，笑到我和陶傑人仰馬翻。

今天我們又相約一同午餐，我向他請教去哪裏應該坐甚麼船？他全年都在坐郵輪，倒背如流，是最好的老師。

千山我獨行

返工想旅行，放工計劃旅行，放假已經搭了飛機坐上郵輪去旅行。去旅行不是問題，問題是你是如何去旅行？

有人喜歡跟團，最好大件夾抵食，十天去十二個國家，無論去到任何地方，都似仍然活在香港，口乾了喝檸樂，早餐最好有燒賣，回到酒店要泡公仔麵……這類遊客（Tourist）從沒想過要去看看當地人是怎樣過生活，也沒時間真正體驗當地文化，旅遊對他們而言只是快

餐式消費。一車來，一船去，忽忽來趕忙去，如同蝗蟲大軍，喧嘩熱鬧，卻與目的地除了買賣的赤裸裸外，沒甚麼牽連。

真正的旅行者（Traveler）都是孤獨的，慢步調的，如古鎮煌。自從去年在巴塞隆拿上船前被小偷扒去錢包護照後，他就格外小心和低調，每天上岸都是同一件 QM2 黑色風衣。樸素而低調，慵懶地走在異鄉的街道上。旅行者都必需是孤獨的，因為他的旅行並非純為娛樂，而是為了開闊眼界，豐富人生。而船上的落日、沿途的風景、每一艘性格各異的郵輪，勝過漂亮的女子，健談的夥伴，成為了旅遊者的心靈伴侶。望着他孤獨的黑色背影在海邊徘徊，漫無目的，舉起相機，東拍拍，西駐足，千山我獨行，不必相送。

這個獨行俠的年齡比我大幾乎一倍。難得我們一見如故，雞啄不斷。能夠在這次 QM2 結識這位神交多時的忘年之交，成為名船、加那利群島景點以外的最大收穫。

五百年前的香城

第十日的清晨，QM2 開進一條寬廣的河道，河左邊的七座小山丘上坐落着無數紅瓦屋頂的白色洋房，高高低低，一眼看不完，高聳的雪白教堂此起彼落，我們來到里斯本了。

經過河邊米黃色的商業廣場（Commerce Square），這裏是五百年前亞洲運來的香料下船之處，碼頭就在旁邊。數個世紀以來，到訪的國王、大使們和顯貴們乘船抵達這座繁華的城市時，都是途經這兒進入里斯本的。這條寬廣的河道上有一座有如金門橋一樣宏偉的紅色大橋，叫 4 月 25 日橋，於 1966 年修建，跨越 10,000 碼、35 米深的河道，是歐洲第二長吊橋。

因為河道寬闊，所以 QM2 可以直接開進市中心。到埗後有葡萄

里斯本的入口商業廣場（Commerce Square）

牙旅行社來接我們，帶我們到里斯本郊外 90 公里外的古城 Obidos，即 city with walls（圍牆之城）。

傾城之戀

宅男們常說願意為女神傾盡畢生所有，不過說還說，分分鐘可能只是傾盡了他們網上的金幣。

要數大手筆，又怎及上 13 世紀時的葡萄牙國王迪尼斯？這位豪爽的國王聽到皇后伊莎貝拉喜歡了一座城，就把小城作為聘禮送給皇后，

名副其實的「傾城之戀」。此舉甚至成為皇室傳統，直至 19 世紀，歷任國王都把此城送給自己的皇后。這座城就是 Obidos，由於有此浪漫背景，不少情侶選擇在此結婚，所以也有「婚禮之城」的稱號。

這城堡本來是在八世紀由摩爾人所建的，直到葡萄牙 1147 年重奪。由於地位重要，後來成為葡萄牙國旗上面七個城堡圖案之一。

牆白得反光，點綴着鐵鍛的街燈、如畫的紅葉，四邊用桔黃的牆角鑲起，成為一幅葡萄牙風情畫。旁邊另一間小屋，冷不防用了寶藍色的畫框，和如洗的藍天相呼應，還用了一簇常青藤、一朵鮮紅玫瑰花、一盆小黃菊來點睛。

天空也不讓這人間的童話獨美，白雲在藍天上翩翩起舞，落葉在寒風中滾來滾去。在厚實圍牆中，藏匿着這個小小的美美的、色彩斑斕的小城。小城故事多，即使沒有聽聞過，望一眼也必定鍾情，怪不得惹來皇后的青睞。回望再回望，決定把 2015 年 12 月 12 日 12 點這個小時的 Obidos 私有化，作為我的美麗皇后。

每個街巷也美如一幅畫

外牆也掛上巨型的心，不
枉「婚禮之城」的稱號。

小城美景多

走進 Obidos 古城，經過堅實的城牆，牆上有兩個很大的心心裝飾，城牆看上去歷經滄桑，下面有很多藝人裝扮成古裝的樣子收錢拍照。城內有很多歐洲冬天常見的 Sycamore 樹，光禿禿的一枝主幹上像戴了一頂大帽子，那是樹枝被人工扭曲成各種形狀。

我們沿着古城裏的主要大街石板路走，兩邊都是賣工藝品的小商店，還有賣各種食品的商店。城內充滿驚喜的色彩：以白色為主的房子，加上綠色藍色的框、黃色的屋頂和鮮花，地上都是磨得光滑的鵝卵石，想不到一千多年的古城已經有這樣的城市規劃。雪白色教堂頂尖刺破藍色的長空，色彩對比強烈但又出奇地和諧，小城永遠都比大城市好看。

凹凸不平的石板路上，兩旁的小店已經開始掛上聖誕裝飾，每一條小巷都是驚喜。沒有一個人的石板路上，飄着冬天的落葉，相比人來人往的大街，更有小鎮的風味。

走到城邊，就是聖誕市場，入場費五歐羅。付了錢入場，裏面原來是一個遊樂場：哈哈鏡、旋轉木馬、溜冰、拍照板、等等荔園似的復古遊戲，商店反而只有幾間，和我去年在德法看到的聖誕市場完全不同。

有如一個遊樂場般的聖誕市場

葡萄牙怨曲

激昂而短暫，燦爛但悲昂，是 Fado 的曲式，也是葡萄牙的國運。1500 年出現的首張包括有新世界的世界地圖，是以世界首個殖民強國葡萄牙為中心。今天的葡萄牙卻是歐盟五豬之一，經濟增長停滯不前，失業率高企，財政赤字驚人，首都里斯本市區還保留着上世紀時的老樣子。

逛完 Obidos 古城回里斯本，向貝倫區（Belem）進發。里斯本的貝倫區是葡萄牙航海大發現的起點，也是我的處女作《足足五千年》的靈感來源。

十年前，我在這裏看過一個航海大賽線五百週年的展覽，比較同一時代的各國歷史大事，引發我用比較東西文化的五千年對比，串連各國遊記。時光荏苒，貝倫塔、航海大發現紀念碑，還有地上的大發現地圖，都沒有改變。但這十年在我的身上卻出現巨變：由一個國際品牌的董事，變成一個全職旅遊作家。

今天再看，更感嘆葡萄牙的命運，因為 1500 年的地圖，是以葡萄牙為中心的。「我國五百年前因為發現了歐洲前往亞洲的新航線，靠香料貿易而富甲歐洲。」導遊告訴我葡萄牙輝煌的歷史。我不禁好奇，為甚麼會後繼無力？

「因為葡萄牙太小，海外殖民地太大，就像蛇吞象，無法堅持下去。加上西班牙入侵、大地震和海嘯，令葡萄牙一蹶不振。」今天這個前任殖民霸主慢慢被另一強國殖民。「現在多了很多中國人來這邊買房子，因為 50 萬歐羅就可以買到房子之餘，還可以拿到護照呢！」

世界的大航海從這兒開始

我生命的旅途也從這兒出現突變

國小領土大

趕在四時半回到船上，應該五時離開里斯本。船尾有雞尾酒派對，現場樂隊奏出《Pretty Women》等節奏強勁的音樂，眾人搖頭擺尾，情緒高漲。船舷的七座山丘上，蓋滿了紅瓦白屋、高聳教堂，前方就是金門橋一樣的 4 月 25 日大橋，對岸是里斯本郊區，山頂上矗立着耶穌像，仿造其子國巴西里約熱內盧的駝背山耶穌像，但迷你了很多倍。葡萄牙比起其子國、也顯得迷你。就像英國人後來建立了美、加、澳、紐等子國，證明國不需大，人口也不需眾多，優秀的民族，就能強勝汰弱。

全人類到齊還未開船，原來 12 樓的機房發生火警，救火之後又因為當局調查，搞到遲了五小時才開船離開里斯本。好在跨洋郵輪的船速最快，用 24 海里追趕。船長宣佈原本計劃第二天早上九時到達西班牙 Vigo 結果十一時半才到，本應下午四時半上船離開推遲到六時，但這變動對乘客影響不大。去年坐公主郵輪，由加拿大去美國東岸因天氣惡劣，取消了一個港口泊岸，變成連續航海，這次算是走運了！

4 月 25 日大橋

城市的夜色也迷人

以形補形拜教堂

　　教堂變成恐怖蠟像館？掛滿了眼耳口鼻，甚至還有心臟、頭和身體不同形狀的蠟燭！

　　第十一天到達這個靠近葡萄牙的西班牙最大漁港 Vigo，這個港不是郵輪大港，連古鎮煌也是第一次來。到達的時候已經是中午，下了碼頭，有 Tourist Information 員工派地圖，教我們怎麼逛。想不到這個小鎮也有幾個香港遊客，認得我，要求合影。

　　漁港星期日的天主教堂裏面坐滿了望彌撒的信眾，聽神父誦經、領聖體。完結之後，大家就走到聖壇前面左邊的聖母瑪利亞雕像，拿出紙巾，抹拭聖母的衣服和腳，然後把紙巾放在自己的眼睛上面，唸唸有詞。在聖母雕像下面，供上心肝脾肺手腳樣子的不同形狀蠟燭，這是當地的一種祈禱儀式。我也跟隨信眾，在門口買了不同形狀的蠟燭。如果想眼睛好，就買眼睛形狀的蠟燭，還有耳朵、心臟、頭、身體不同形狀的蠟燭，三歐羅一個，如此類推，就像中國人常說的以形補形。把這些不同形狀的蠟燭放在聖母雕像下面，神職人員燒了後，據說所求必應。

　　傳說在 1917 年，聖母瑪利亞在花地瑪向三位小牧童顯聖，還預言了世界大戰的終結，之後該地就成為了天主教徒朝聖之地，善信用模仿身體器官的蠟燭祈禱。法國盧爾德的天主教聖地，露德聖母朝聖地能以聖水治癒腿患信眾，重新行走的信眾就將自己的枴杖掛在當地，蔚為奇觀！

　　這裏還有人賣大型蠟燭，比自己身體還要高，就像內地廟宇點的那種大香！原來東西信徒殊途同歸，拜得神多自有神庇佑，點得香大自有神看見。善哉！穌哥！

聖母瑪利亞雕像

我也入鄉隨俗，替聖母抹一下腳。

英國百貨公司

彌撒完結，我們就跟着大眾走到主要的購物步行大街 Rua do Principe。聖誕節快到了，大街中央都是聖誕樹和燈飾。今天是星期天，全部的店舖都開放而且很多都有半價。大街上少不了西班牙的大牌子，包括 Mango、Zara。

步行街相連接另外一條車行的大街 Rua Urzaiz，這裏滿是 20 世紀初的 Art Nouveau 建築，陽台很多精雕細琢的裝飾花紋，證明這裏曾經相當富裕，因為漁業和造船業發達，至今 Vigo 仍然是西班牙第一大漁港。

大街的盡頭，就是這個城市最大的百貨公司 El Corte Inglés，許多

旅遊書會把這這間百貨公司譯為「英國百貨公司」或「英國宮」。但其實它並非源自英國，而是一間創立於 1890 年專做英式西服的裁縫店，後來 Ramon Areces Rodriguez 於 1935 年買下了這間裁縫店，改營為百貨公司。時至今日，El Corte Inglés 已是西班牙目前唯一的連鎖百貨公司，也是歐洲最大、全球第四大的百貨公司集團。這裏的地牢有一個很大的超市，我集中火力買西班牙黑毛豬的風乾火腿、風乾香腸、還有鵝肝醬、魚子醬……因為這兒比英國法國價格更為相宜。

為甚麼西班牙的百貨叫英國宮呢？多少是因為今天西班牙人仍然仰望英國。1588 年，西班牙無敵艦隊被英國海軍用火船大敗，導致西班牙將全球霸權寶座，拱手相讓給英國。正如香港也有個「日本城」，不知是否因為三年零八個月的日據？

這個漁港現在主要產業是海產罐頭，所以超市中光是魚罐頭都有百多款，相當誇張，最多是沙甸魚和吞拿魚，由一歐羅至五歐羅不等，包裝精美。另外一排貝類罐頭，青口、北寄貝等也有幾十款，但我已經買了太多黑毛豬，提也提不動，才花了 140 歐羅！成了我這次船程最大的收穫。

回到碼頭，走到旁邊的生蠔街（Oyster street），找了一家海鮮餐廳坐下，門口現開生蠔 25 歐羅一打，13 歐羅有 6 件，充滿新鮮海水的鹹味，肥美多汁。炸沙甸魚，10 歐羅，脆到連骨都吃得，沒有丁點的腥味。香草焗鯉子，鯉子比手指還長，新鮮爽脆，只需 15 歐羅。吃飽喝足，每人 25 歐羅，大滿足。

回到船上，下雨了，這是航程最後一站港口，第一次遇見下雨，我們運氣好極了。去年聖誕在德國萊茵河，幾乎每天陰天加陰雨，前年聖誕在挪威，更加十天不見天日。這次全程陽光燦爛，心情也格外愉快。

昨晚和今晚都有龍蝦，雖然只有一邊龍蝦尾。主餐廳的侍應也有水平，見我叫過一次暖水後，第二晚已經自動放了一壺暖水在我的座

在英國百貨公司大豐收

位前面。晚餐完結時，播音樂，144 個廚師列隊出來，繞場一周，全場
食客起身拍掌、揚起餐巾。

沒有 Phantom 的海上面具舞會

聽音樂劇《歌聲魅影》（The Phantom of the Opera） 中
《Masquerade》這首歌聽得多，參加面具舞會還是第一次。

QM2 郵輪上這個號稱世界最大的水上舞池，夜夜笙歌，歌舞昇平。
舞池中舞者之多，恐怕冠絕郵輪，因為其他美國新興品牌郵輪並沒有
Cunard 這種百多年的英國傳統 Ballroom dance 文化，你看過《鐵達尼
號》就會明白。

很多乘客明顯是為了上船跳社交舞，大家都有備而來，戰衣、舞
鞋晚晚換款。最後一夜的面具舞會，更將上世紀巴黎的上流社交舞會
搬到了大西洋之上，參加者都穿上了禮服長裙，戴著華麗的面具，就
像《The Phantom of the Opera》中那場面具舞會一樣。

Masquerade！Paper faces on parade . . .

Masquerade！Hide your face,

so the world will never find you

　　不過，這晚 Phantom 並沒有蒲頭，天花水晶燈也沒有墮落，舞會得以順利地舉行。晚餐時，眾人已經入戲，戴上面具，女士們不停拍照。飯後到舞廳，司儀請所有戴着面具的乘客出舞池列隊，逐個介紹。繼而邀請列隊巡遊，在舞池四周走一個圈，接受眾人的掌聲。很多人的打扮都很認真，從頭到腳都有裝備。老公扮羅賓漢，老婆扮狼人。

　　我本來只戴了一個面具，但看到蘇格蘭帥哥穿上 Kilt，我也不示弱，穿上唐裝外套，獲得老外不停稱讚「beautiful boy」，令我飄飄然了一晚。

我的造型帥嗎？

很多人的打扮都很認真！

最後，我們都寂寞了

今天是十二天行程最後一日 sea day，由西班牙航行回英國。陽光在早上驚鴻一瞥後就消失了，代表告別燦爛陽光的亞熱帶小島，陰霾的英國冬季就在前方。

睡到十點鐘，起床去甲板跑步、拉筋、游泳，最後在按摩熱水池中浸泡着，看海、寫稿。今天沒有約人，帶了本書去吃早餐，這時King's Court 自助餐廳已經在準備午餐。回房間在床上看書，船上搖搖晃晃，看着看着又睡着了。睡醒了，吃一個人的午餐。一言不發吃完午餐，這是第一次。我開始明白，孤獨旅行者的樂趣，郵輪本來就是懶人的旅遊方式，懶得自己計劃行程、訂火車、找景點、懶得自己找餐廳、訂酒店、執行李，現在一個人吃飯，連嘴巴也懶得開口說話，簡直是懶人旅遊的終極修為。

有天正裝之夜，我在 Britannia 餐廳吃完 Sit Down Dinner，經過King's Court 自助餐廳，暗角坐着一個孤寂身影，強烈香水味撲鼻，令我駐足回望。一位悉心打扮的中年肥胖女士，頭髮盤得老高，黑色低胸晚禮服上面，點綴着成套的仙奴珍珠項鏈、耳環、手錶。她埋頭苦幹，吃得津津有味，一個大盤子，堆得比山還高的炸魚、薄餅、雞翼、薯條等垃圾食物。我暗自思索，女為悅己者容，她花時間打扮了半天，又不約人去豪華氣派的 Britannia 主餐廳，享受侍應服侍的 Sit Down Dinner，難道就是為了留給暗角之中的那堆雞翼薯條欣賞嗎？有故事的人，都是有趣的人。

七宗罪

目睹美國乘客對垃圾食物的執着愛意、追求勇氣和永不言足，令

我想起《千與千尋》中主角父母變成肥豬的一幕。

這天自助午餐有特別的甜品環節，叫 Chocolate n Ice：在巨大的 Cunard 一百七十五週年冰雕下面，堆滿了各式朱古力甜品。自助餐還未開始，美國乘客們已經排隊，瘋狂夾起朱古力冬甩、朱古力 muffin、朱古力蛋糕、朱古力 brownie⋯⋯放在碟子上，完全體現了「人出卡路里，我出老命！」的不吃虧心態，連特朗普也最愛垃圾食物，原來強國大媽吾道不孤。

以美國乘客為主要客源的郵船飲食安排，基本和非洲饑饉形成地球的兩極。早餐接午餐、午餐連下午茶、下午茶後是晚餐，晚餐完了還有消夜，24 小時供應源源不斷幾十款高卡路里美食。郵輪之旅變成增磅之旅，也是意料之內。正餐廳 Britannia 於是提供了 Canyon Ranch 水療餐單，每道菜旁邊顯示卡路里。但是郵輪世界，美國人穩佔半壁江山，自助餐廳全天候都人頭湧湧，左邊一座泰山身形，右邊來個航空母艦，吞吞吞、吃吃吃個不停，媲美堆填區的焚化爐。

聖經中所謂的 Seven Deadly Sins（七宗罪），其中一宗罪是 Obesity（貪食）；佛教五戒首推「不殺生」；儒家則以「吃喝嫖賭抽」來形容一個人道德敗壞。湊巧的是東西方文化不但對這種口腹放縱加以警戒鞭撻，更形容為墮落的起源。連口腹也節制不住，何況其他慾望？幼承庭訓，我戒牛，後來因為工作機會，到神戶時面前擺滿了 A5 神戶和牛免費任食，我仍然點滴不沾，全晚只吃豆腐和白菜。意志堅定，才令人類優勝於口腔期的原始動物。

船上的食用每天都豐富得驚人

QM2 小評

　　這次十三天的伊比利亞島和加那利群島之旅，十分滿意。船有歷史感，故事性豐富。行程之中，七日 Sea Day，六日靠岸，也最舒適。12 月頭到中，大部份時間陽光燦爛。旅伴更是千載難逢的組合。

　　Cunard 郵輪品牌今年（2015 年）175 歲，冠絕現今所有郵輪品牌。適逢旗艦的這艘 QM2 今年 10 歲，雙喜臨門。這次船程是陶傑和古鎮煌失散多年第一次重聚，也是我第一次和陶傑同遊，古鎮煌和我是神交多年首次見面。要多謝嘉年華集團香港的大家姐 Nancy，永遠高貴大方，人緣極佳，她才有面子將三個不同年齡層的專欄作家召集在同一個旅程。有這個世紀組合的旅伴同遊，為這個加那利群島之旅增添了永生難忘的樂趣。

QM2 是第一艘帶露台的跨洋郵輪

QM2 獨特定位是「四星中有五星」船中船的設計，根據郵輪權威 Berlize 評分，QM2 的 grill class 頭等艙屬於五星級，我們這次入住的露台房是經濟艙，屬於四星級。

由於冬季大西洋北部日照不足，到了亞熱帶小島又要上岸觀光，平時坐在露台的時間不多。但 QM2 是第一艘帶露台的跨洋郵輪，十年前為了帶給乘客最豪華享受，嘉年華集團主席堅持為 QM2 加上露台，但因這艘巨無霸太寬，超越巴拿馬運河閘門寬度，走美洲時只能兜路經合恩角。現在世界上四百多艘郵輪大部份跟隨巴拿馬運河寬度建造，稱為 Parama Class Ship。

比較我坐過其他四星級大品牌，艙房設施大小分別不大，但飲食就屬於四星中的甲級。

先談 King's Court 自助餐廳，早餐麥片也有四款，新鮮水果有六款，煙三文魚少不了，果汁有三款，還有白粥。午餐葷冷盤有十款，熱盤有印度咖喱、燒羊架、燒豬腩等特色菜。晚餐時還可以點即製意粉，水準可以媲美正餐廳！這餐廳果汁、茶水 24 小時供應，還有消夜！令我窩心是消夜時有熱牛奶，喝完更好睡！

便裝不隨便

正餐廳 Britannia，貫徹 Cunard 的英式紳士傳統，正裝之夜幾乎佔一半！而且穿着要求並非美國船一樣「指導性」，而是「必須跟規矩」。正裝得來，領呔也算隨便，要打煲呔！西裝也有點寒酸，要穿禮服！女士們更加「成隻雀」一樣！

郵輪的慣例是登陸觀光之後通常是便裝之夜，話雖如此，我也鬧了個笑話。有晚便裝之夜，陶傑問我，我說 casual 就可以了。其實便裝 informal，仍然要求男士穿上西裝外套，可以不打呔。女士的打扮要

求是 cocktail dress，結果到了 Britannia，只穿了恤衫的陶傑自覺不合禮儀，又上房去加了西裝外套才入座，令我感到不好意思。

食物方面，Britannia 早餐每天一樣，吃了三天就厭了，回歸樓上的自助餐。午餐吃了兩次，印象不深。晚餐幾乎全部在這餐廳吃，服務殷勤，龍蝦也有兩晚，田螺、鵝肝醬也有一晚，整體水平在四星船之上。至少不會將樓上自助餐的東西，放進大碟子，就當是 fine dining 了！

環境方面，Britannia 是五星格局。氣派設計，水晶燈火通明，座位排得很開，用 widgewood 骨瓷，晚餐時現場有四個美女演奏提琴或豎琴。

Queen's Room 每天下午的英式下午茶，很受歡迎，不止有現場樂隊表演、白手套侍應穿燕尾服，特別有代表性的茶點首推 scone 英式鬆餅，幾乎每人每天一件。英國人的下午茶，沒有 scone 不成體統。我的一位英國太太朋友請我去她家下午茶，也是為了吃獨沾一味的 scone。

郵輪設備方面，我每天用得最多的，就是泳池。可能因為這船有五個泳池的關係，我每早去船尾七樓游泳時，都可以包泳池！我無法

忍受「煮水餃」似泳客密集的泳池，所以即使這船的池很小，不像其他大船的 25 米長池，我也寧願游無人小池。

四個美女的現場演奏

郵輪上網陷阱

全世界的陸地，大部份被各國電訊商的發射塔覆蓋。

但不要忘記，地球表面還有更大的面積，沒有一個發射塔，海洋面積是陸地一倍有多！

我一直使用最方便的 csl day pass 漫遊，每天 \$198，到了非洲大草原也好，到了南美冰川也好，接駁上當地電訊商的發射塔，信號強，數據沒有限制，而且不用換卡搞半天。對於我這種不停穿州過省的人來講，十分方便。

只不過，坐郵輪到了茫茫大海之上，就英雄無用武之地了。海上沒有了當地電訊商，唯一的接受方式就是衛星。衛星收費不包括在所有公司的 day pass 或 wifi 蛋之內。因為收費比陸地發射站昂貴很多倍。例如，這次我坐 QM2 在大西洋航海之時，有上市公司重要商業會議需要我參與，沒有辦法只能使用衛星，談電話幾十 mb 數據，已經收費八千多元！

其實，即使在海上，如果離岸邊不遠，也可以接收岸上的電訊商信號。但這時候開漫遊上網十分危險，你不知道甚麼時候失去了陸地訊號，手機自動跳去了衛星信號，已經開始天文數字的收費！看下 fb，就花了幾千元，欲哭無淚！

最穩當的做法——斬腳趾避沙蟲。當郵輪離開港口時，就用 flight mode 關閉漫遊，直到下一個港口。

這次有五天全日航海，與世隔絕這麼久，不太好受。也可以考慮另外購買郵輪公司的上網計劃，120 分鐘收費 US\$48，240 分鐘收費 US\$90。

明天就下船了，沒有太多依依不捨。因為我還有兩晚的倫敦之旅，安排來做聖誕購物。反正已經飛了十多個小時來英國，沒有理由不停留倫敦一下。我上次來倫敦已經是八年前，對這個城市來講實在太久。

然後由倫敦直飛上海，為一個商場出席剪彩活動，剛好幫補一下我在倫敦的購物花費。

郵輪上的老頑童

　　十三天的 QM2 旅完成，船到 Southampton 埋岸。我和古鎮煌相約，一齊搭的士由碼頭去 National Express 巴士站，只需要八英鎊。他教我在網上訂巴士票，由 Southampton 回倫敦為九鎊，但現場買就要 23 鎊！

　　我們訂了十一時半的車票，到了巴士站才九時半。他叫我：「你去行下呢個衰城，我幫你看行李！」 他口中的「衰城」就是乏善可陳的倫敦外港：Southampton。果然，我去旁邊的百貨公司轉了一個圈就回來了。古鎮煌真是老頑童，他的口頭禪是「× 到癲」，見到我的 Nikon 相機，就說「呢支鏡頭 wide 到癲！」講到有的郵輪品牌價格時，他就形容：「真係平到癲！」

　　我由古鎮煌身上，看到自己的老年。這是一個命運安排給我的另一個 insight。他比我大三十歲，且看三十年後，項明生是否也是孤身一人背着相機，每天都在旅途之上，下了一艘船又上另一艘船，並以「息勞之日花光所有的錢」為目標！或這是天意，在今天，讓我看到自己的夕陽身影。

溫暖的亞皆老街

　　每一次的相遇，都是久別重逢。到了京都，我像回到汴梁。到了倫敦，更像回到了旺角。

　　倫敦的聖誕又濕又冷，由大英博物館走出來，我不禁縮起肩膀。

忽然有觸電感覺，是一個溫暖和陽光的路牌：Argyle Street。我中學時曾在亞皆老街上學，初戀的小手，也是首次在這條街道上戰戰兢兢地拖在書包下面。提起亞皆老街，香港並不孤單，澳洲三個城市、加拿大五個城市、美國的芝加哥和荷李活，以至大馬都有「撞名」，起源地英國更有十多個城市的主要大街叫亞皆老街！我曾到過加拿大 Halifax、愛丁堡，以及倫敦的亞皆老街，真係去到全世界都「總有一條喺左近」！

相隔了一萬公里，在父母尚未出世的年代，英國就給了香港這個清朝被遺忘的小漁村豐厚的禮物：從語言、海港名字、街道名字到雙層巴士、聖誕節燈飾……這個號稱日不落的帝國把他們的下午茶和語文移植到世界每一個角落，於是由東至西，從南到北都有上述同名同姓的街道與城市名。

如果要「去殖化」，我建議把亞皆老街改為「林峯街」，他的獲獎令港版亞皆老街威震海外，從此「亞太地區」有了全新定義：「亞皆老街到太子道西」。

倫敦街頭的點點滴滴都透着親切感

有 wifi 的電話亭

眼睛也有營

　　即使你是第一次來倫敦，也會有似曾相識的感覺。入住倫敦 Park Lane 的 Metropolitan 酒店，俯瞰海德公園，我想起銅鑼灣的維多利亞公園，以及旁邊的 Park Lane 酒店。這間型格十足的 Boutique Hotel，是來自新加坡的 Como 集團，喜歡探索秘境的朋友不會陌生，世界各地都遍佈了 Como Retreats 度假村。

　　早餐吃 Como Shambhala 著名的健康早餐，不是 buffet，而是 a la carte（由我選擇）。一邊食，一邊用 Parker Pens 鋼筆，寫明信片給住在香港的書迷們，旺角那邊的亞皆老街，天氣怎樣了？

　　早餐先來生果盤，包括鮮紅的士多啤梨、飽滿的藍莓、紅色的 raspberry，還有黃色的菠蘿和綠色的奇異果，色彩豐富。果汁有九款，各有功效，例如 blood builder、beta clarity，營養師以不同蔬果打成。我點了 Blood Builder，以紅蘿蔔、紅菜頭、菠蘿、蘋果和薑混合而成，有清血管、改善循環系統、增強免疫力和提升情緒之效。

Metropolitan 酒店可以俯瞰海德公園

邊寫明信片邊吃健康早餐

島國的 Happy Hour

　　經過倫敦市中心繁忙的牛津道，燈火通明的玻璃幕牆辦公室對面，有一座上世紀的豪華建築：Rosewood。

　　這間倫敦百年雲石豪宅，是一幢建於 1914 年的七層建築，原屬一間保險公司。後來改建成酒店，2013 年才由來自香港的新世界集團接手，改名為 Rosewood London。

　　酒店其中一個著名景點就是 Scarfes Bar。走入 Bar 內，人聲音樂聲鼎沸，性感漂亮的女侍應，穿插在人群之中。這是個 sports bar，四周木書架、昏暗枱燈營造一種書房感覺，和門外陰雨陣陣相反，這裏人氣極旺，連坐位也找不到。我叫了一杯香檳，在這裏看一看倫敦的中產階級怎麼消磨他們的公餘時間。原來他們和另一島國的日本白領一樣，把他們的大衣掛在吧枱下面，然後和朋友、愛侶吹牛聊天。

百年雲石豪宅改建而成的 Rosewood 酒店

不時不食

晚餐於倫敦 Rosewood Hotel 的 Mirror Room，頭上四周都是鏡子，飯桌上點玻璃油燈，情調十足。法國侍應用重重法語口音，介紹今天的野菌餐單。大廚 Amandine Chaignot 是法國名廚 Alain Ducasse 徒弟，她的原則是不時不食。

時值冬季，Amandine 選了四款英國森林中找到的本地野菌入饌。侍應貼心地捧上一個木盒子，放有四個不同野菌的真身，逐個逐個介紹，讓我聞一聞、摸一摸，果然各種不同香氣撲鼻而來。

先來一杯玫瑰香檳（Ruinart Brut Rose），開胃小菜（Canapes）是鵝肝配黑加侖子（Foie Gras and Blackcurrant），甜甜的黑加侖子果膏裏面，包着香滑的鵝肝，上面鋪了純金箔，視覺及味覺均有層次！煙燻的阿枝竹蕊已經很香，加上黑松露蛋白醬，雙重享受！

頭盤（Starters）是野菌雞胸餃子：雞胸加上蛋白，打碎之後，鋪在野菌上面，加上香草，一口咬下去，好像一團雲一樣，根本不用咬，已經可以吞下去。強烈香味是來自於下面的野菌和上面的香草，配來自法國西南的 2014 Jurangon sect Domaine de Souch 白酒，美味！湯是 Chestnut and Black Trumpet 濃湯，味道稍鹹了一點。配 2009 紐西蘭的 Pinot Gris。主菜是黑喇叭菇龍蝦及阿枝竹。龍蝦甜、黑菌香，阿枝竹清，三者配搭完美。配 Riesling，錦上添花！

主菜是烤鷓鴣胸，配鷓鴣腳啫喱，一熱一凍，鷓鴣很滑。啫喱全是 collagen，美味又美顏！上面還鋪了菜和鷓鴣肉。明代醫聖李時珍在《本草綱目》中有「鷓鴣補五臟、益心力」、「一鴣頂九雞」之說，足見其營養、滋補、保健功效的神奇，英女皇國宴就經常有這道菜。配 2012 Pinot Noir、Grand Cru Hollenberg、Allendorf、Rheingau Germany 15.5。甜品名為 Maple Pecan 12，合桃雪糕、Lagavulin 威士忌啫喱配 Pedro Ximenez Ximenez- Spinola、Jerez、Spain，外形靚到

不時不食是主理這次晚餐法國名廚
Amandine Chaignot 的原則，也是
中國人沿用已久的飲食原則。

好似悉尼歌劇院，不捨得吃！

　　還有 Chestnut 12，糖漬栗子配 2013 德國 Riesling Auslese，和 Va-
nilla Parfait，外表像蘑菇，實際上是栗子，完全是周星馳的喜劇效果。
加上金菏，完美結局！

退稅不容易

　　早上去 Edgware Road 旁的 Church Street Market，這個市場挺中東風味的，很多中東人和印度人的商店，蔬果也很便宜，所以不少居民都喜歡來此。

　　逛完市場坐巴士去牛津街，開始聖誕購物。Primark 的衣服價廉物美，很多十鎊以內的衣服：外套、禮服的襯衣加上煲呔也才九鎊，媲美 H&M！在這裏一共買了 80 英鎊的東西，還可以退稅，大概百分之八，但是要到希斯路機場去退！

　　這種「機場退稅」最討厭。誰都知道，到機場是為了趕飛機，有心機、有時間，還要記得去機場排隊等退稅的人，分分鐘少過一半！我最後也望見那條退稅長龍而放棄了應有權益！退消費稅給遊客這個良策，日本政府做得最好。現買現退，店舖馬上將稅金用現金退給遊

Selfridges 百貨公司對面的大樓

客，不像英國退現金要扣錢，退回信用卡才全數。日本還計劃將退稅最低消費的一萬日元降低到五千日圓，簡直是遊客佳音！

買累了，最後到了對面的 Selfridges 百貨公司地下的 Dolly Café 嘆下午茶。出名的 Mandarin Zing 蛋糕像一個真的桔子，賣相極搶眼，雖然七鎊貴一點，但漂亮得捨不得切開！還有不可缺少的 Scone，茶葉是新鮮薄荷葉，不是乾葉也不是茶包，極有誠意。回完氣後，坐地鐵去倫敦橋的香格里拉。

食在歐盟之巔

以前我的倫敦食物印象，就是 fish and chip（炸魚薯片），當時我是 backpacker 的身份，只能在街邊吃快餐。現在有經濟能力了，可以品嚐倫敦的高級餐廳，發現倫敦的烹飪水準已經開始追得上巴黎、東京等美食之都。

到倫敦的香格里拉吃晚餐，酒店大堂在 35 樓，換了電梯上到 52 樓 Gong Bar，倫敦在我腳下，泰晤士河蜿蜒盤旋，萬家燈火一望無際 180 度的景觀十分震撼！酒店為我專門訂了一個牆邊的桌子，望着如此璀璨奪目名城美景，令我感慨萬分。香格里拉可謂一酒店一景點，個個皆驚喜，因為酒店的選址，每每是當地的地標。我上次住過的巴黎香格里拉，就是拿破崙姪子的王宮，位於巴黎鐵塔的對面。還有土耳其伊斯坦布爾的香格里拉，位於新皇宮的旁邊。這間位於 The Shard 大廈之內的香格里拉就是歐盟之巔，俯瞰泰晤士河和倫敦橋！門口停滿林寶堅尼以及法拉利，應該是倫敦上層名流的去處。

The Shard 來頭不小，不只是倫敦最高的大廈，也是英國以至歐盟最高的大廈。它的外形像樹木，建築材料有 95% 都是來自其他被拆掉的建築，所以被取名為碎片大廈。The Shard 由規劃到落成，歷經了

十二年，耗資十五億英鎊。由於耗費巨大，還差點爛尾。現在中層就
是香格里拉酒店，其他樓層是辦公室，樓上還有著名的卡塔爾半島電
視台，可以俯瞰整個倫敦。

天氣惹的禍

聖誕節坐在倫敦橋的香格里拉酒店 52 樓 Gong bar，叫了一杯
Louis Roederer Rose 2009，看着歡樂的小氣泡飛快的向上直升，想着
腳下這名城，一百多年前派遣艦隊赴遠東，將一個不知名的小漁村，

變成了今天的香港，也改變了我的命運。

沒有英國，阿群的後裔今天還在群帶路曬鹹魚嗎？這個大西洋中的小島有甚麼特別的元素，令其與世界上其他成千上萬的小島不同？一邊思索，我一邊寫下為「雲頂夢號」表演《穿越時空環球秀》的講稿。

是甚麼原因，令腳下這個小島可以駕馭成千上萬的小島，包括香港，還佔領了其他的大洲，他的子國的面積比它本身大幾百倍，他的語言由這個小島傳遍全世界，成為真正的國際語言？

說到底，都是天氣惹的禍。倫敦的天氣糟透了！整天陰雨綿綿，連曬鹹魚也不成。天無三日晴，本來是形容中國最窮的山區貴州，今天走過牛津街，鞋子也打濕了，購物紙袋也淋爛了。正因嚴峻惡劣的天氣，令這裏的人性格刻苦耐勞，而且絕不留戀家鄉，一心向外闖。他們要吃肉，但那時還沒有雪櫃，就需要東方的香料去醃製；他們要喝茶，但氣候和土壤都無法像中國各省一樣輕易種植茶葉，惟有出去掠奪。世界上大部份的地區氣候和環境物產，都比這個上天沒有眷顧的小島還要豐富，所以英國人是天生的侵略者、拓荒者。我國氣候溫暖、地大物博、天朝大國、物產豐饒。於是皇帝們兩千多年都忙着修葺長城，把自己圈養在安全的圍牆裏面，甚至禁止出海，故步自封，到乾隆時仍然對英國特使夜郎自大，本着「普天之下莫非王土」的想法，1842 年終栽在千里外這個小島手上。

「千金難買少年窮」的下聯，應是「環境惡劣國爭氣」。論人口，兩千年來中國都是世界第一大國。論聰明才智及文明程度，當西方還處於文藝復興前的黑暗中世紀，北宋時已經有類似「文藝復興」的理學運動，沈括的博學多才比達文西還來早了四百年，GDP 甚至已超越整個歐洲。為甚麼到最後，是維多利亞女王去燒了圓明園，將香港的港口用她的名字命名，而不是慈禧去燒了白金漢宮，將泰晤士河改名葉赫那拉河？

海盜變紳士

看着面前萬家燈火倫敦，我的思緒起伏，就像腳下的泰晤士河船來船往，無法平息。如果當年鄭和航海到了泰晤士河，今天的倫敦應該是講普通話的了？如果鴉片戰爭勝利的一方是中國，1997 年中國應該歸還一個威爾斯的漁港給英國嗎？

今晚的倫敦天朗氣清，一望無際。百年前，這裏也曾經是霧霾瀰漫，因為英國是第一個世界工廠。今天，霧霾鎖北京，是遲來了一百年的工業革命副作用。

人類文明五千年以地中海為中心，直到 15 世紀航海大發現始於伊比利半島，英國位於歐洲邊陲不起眼的小島。

1215 年大憲章頒發，目的是限制君主權力，成為近代民主與自由的起點，當年元世祖忽必烈出生。但到了 16 世紀，英國仍然窮困，伊利沙白女王支持子民出海去搶劫西班牙船隻。最著名的英國海盜，就是被英女皇封為爵士的 Francis Drake，他成功在南美搶劫西班牙艦隊 25 噸金銀，回國上交給伊利沙白女王，還清了英格蘭外債。1688 年的光榮革命，令議會戰勝了皇權，開啟了日後主宰世界的日不落帝國。

誰會預見這個曾經以打劫為國家行為的貧窮小島，會改變了全人類的文明進程？到了 1750 年，英國出現了史上最早的消費文化。1872 年，香港開埠才三十年，英國人已開始了坐郵輪，《環遊世界八十天》！聽英國首相 David Cameron 的電視演講，又學多一個字：Nation vs Country，中文皆翻譯為「國家」，但卡梅倫說：「they have kept our country of four nations together！」即是說一個聯合王國中有四個「國家」，英國人好生養！天佑女皇！

完美的句號

香格里拉聖誕節大餐的 Festive Menu，五個 course 收費 65 歐羅，我選擇了每款菜配搭一款不同的酒，收費 105 歐羅（港幣 1200），包送五杯不同餐酒，這個收費比香港的高級餐廳便宜很多。

頭盤是 Dorset Crab，配 Apple、cauliflower、olive at English caviar，蟹肉的鮮，加上蘋果的甜，形成獨特完美的配搭。還有 Amuse Bouche，紅菜頭忌廉連加朱古力 mouse，咖啡粒，又鹹又甜。

第二道菜是 Chicken Liver Parfait Coffee，雞肝奶凍配柚子心，外面鋪咖啡，以及焦糖皮，特別的組合味道居然和鵝肝差不多。酒是 Henriques and Henriques、Serial Madeira Portugal，有咖啡味，我剛剛去過這個北非旁邊的小島，所以這個酒對我來說特別的好味道！

第三道為 Cornish Lobster Risotto、chorizo、Smoked paprika 一

豐富美味的聖誕大餐

拿上來香味撲鼻，吃得出是用龍蝦熬出來的濃湯來煮 Risotto 的。配 Chateau Plaisance 的 Rose。主菜為 Denham Estate Venison 鹿肉，配搭 Braised red cabbage、celeriac、chocolate sweet and sour sauce，酒是美國的 Zinfandel Bemeades。還有 Dover Sole 龍利魚，魚柳本身淡而無味，中間夾了柚子，感覺就完全不像了，不只有香氣，還有一點點的果味：柚子實在畫龍點睛。

甜品是 Chocolate Yule Log，外形有如聖誕柴（聖誕節前夕放在爐裏燒的木材），加上 Gingerbread、caramelized apple。這甜品很有濃厚的聖誕節氣氛和很香的生薑的香味，配 Chateau Petite Vedrine Sauternes 貴腐甜酒。

今晚在 Gong 的日落香檳和 Ting 的晚餐，絕對是完美的倫敦句號。

機場禁區難民

在倫敦玩了太久，到上海出席活動，一下不留神遺留了回鄉卡，結果被拒絕登機，在蘇黎世機場上映了一幕現實版的《The Terminal》，嘗試了做機場禁區難民的滋味。

由於攝影師直飛香港，我去上海出差兩晚，我將一個小行李箱交給他幫我帶回香港，這樣我可以輕裝去上海。臨離開倫敦前一晚喝了太多酒，回到酒店倒頭大睡。

坐瑞航早機，經蘇黎世去上海。凌晨五時半就匆匆忙忙，坐地鐵到希斯路機場。兩小時後到蘇黎世，到飛機閘門，空服人員檢查證件。我拿了特區護照給她看，她問有沒有大陸 ID 卡？我知道應該是指回鄉證，於是找呀找，背包中沒有！才想起，回鄉證應該遺留在我另一個行李箱之中了！

下一步，大家應該猜到了。我被拒絕登機，行李被 unload 拿出來。

這還是第一次。攝影師由倫敦來蘇黎世，最快要六個小時後，他會交證件給我。

去瑞航查詢，收到回鄉證後，有兩個方法，要麼等整整一天，搭瑞航下班飛機去上海，因為每天一班中午一點。要麼和攝影師搭乘今晚十一點回香港的飛機，然後買一張香港飛上海的機票，這樣就可以在上海睡一晚才出席活動。上海公關公司很快答應買多張機票由香港飛上海，好在瑞航香港的高層 Emily 也答應幫我立即改機票當晚回香港。我才鬆一口氣。

這次是我旅行多年，最嚴重的失誤。因為近年個個月飛，已經麻木了，自然輕敵。上次已經帶錯護照去台灣，化險為夷，這次忘記了帶回鄉證而不能登機，也是提醒我以後對證件不能大意疏忽。好在不是丟失證件。過了兩小時，瑞航出了新機票給我，我就去 transfer counter 做 retag 手續，將託運行李改為去香港。

因自己大意而要滯留機場禁區十小時，心情卻沒有太大起伏。因為我近年開始逼自己「慢」，前半生甚麼都衝衝衝，趕趕趕，性格也變得衝動而魯莽。知天命之際，我命令自己甚麼都要慢慢慢、滋油淡定。坐郵輪，就是慢活的修煉。由倫敦去紐約，不選十小時的飛機，而坐七天七夜、價格還要貴好幾倍的 Cunard Queen Mary 2，就是要體會最美的風景不在目的地，而是在沿途拉長了的每一分每一秒。

這次滯留在機場的十小時，也不是想像中那麼痛苦，反而樂在其中：去了兩間瑞航候機室，吃了兩碟意粉、三碗湯、一杯紅酒、多杯橙汁。寫了兩篇專欄，也用 Microsoft Surface Pro 4 為新的河船書選了相片。我隨身帶了充電器，忘記了轉換插頭，更遇上一個好心的德國伯伯借了他的給我用。中途累了，又睡了一覺。睡醒，證件已經由倫敦送到了蘇黎世，剛好時間登機回香港！遺憾的只是沒有遇上 Catherine Zeta Jones，上演一段似有還無的愛情故事。

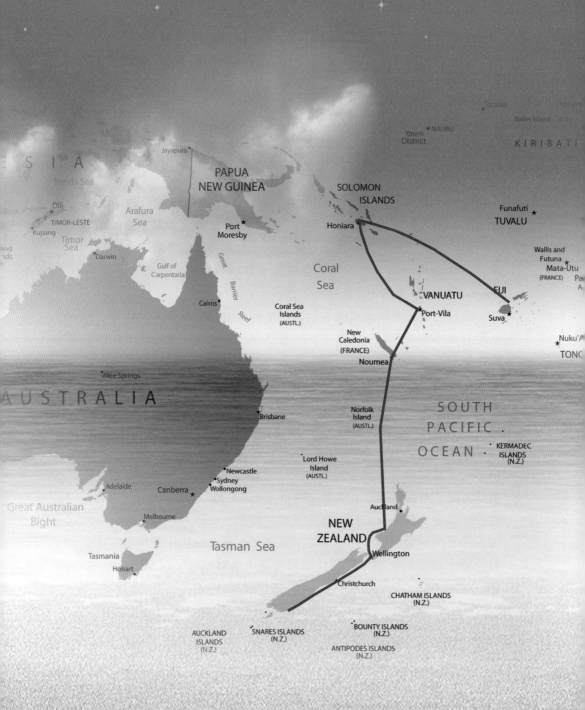

第二章

銀海：
第八大洲及美拉尼西亞

地球最新大陸：西蘭大陸（Zealandia）

地球上將出現「第八大陸」！2017年2月17日，「美國地質學會」（GSA Today）發表的最新研究，以紐西蘭為主的科學家在紐西蘭海底發現了一個「失落大陸」，名為「西蘭大陸」（Zealandia），其面積多達五百萬平方公里，儘管94%都在海裏，但具稱為大陸的資格。這個發現，將改寫中學的地理教科書，一向教授世界上只有七個大陸：非洲、亞洲、南極洲、澳洲、歐洲、北美洲和南美洲。我七大洲都去過了，這一次就去第八大洲！

「西蘭大陸」是一個廣大、連續的大陸地殼，面積大約等於印度次大陸，一億年前從超級大陸「岡瓦那大陸」（Gondwana）所分離出來。「岡瓦那大陸」於六千至八千五百萬年前沉沒，澳洲也曾是其中的一部份。其中心位於紐西蘭，僅有三大主要陸塊，包括紐西蘭的北島和南島，以及法屬新喀里多尼亞（New Caledonia）。由於第八大洲的94%面積都沉在海底，今天的紐西蘭及法屬新喀里多尼亞實際上是這個大陸上的山嶺，這就解釋了兩地風光旖旎、地理特殊的由來。

美拉尼西亞

貴為全球最大海洋的太平洋，根據文化不同，劃分為三大群島，最大的是玻里尼西亞（Polynesia），三角形的廣大海域三端分別為夏威夷、復活節島及紐西蘭。另一個為密克羅尼西亞（Micronesia），以及這次航程將前往的美拉尼西亞（Melanesia）。

美拉尼西亞，意為「黑人群島」，有四個國家，包括瓦努阿圖、所羅門群島、斐濟及巴布亞紐幾內亞，以及法屬新喀里多尼亞等群島。

第八大洲及美拉尼西亞之旅

　　十六天的船程，第一次搭乘世界最頂級的銀海（Silversea）。光是這個閃閃發亮的名字，已經令坐過十多次郵輪的我，出發前仍然興奮莫名。這次是坐 Silver Discoverer，5,218 噸的小型郵輪，96 個船員，只招待 120 個乘客，2014 年才完成裝修。以 Small Luxury 標榜的銀海船隊，現在有八艘郵輪，這艘 Silver Discoverer 為旗下的 Expeditions 系列，屬於第二小的郵輪，主要行走太平洋。小才是美，大而無當，絕對適用於高端郵輪。而且這條路線絕對不大路，由世界上最多郵輪行走的加勒比海，到郵輪密佈的地中海、波羅的海，還有阿拉斯加、亞洲等，太平洋路線是屬於新興市場。

　　坐得郵輪多，船程也越來越長。最初始於一週的歐洲郵輪，然後到北美和加勒比海的十天船程。之前坐 Cunard 的 QM2 去大西洋航行兩週，已經覺得很長。想不到這個代號 V9604 更長達十六天！加上我早一天去奧克蘭，回程逗留斐濟兩晚，總共二十天，已經是一個長途旅程的日期了。我相信，越多旅遊經驗的 seasonal traveler，旅程只會越來越長。

　　好在我已經退休，一年有 365 天假供我揮霍浪費，不必左度右度，捉襟見肘。

　　再者出發前停一晚奧克蘭，是因為船不停這裏，我又是第一次去紐西蘭，值得一訪這個第一大城市。加上由香港飛 Dunedin，必須經奧克蘭，飛了十小時再轉機實在太辛苦。我於是要求紐西蘭航空改機票，中途停奧克蘭休息一晚。

　　為甚麼船程完結了，還要停斐濟兩晚？因為船程終點站所羅門群島，是一個不着邊際的小島，沒有甚麼國際航線，即使去奧克蘭，也必須搭斐濟航空，經過斐濟。但中途轉機時間要八個小時，十分趕客。我惟有上 Expedia，發現斐濟有直飛香港的班機！於是我改飛 open jaw，由奧克蘭入，斐濟回香港。OTA（網上旅行社）就有這種優勢，即使在大年初一的半夜，也可以臨時臨急最後一刻改機票！機票改來改去，我才發現我忘記了訂奧克蘭的酒店！於是又上 Expedia 訂了機場酒店。

第一次搭乘世界最頂級的 Silversea，超級期待。

銀海 Expedition 發現者號

Expedition 中文是考察、探險，目的地是七大洲的最偏遠地方。為甚麼是七大洲？因為除了有人居住的五大洲，還有沒有居民的南極、北極。總之，不去大城市，專去少人或無人地帶，最適合熱愛大自然的人，不適合以「食玩買」為主題的初班遊客。標榜「遊學」，所以船上會安排專家，介紹大自然。

我坐 Hurtigruten 去過南北極（請參考拙作《快樂到極點》），以及 G Adventure 去進化島，這三個地方都是 Expedition 的熱門地方。銀海是 Expedition 郵輪界最奢華品牌，目前有三條船，旗艦 Explorer 每年 12 月至 3 月走南極，4 月至 9 月走北歐、北極。Galapagos 專走進化島，由於位於赤道，全年都適宜行海，這船一年四季都不做 Re-positioning，只做進化島，這島不同世界上成千上萬的島嶼，只因為達

爾文在這裏發現了進化論，可以參考拙作《足足五萬年：跟達爾文去進化島》。

最後就是這艘我坐的 Discoverer，這船主要走世界最大的太平洋，由澳紐到東南亞、玻里尼西、美拉尼西亞、密克羅尼西亞，明年開始航行印度洋，包括新開的路線：緬甸。

十六天的船程，由玻里尼西亞最大的島嶼：紐西蘭出發，港口為南島最南的 Dunedin，由南緯 36°一直向北。坐得銀海這種最頂級郵輪的人，大多是千帆過盡的資深旅客，而不是吃買玩的普通遊客。所以這艘 Expedition 船一律不停大城市如奧克蘭、威靈頓這些大港，第一週經過紐西蘭的五個小港口 Akaroa、Kaikoura、Resolution Bay、Picton、New Plymouth。

這次航程踏足的都是渺無人煙的地方

年少已懂愁滋味

　　說來慚愧，這是我第一次去紐西蘭。澳洲去過好幾次了，亦師亦友的長者 Annie 也一早在紐西蘭買了退休屋，她多次邀請我去她的湖畔別墅小住。但我一直沒有衝動將這個島國放上行程計劃。直到看見銀海今年的行程上，有這個新行程，頭一週由北島到南島，造訪紐西蘭的六個港口，還有澳洲的外島（諾福克島），新喀里多尼亞（法國的海外屬地）、瓦努阿圖、索羅門群島，全部都未去過，想也不想，就敲定了這個行程。過去二十年已經遊蕩了百國，我還仍像處於探索地球的 bb 階段，對每一個陌生的地名和國家，興奮莫名。如果我有生之日，去完了全球近二百個國家，那時候才可以無欲無求，功成身退，稱呼自己是一個真正的旅遊家。然後學陶淵明，結廬山中，退隱去也。

年少已懂愁滋味，
是好還是壞？

114

五星級全包

出發時香港只有 10 度，但這些南半球的熱帶小島正值夏天，溫度為 25 度到 35 度，實在是一次「逐太陽之旅」！

五星船就是不同。出發前，我已經收到印刷精美的小冊子，封面是我的名字，裏面包括行程、船隻簡介、行李執衫貼士，甚至包括我將入住的房間樣子、號碼統統印在書中。附送精美的行李牌，上面當然已經印上我的名字。

銀海的旅費是真正全包（All Inclusive），這是甚麼意思呢？除了 Relais & Châteaux 主理的一日三餐（另外還有下午茶、消夜等）、飲料及酒水（房間內及全船酒吧餐廳）、小費、管家服務，還包括全部岸上遊 shore excursion！要知道岸上遊是其他四星船賺錢的主要方式！另外從 2016 年 1 月起，銀海旗下郵輪均提供免費無線上網，每位乘客每日可享用一小時免費 Wi-Fi，如入住特選套房，更可全天候全程都免費。今時今日，no wifi no life，這才是真正全包！這次船程贈送了一千分鐘的免費 wifi。

真正全包是連網絡也有免費供應，完全迎合 no wifi no life 的生活世代。

紐西蘭空姐

第一次在大年初二出遊！想不到香港機場這麼熱鬧，除了鬼佬財神、舞獅，還有空姐空少唱新年歌跳舞，在桃花下轉個圈，今年仲唔轉大運？

印象之中，這是我農曆年間第一次到新機場。平時自己訂行程都會避免大年出行，一是為了家庭團年，二是為了避免春運人潮。Silversea是意大利郵輪，紐西蘭也不是港人度歲的熱點如日本，紐西蘭航空的商務艙（內地稱為公務艙！似乎個人度假旅遊就不能坐了），仍然還有三數個空位。

澳洲去過很多次，紐西蘭還是第一次。素聞「紐西蘭航空」出色，想不到這次還真有驚喜。

起飛後不久，機長Marco先過來打招呼。他不只是派入境表格，而是和每位乘客聊天！最少聊五分鐘，和我就聊天氣，這是英國人最熱衷的破冰話題，紐西蘭是英國子國，血液中很自然有其風範。

先來餐酒車，有專門的品酒師介紹四款紐西蘭紅白酒，我選了Sea Level的Pinot Gris，帶有濃烈果香，很易入喉。紐西蘭航空的飛機餐由名廚Peter Gordon設計。頭盤為川味蝦仁，初嚐沒有麻辣味，但就有麻辣的後勁。主菜是海南雞飯，西廚煮唐餐，已經是水準之上。表皮有煎過的痕跡，不知道是翻叮還是預製時留痕？但雞飯就水準十足，又香又油，秒殺。甜品為朱古力慕絲，我另叫了砵酒以及芝士拼盤，是為甜蜜結局！

看見我吃完了甜品，一直笑臉迎人捧盤的空姐Tracy走過來和我「飯後搭訕」。她問我去過些甚麼地方遊玩？她到過我即將初訪的紐西蘭Picton和New Plymouth。向我介紹前者是威靈頓的外島，後者有美麗的港口。我即將登船的Dunedin，外島是Stewart Island，Tracy剛剛去過行山。「那島是最接近南極的地方，有鯨魚、海獅，還有野生

奇異鳥（Kiwi）！運氣好還可以看到南極光。我和朋友背着背囊，去那裏行了十天山。我們住山上的連鎖品牌小屋 Great Walk，這是紐西蘭政府 DOC（Department of Conservation）旗下的非牟利機構，在全國有八個國家公園山頭野嶺都設有 Great Walk 的行山住宿設施。光是 Stewart Island 就有五個營地。五日不同入住五個營地，全包 full board 為 1,500 元紐元（港幣 8,100），包兩餐以及歡迎香檳。如果只是住宿，約 50 元紐元一晚，十天只需要 500 元紐元（港幣 2,700）。我們是後者，在小屋自己煮食三餐，所以背囊重達十公斤，主要都是食物。島上沒有車，我們除了釣魚，我們還抓到了黑色蠔，作為晚餐！DOC 的主要功能是利用旅遊，進行環保。選擇在全國八個國家公園設立營地，是因為這些地點有生物多樣化的特殊價值，適合生態旅遊。每天早晨，都有 Kiwi 走過來，他們用長長的鼻子在地上探索食物，然後發出控控的聲音，就像嬰兒咳嗽一樣，可愛極了！」她一邊說，一邊拿出手機，向我展示她上週才拍攝到的 Kiwi 相片。一早就聽說紐西蘭人熱愛戶外生活，果不其然。

根據我的實地觀察，所有日耳曼人（英國人屬於此人種，而紐西蘭是英國子國），包括北歐的芬蘭、瑞典、挪威、冰島，以及西歐的德國、丹麥，北美的美加，都熱衷並崇尚登山、滑雪、露營這些戶外活動。和醉心於美食、陽光沙灘、享樂至上的拉丁人（包括南歐、南美、中美）相反。我估計是因為日耳曼人居住之地多為寒帶，而拉丁人群居於熱帶有關係。這期機艙雜

空姐 Tracy 和藹可親，十分健談。

誌 Kia Ora（毛利語：你好）的封面故事為「the great outdoors」（偉大的戶外生活），十分應景。

過了幾分鐘，Tracy 又拿來一份地圖，向我介紹紐西蘭的地理，又指給我這次郵輪航行的六個紐西蘭港口的位置。當然還有她重點推薦的 Stewart Island！「一定一定要去那裏行山哦！」她最後敦促我，附贈一個燦爛無比的笑靨。日耳曼人以冷酷見稱，在飛機上遇到這個熱情似火的紐西蘭空姐，是否預告我這次長達二十日的旅程，將告別陰霾寒冷的香港，而且會重訪友善好客的紐西蘭？

還沒有完，身為毛利族人的 Tracy，簡直紐航小姐上身！她見我餐後沒有睡覺，埋首寫作，又走過來，拿出手機，向我展示毛利人的傳統服飾。原來她曾穿上毛利民族服裝，代表紐航前往新加坡，參加樟宜機場的記者會，推廣紐航。看到笑語盈盈的紐西蘭小姐 Tracy，我就想起同屬玻里尼西亞（Polynesia）的另一端：南美洲的復活節島，那裏的居民同樣熱情好客，雖然相隔太平洋的萬里汪洋，種族的熱情好客性格一脈相承。

幾年前到訪復活節島，在拙作《十天感動假期：天空之鏡、復活節島》中曾介紹過一間溫馨的民宿，多了很多香港人入住，只是我的餘生應該不會再訪那個世界上最偏僻的小島了。不知島上的巨石神像 Moai，今晚是否仍舊孤獨地望着傷心太平洋期盼着我？

一會，Tracy 又在旁邊開始鋪床。咦，那個座位不是沒有人嗎？原來她是為我而鋪！「你一會寫累了，可以直接來這個床睡！」紐航的商務艙設計，是將座椅靠背放下，形成完全平坦的 180 度，再放上棉質床單的床墊，以及兩個高度不同的羽絨枕頭，最後才放毛毯。我坐過超過十間不同航空公司的商務艙，都是睡放下平躺的座椅，上次坐有專人鋪床的土耳其航空已經有驚喜，想不到一山還有一山高。鋪了棉質床單的床墊不止，態度還體貼如斯，無微不至，令我頓時石化，感動得想哭！怪不得紐航被評為「全球最佳航空公司」！

南島文明之旅

　　語言，是人類文明的鑰匙。

　　現代歐洲語言之母是拉丁文，到了 1786 年，英國語言學家威廉鍾斯才發現，拉丁文的根源，原來在印度！「梵文是那麼美妙，比希臘語更完美，比拉丁語更豐富，比兩者都要精緻。任何精通三者的語言學家，必定相信這三種語言同宗同源。」梵文影響歐洲語言的誕生，源於五千年前梵文的原創者、古老高貴的民族——雅利安人。於是到了二戰時自稱歐洲最優秀民族的日耳曼人希特拉，要去印度和西藏尋根。

　　北起沖繩、南抵紐西蘭、西至馬達加斯加、東至智利復活節島的廣大水域，現有 1,257 種語言和民族，很大機會源自台灣原住民！例如馬拉半島原住民的數字發音，就和台灣原住民完全一樣。歐洲人來到之前，大洋洲已經被人類殖民。其原住民分為五萬年前由非洲衣索比亞出走紅海、徒步遷徙到達澳洲的非洲人，以及經海路一千多年前才遷徙到太平洋的南島民族。南島語系由台灣發源，東至沖繩，南至玻里尼西亞的復活節島。相比鄭和、達伽馬、哥倫布、麥哲倫這些歷史上著名航海家，低調而少人提及的南島民族，才是真正的「沉默的大航海家」。

相隔千山萬水，南島的原住民是否真的從台灣航行至此？

南島民族分佈由亞洲到大洋洲的廣闊海域，紐西蘭的原住民毛利人，屬於玻里尼西亞人種。這是一個天生航海的民族。

世上最年輕的移民國家

大海茫茫，如滄海一粟。千年前的玻里尼西亞人，是怎樣在世界最大的大洋之中，找到那幾千粒細小如米粒的島嶼？

紐西蘭乃世上最年輕的移民國家之一。最早來到太平洋群島的是四萬年前的美拉尼西亞人，他們帶有黑人的基因。玻里尼西亞移民約

在西元 500 年至 1300 年間抵達，成為紐西蘭的原住民毛利人。

玻里尼西亞以宗教劃分，西玻里尼西亞信奉 Tangaroa 海神，東玻里尼西亞則相信天為父、地為母，人類就是祂們的子孫。兩者都崇拜祖先，相信來世。他們的酋長被稱為 Ariki，擁有超自然力量；教士是觀天者 Tohunga Kokorangi，他們有學校，學習天文曆法，也有閏月的曆法，預測潮夕位置和農業耕種日期等。

玻里尼西亞人從前有以活人祭祀和食人的習慣，不過祭祀用的多是戰犯。玻里尼西亞人相信祭祀後吃他們的眼睛，可以以形補形，令自己看得更遠。

1799 年 Church Missionary Society 開始在毛利族傳教、寫字典，將聖經翻譯成毛利語。天主教因為儀式複雜豪華，比新教更受歡迎。1807 年西方人引入薯仔以及步槍。1818-1840 年爆發了 Musket War（步槍戰爭），是毛利人的內戰。這次戰役有近三千場戰爭，三、四萬人被殺，約三分一人口，奧克蘭、威靈頓的毛利人死光。由於人們厭倦戰爭，歐洲傳教士所傳揚的愛與和平大受歡迎，基督教迅速傳播。

與此同時，越來越多歐洲人移民到達紐西蘭，和毛利人產生衝突。但英國領袖忙於經營澳洲，不想再煩新的殖民地，英國派人成立了「紐西蘭聯合部落邦聯」（Confederation of the United Tribes of New Zealand），但毛利人沒有國家觀念，於是毛利人和英國政府於 1840 年 2 月 6 日簽訂《Treaty of Waitangi》條約，使紐西蘭成為英國殖民地。

到了 1840 年 2 月 6 號的這一天，有 45 位毛利領袖族長跟英國政府在懷唐伊（Waitangi）這個地方簽訂了條約。後來這個條約開始在紐西蘭北島跟南島的各個地區生效。一共有 30 位毛利族長簽署了該條約的英文版，512 位族長簽了毛利語的版本。

天地茫茫，究竟千年前的玻里尼西亞人是如何找到這幾個小島？

未來的世界語言

　　早晨十點到達紐西蘭的門戶：奧克蘭，機場所有標示，似乎已經彰顯了未來的世界語言只有兩種文字：英文、中文，沒有日文、韓文或法語、德語、西班牙語，更沒有荷蘭語。為甚麼我會奇怪沒有荷蘭語？因為荷蘭是 New Zealand 這個國名的來源地。我剛去過荷蘭的澤蘭省（Zealand），那是五百年前低地上的航海大省。

　　為了方便第二天早上七點飛機去 Dunedin 登船，我入住機場對面的 Novotel 機場酒店。但由於剛乘了通宵機，十分疲憊。酒店說 check in 時間是下午二時，不過加 60 紐元，便可以在上午十一時提前入住，我馬上加錢，上房沖涼睡覺。這酒店很新，裝修又潮，在 Expedia 網上的訂價為港幣 1,800。

一覺醒來，已經兩點半。充好電，出市區去逛逛。酒店對面有 Sky Bus，26 元來回市中心的皇后大街。每隔十分鐘發車，24 小時運作。機場去市區 20 公里，需時 40 分鐘。

奧克蘭心驚遊高塔

人類自古仰望天空，欲上青天攬明月，時至今日，差不多每個大城市都至少有一座標誌性的高樓或高塔，讓人一嘗現代版「登泰山而小天下」的滋味。

奧克蘭市中心最矚目的地標是 Sky Tower（天空塔）。塔高 328 米，入場費 28 紐元（約 158.3 港幣），可以坐子彈電梯上 51 樓、186 米高的觀景台極目遠眺。眼下所見，奧克蘭三面環海，市區高樓不多，港口停滿遊艇和帆船，當地平均每 2.7 人就有遊艇或帆船，怪不得被稱為「帆船之都」。

觀景台的地下部份是玻璃，向下望便是離地 186 米、令人腳軟的地面！遊客膽戰心驚站在玻璃上，雙手捉實扶手，害怕玻璃爆裂，掉下去會粉身碎骨。其實這塊玻璃厚達 38 厘米，堅硬如同混凝土，多站幾個人也不成問題。但心理受視覺影響，腳還是禁不住的抖了起來。

再上小一些的 60 樓 sky deck，高達 220 米，沒有觀景台面積大。

異鄉如故里

奧克蘭市中心的購物大街，和香港中環一樣，同樣稱為「皇后大道」（Queen Street），因為同一個維多利亞女皇，拿下了香港和紐西蘭。今天的皇后大道令我印象最深刻，卻不是殖民情懷，而是中文處

氣候宜人、風景雅致，成為全球不少人想住的地方！

處。街上所見的中文字，分分鐘多過華人群居的溫哥華、洛杉磯！因為美加華埠尚集中在某些社區，奧克蘭的華人商店卻彷彿無所不在，不止遍佈四川菜、京菜、粵菜，市中心皇后大道上紀念品店盡是中文和華人老闆。和一個來自江西的小妹談，她是拿了工作簽證來打工的，才來了半年，這裏市區的華人有廿多萬，是紐西蘭最大的華埠。

走到皇后大道尾端，就是碼頭區，停泊了一艘大郵輪。向 Fish Market 方向走過去，昔日的船塢工廠已經活化成潮流酒吧、餐廳，貨櫃集裝箱也成了藝術家工作室。找到一家座無虛席的戶外海鮮餐廳 Jack Tar，叫了當日新鮮魚蝦 18 紐元，還有一道 Twice Cooked Pork Belly 16 紐元，口感像極了東坡肉：醬油底、帶皮，廚師應該是華人；周打海鮮湯 19 紐元；加上 Lindauer Rose 香檳 9 紐元杯。海景當前，海鷗飛翔，帆影搖曳，海風吹拂。海鮮好味又便宜，空氣清新，風景秀麗，氣候和暖，氣溫是最宜人的攝氏 26 度。人民友善，國家富足，怪不得奧克蘭被選為全球宜居城市排名第三！

南島之南

這次出發的港口，是紐西蘭南島最南端的 Dunedin。Dunedin 是紐西蘭發展得最早的港口，有船去南極，所以氣候也是紐西蘭最冷的。南半球越向南越冷，和我們北半球相反。但現在是南半球的夏季，也是旅遊旺季，最冷的 Dunedin 也有 22 度，氣候宜人。

在紐西蘭北島最北端的奧克蘭休息一晚，適應時差後，第二天一早便乘坐 7：25 的飛機去 Dunedin。幸而一早選擇了住在機場酒店，可以睡到六點才起床，搭五分鐘免費穿梭巴士去國內機場。紐西蘭航空只有早晚兩班機穿梭這兩個大城市，不像內地航空業，每小時都有幾班機穿梭，這是因為紐西蘭人口太少之故。

航程跨越整個北島去到南島，這程不足兩小時的短途內陸機，全機爆滿。紐航提供 muffin、曲奇和茶水，比甚麼都沒有的 LCC 廉航為佳。九點鐘到達 Dunedin，機場有 super shuttle，點對點送到市區，20 紐元一位，坐滿九個人即開車，車後面拉着另一個行李拖車，所以座位寬敞舒適。不過前往的 Dunedin 的市區碼頭 downtown wharf，而不是另外郊區的郵輪碼頭 Port Chalmers。

Super Shuttle 送我們到達碼頭，一直開到 Silversea 船邊。現在才十點，放下行李後，就走廿分鐘，去 Dunedin 市區逛逛。碼頭極為安靜，只有這一艘郵輪，現在是紐西蘭旅遊旺季，證明這條航線還未普及。這裏是南美洲以外，離南極最近的港口，聽說有很多南極考察船在此補給。

他鄉遇粉絲

Dunedin 號稱紐西蘭第四大城市，也是最早殖民的港口，於 1848 年開埠，比香港晚了七年。市中心為 Octagon，八角廣場，安靜極了，

遠看 Balwin Street 斜得街上的
車像是隨時可以掉下來！

紐西蘭的天空藍如戀人般迷人

不要說遊客,連本地居民也沒有兩個。天極蔚藍,雲朵如雪,廣場只有維多利亞女皇的雕像獨憔悴。廣場外有一條斜坡街道,坡度高達 45度,號稱世界上最斜的街道,就是 Balwin Street。遠看比三藩市的街道還要斜,近看反而不覺斜得厲害。

走去主要大街 Princes Street,除了咖啡館,沒有甚麼店舖開門,路人也沒有。終於走到去 Dunedin 的市標火車站,才見到人煙。

這個火車站建於 1906 年,號稱「南半球最上鏡」、「被拍照第二多」的建築物。外表長得像迪士尼樂團,外號是「薑餅人屋」。火車站設計師童心未泯,將車站用文藝復興方式,層層疊疊,花俏繁複,建築得如同童話堡壘。車站內裏用馬賽克鋪滿地面,形成巨大的地畫,例如 NZR,代表紐西蘭火車,中央圖案是蒸汽火車,四角各有南十字星的標誌,代表紐西蘭位於南半球。二樓還有花玻璃窗刻畫了火車頭,如此豪華的火車站,簡直像歐洲的藝術殿堂教堂一樣。

外號薑餅人屋火車站，是否有點樂園建築 feel？

唔搭火車都要參觀一番的 Dunedin 火車站

二樓的花玻璃有如教堂般漂亮！

這時有人走過來，用粵語問「可以和你拍張相片嗎？」我以為聽錯，這麼偏僻的小鎮怎麼有人認識我？原來是我的一個書迷，她和十個朋友包車，找了一個本地華人做導遊兼司機。「你可能認識他，他叫周永傑！」哦，世界真的變得那麼小了！周永傑是資深的旅遊家，我早在大學時就聽說過他的名字，後來有機會認識了長居紐西蘭的他。這次來紐西蘭，我的書迷留言：「你應該去找周永傑！」想不到，相見不如偶遇，我們在這個南半球小鎮的火車站遇上了！人生何處不相逢。

移民官送離境

　　逛完 Dunedin 回到郵輪吃自助午餐，睡午覺。三點鐘紐西蘭移民官上船，蓋印，代表離境，因為以後幾天的小島已經沒有了移民局。五點半啟航，兩個蘇格蘭風笛手來吹奏歡送，代表 Dunedin 的早期殖民者來自蘇格蘭。船尾甲板上有雞尾酒會，香檳任飲、炸大蝦、雞串、吞拿魚等小食，一邊欣賞 Octagon 港口的兩岸風光。這港口極為窄長，如同腸道，腹地為 Dunedin，兩岸風景如畫，綠島白屋，水平如鏡，如同河道。峽灣中間有兩個小島，使本來狹窄的河道更加狹窄，目測不過百米，大船不能經過。

　　過了兩個小島，就到了 Octagon 港口中部的 Port Chalmers，這是大港，可以停泊大船，也堆了很多貨櫃和木材。六點船到港口的出口，有紅白相間的燈塔，島上白點處處，那就是信天翁了。中國人可能對這鳥沒有甚麼特別感覺，西方人對信天翁卻有美好的印象，因為牠們對愛情忠貞不二，而且堅毅不拔，翅膀打開達數米，可以不着地連續飛行幾個月。

　　六點半開始，在酒吧有講座，由各類專家講解明天將見到的野生

動物、魚類，以及明天的行程。船長介紹，這船本來可以載120名客人，由於這一程屬新路線，只有36客人，96個職員，三個職員照顧一個客人，簡直是VIP待遇。

銀海將沿紐西蘭南島的東海岸向北航行，明天早晨到達Akaroa，離第二大城市基督城很近。

晚餐在三樓。免費餐酒，Relais Chateau的菜單為素春卷、藍鱈魚、杏仁芭菲。

同桌有來自美國、澳洲、英國的遊客，想不到美國太太是地球人，已經去了130個國家，最懷念是1979年前的中國。不像我見過那些動輒說「美國一個州相當歐洲一個國家」的自大美國人，旅遊開闊了人的眼界，也使人謙卑起來。

紅白相間的燈塔，在蒼茫的大海中顯得格外搶眼卻孤寂。

出發了！飲杯預祝旅程順利！

職員和專家是我們旅程中的嚮導

與海中靈魂相遇

海豚的英文名稱「Dolphin」源自希臘文 δελφίς（海中靈魂），希臘神話更有海豚救詩人的故事，有點像中國的靈龜。

乘銀海第二天我們到達了一個地圖上也找不到的海邊小鎮 Akaroa。這裏只有 567 名居民。Akaroa 是南島最古老的殖民地，距離威靈頓 84 公里，1832 年一名法國船長用六英鎊的貨物作訂金，後來又再給了 234 英鎊的貨物向土著們買下此島，成為法國殖民地，也是紐西蘭唯一的法國小鎮。

全船乘客分為兩組，上、下午去不同節目。回來郵船午餐後，再互換節目。我上午參加了 NZ Farm Experience，開車去農場；下午參加 Akaroa Harbour Zodiac Cruise，坐橡皮艇出海看海洋動物。

實在十分幸運，坐橡皮艇出海看海豚，竟讓我們遇到只有在紐西蘭海域才可看到的 Hectors 海豚。Hectors 海豚是世界上最小的海豚，動作緩慢，長有「米奇老鼠」一樣的黑色背旗鰭。但由於漁網以及農場排洩的磷化物導致海洋污染，Hectors 海豚已被列為有滅絕危險的動物。

數十條友善的 Hector 海豚跟着我們的船追逐嬉戲，不停跳躍，展示牠們美麗的曲線。還有更調皮的跳出水面，翻身插入水中，發出更大的響聲，像是大叫「你們已經被海豚們包圍

大海若失去了海豚，也會失去靈氣。

被海浪浸蝕後的岩石各有獨特形態

經過一輪追求，終於把可愛的小妹妹追到手！

了！快點拍照吧！」這時我終於明白為何希臘詩人會叫海豚作「海中靈魂」，因為大海若失去了海豚，也會像失去了靈魂般沒靈氣。中華白海豚是香港海域的吉祥物，我們一定要愛護牠們。

深海女人香

「I only wear No. 5 to bed.」瑪麗蓮夢露的睡衣就是五號香水。香水是女人的第二層皮膚,有多少種女人,就有多少種香水。傳統上抹香鯨體內的龍涎香是香水的定香劑,抹香鯨曾被大量獵殺,幸而近年人們已懂得保育鯨魚。

旅程第三天,早晨八點十五登上橡皮艇,五分鐘登陸到達世上觀抹香鯨最著名的地方——Kaikoura,再登上觀鯨船觀鯨去。

但是大海茫茫,如何得知鯨魚在哪裏呢?原來是靠直升機在空中不停盤旋,由於鯨魚身形龐大,直升機發現了鯨蹤就通知船長,船長到了該水域再用聲納探測器,放進水中,聽鯨魚的噴水聲,從而鎖定鯨魚的位置。

十多分鐘後,船停下來,職員通知,船左側發現了抹香鯨。我們走上甲板,果然看到水面有一個潛艇樣子的、灰黑色的、叫 Saddleback 的抹香鯨。三艘觀鯨船圍着牠,牠幾秒鐘就表演一次噴水。「準備,牠要潛入水了,準備相機,尾巴要揚起來了!」

職員告訴我們每條鯨魚都有一個名字:Manu、Tutu、Noodle、Tiaki。我問:怎樣分?原來每條鯨魚尾巴入水的樣子都不一樣。

觀鯨船加速飛馳,風高浪急,我的腸胃也七上八下,顛簸不停,終於忍不住,嘔吐起來,座位上有嘔吐袋,我吐了三袋才停下來,職員通知船長,開始減速,我才舒緩過來。旅遊,還是趁年輕進行,嘔吐完了,也沒事,可以繼續行程。

「看,Tutu!」船停下來,我也跟大隊出來甲板。吹吹海風,看看鯨魚噴水,就忘記嘔吐了。Tutu 完全無視我們,淡定地、均勻地,「噗!噗!」牠有節奏地一下、一下噴水,背部像浮木一樣露出水面,紋風不動。牠呼吸十分鐘後,來一個鯉魚跳龍門,揚起他蝴蝶一樣的漂亮尾巴,指向半空。頭向下,垂直潛進深海。抹香鯨是世上潛得最

深的動物，可以一下子潛到三千米之深！簡直匪夷所思，因為我潛到幾十米，已經是個人極限，壓力大到耳朵又鳴又痛，開始流血，無法再深潛。其實人類潛到 300 米已是極限，所以鯨魚的抗壓力實在無法想像！

看着 Tutu 悠然地在海上忽爾跳躍，忽爾深潛，深深感到莊子説的無用之用。假若抹香鯨那消化不良的渣滓不曾散發幽香，或許也不會受到過去百年來遭受人類殘暴的獵殺。山中之木，以不材得終其天年，應用於今天的亂世，乘道德而浮游才能處變不驚。

鯨魚以外，還有更加友善的 Hector 海豚跟着我們的船追逐嬉戲！數量不是幾隻，是幾十隻的大族群！「你們已經被海豚們包圍了！快點拍照吧！」他們三五成群，不停跳躍，展示他們美麗曲線的背脊。還有更調皮的海豚，跳出水面，背脊向天，撻向水面，發出更大的響聲。

回船上休息兩小時，午餐加午睡，有充足的休息，是最好的旅遊方式。

近距離看鯨魚噴水

紐西蘭的原居民

二百年前毛利族在紐西蘭共有四十多個部落，最早的部落可以數上 21 代祖先，九百年前第一個毛利族由大溪地坐獨木舟遷來，發現這裏海產豐富，森林茂盛，成為理想的家園。四百年前第二個部落由北島遷來，他們互相通婚，和平相處。直到 1828 年由威靈頓來了幾十個族人，和他們開戰，這是最後一次部落戰爭。

Kaikoura 現在有一千名毛利人，白人約二千人，全國有約五萬四千名毛利人。我們的導遊是一名毛利族人，叫 Maurice。他帶我們參觀一個毛利族村莊舊址（Pa），外有土壤溝保護，中間有大樹遮蔭，二百年前這裏群居了百多個村民。和復活節島的村落遺址一樣，他們睡在很矮的石屋中，要爬進去，在屋中不能站立。現在毛利人已經住進現代化洋房，以前他們群居的村莊，已經空置。

雖然捨棄了傳統的村莊，但毛利族人仍然保留了不少傳統，其中一項就是用鼻子相撞打招呼。另外他們也有紋身甚至紋面的傳統，例如 Maurice 的妹妹 Lauren 就紋了嘴唇及下巴，代表她有天賦的能力，是一個治療師 Healer。

Maurice 與我們站在樹下唱歌，他們慣用歌詞來介紹自己：依次呼喚自己出身的山、河流、獨木舟（因為毛利人坐獨木舟來到紐西蘭）、族名、名字。然後我們分為三組，用毛利的方法依次介紹自己，到我介紹自己，飛鵝山、維港、銀海、項、James。然後 Maurice 給了每個人一個毛利名字，我的名字叫 Waru，意即 caring。

之後我們去了 Maurice 家吃下午茶，他的白人太太、混血女兒，在門口歡迎我們。我們也跟隨他們的傳統，以鼻子碰鼻子打招呼。Maurice 在他家的後花園帳篷下，擺放了三文治、三文魚醬多士、水果蛋白糕、西瓜等招呼我們。接着他妹妹 Lauren 開始彈吉他，一齊唱她創作的歌曲：《Manawatu te ra（stand in the heart of the day）》。

鼻子碰鼻子是毛利人的打招呼方式

紋了嘴唇及下巴的
Lauren 是一個治療
師 Healer。

到毛利族人 Maurice 家作客，聽 Lauren 唱她創作的歌曲。

傳統與現代化的爭戰

　　紐西蘭是世界上第一個女性有投票權的國家，也是第一個給原住民投票權的國家。英女皇向白人奪走毛利人的土地而道歉，還把土地歸還給毛利人。民主化走前了，Maurice 卻在擔心自身的傳統正一點一滴的消失。

　　「現在我的部落只有 30% 人會講毛利語，因為四十年前政府才取消講毛利語要罰款的法例。如果我們忘記了毛利語，我們文化就消失了。幸好現在學校已經將毛利語收入教材。」

　　Lauren 教我們用草織 Puti（花），旁邊的毛利雕刻花園，門口雕刻了兩個毛利族的天神打架，上面的贏了。另一個木塑像，毛利人打魚，他釣起了南島，他站立的地方成了北島。

　　離開了 Maurice 家後，我們去了 Kaikoura 海岸公園，這裏可以捉 Blackfoot Paua（黑邊鮑魚），但入口明文規定每人每天只能最多捉六隻自用，尺寸必須大於 125 厘米，並且禁止轉售。

　　紐西蘭人很多住船屋，一個紐西蘭船員告訴我，他自住的一艘三層高，五百多呎，25 萬紐元，泊在奧克蘭碼頭，每週 250 元，包水電、排污、管理費。他放假就成了「大眾甜心」，朋友們都愛上船屋出海玩，甚至要求他開到不同港口過夜。

　　今晚是船長晚餐，先有雞尾酒會。這船是 Expedition 型，沒有一晚是 Formal Night（正裝之夜），所以今晚 Dress Code 是 Casual Elegance，實在考穿着的功夫。船長是法國人 Vincent，才 39 歲。我被安排和秘魯籍的 Hotel Manager Ursula 同桌。銀海的客人的確不同，同桌食客都去過秘魯，有個澳洲人還會講一點中文！晚餐為 Brick Dough Rolls 春卷，海鮮 Linguine，粉紅香檳 Sorbet，主菜為龍蝦。

毛利族的雕塑花園

年輕的法國人船長（右）

貓兒也宵禁

現今文明社會，貓狗的地位越來越高。前首相卡梅倫冇得留低，但「首席捕鼠官」Larry 就繼續權傾朝野，連美國總統奧巴馬到訪，也要拜會一番。但為何英國的子國紐西蘭會歧視貓兒，竟頒佈法例，在某些地區禁止貓兒在夜間出沒？

銀海第四日來到 Ship Cove，陽光燦爛普照，毫不吝嗇地灑在翠綠小島上。

碼頭上有一木雕，是毛利人祖先 Kupe 殺了個巨型八爪魚，他的眼睛用鮑魚殼做成。另一個更大的碑是庫克紀念碑，他在 1770 年 2 月 16 日在這裏插第一支英國旗。

一隻綠色的 Cicada 蟬飛到我的手指上，牠用腹叫，聲音響亮，成為我的旅伴。

我們乘橡皮艇去 Moturoa 島觀鳥，有鳥類專家 Marco 陪同介紹。一上岸，Marco 便指着樹上枯枝說：「我們今天走運了！這是紐西蘭獨有的珍貴禽鳥 Bush Falcon，全國只有 650 對！」如果不是他指了半天，我根本只見樹枝，而不見那動也不動的珍貴禽鳥！

山路上有泉水一眼，吸引眾多行山客駐足。泉水流到一個洞口，吸引不同鳥類來喝水。Robin 鳥跳進水潭，將翅膀放入水中沖洗，我問 Marco 是否為了貪靚？「不，那是為了降溫。令牠們涼快些！」

飛來了兩隻色彩豔麗的小鳥，「這是 Bellbird，幼鳥是黃腹，越大越綠，庫克船長因其叫聲如鐘，故為牠改了這名。」黑色棕色背的鳥叫 Saddleback，在洗澡。

綠黃相間的 Parrakeet 鸚鵡，已經屬於珍貴，大陸上很稀有，這裏到處可見。這是一個沒有任何原生哺乳動物的國家，紐西蘭是鳥類天堂，因為島嶼上，所以鳥兒不怕人。鳥兒唯一的天敵是 Falcon，所以我們可以走很近。路中央有 Robin 擋路，見到有人也不讓人！怪不得發現紐西蘭的庫克船長描述這島是「鳥類合奏的天堂」。

由於地面食物豐富，不少鳥兒的飛翔能力逐漸退化，例如恐鳥（Moa）和奇異鳥（Kiwi）。八百年前毛利人來到這島，發現這裏的鳥不怕人，又有很多鳥不會飛（例如 Kiwi），例如恐鳥，已被吃到絕種。後來歐洲人發現這片土地，更帶來了老鼠、狗、山羊、貂、兔子、貓等動物，對紐西蘭原生鳥類造成生態危機。現已有五十餘種鳥類絕了種，恐鳥是其中一種。為保護珍貴的鳥類，紐西蘭政府作了很多措施，例如實施貓宵禁。這是因為 Kiwi 鳥愛在晚間出沒，但牠們的翅膀已退化，不懂得飛行，又容易受到驚嚇，貓星人對牠們的威脅極大，所以便被禁止在 Kiwi 鳥出沒的地區晚上出外了。

到了山頂，極目四望，人間天堂！鬱鬱葱葱，群島靜立，蔚藍海

Moturoa 島果然是鳥類天堂，
鳥兒看到人也不會立刻飛走。

Marco 對鳥類如數家珍，名副其實鳥類專家。

面，水平如鏡！這些島嶼至今無人居住，也無人工設施，和五百年前
歐洲人初次發現時一樣。

又是土地問題

1770 年 1 月 31 日庫克船長在紐西蘭插旗，宣稱這裏為英國領土。
真不明白，早了一百多年前已經「發現」紐西蘭的荷蘭人，以家鄉

Zealand 命名此地，為甚麼過境而不佔領？說來說去，原來又是土地問題，不過並非地太少，相反，是土地太多。

在那個航海大發現的年代，歐洲人發現了太多新大陸，比歐洲大十多倍的美洲、大洋洲，任意佔領，土地多到歐洲人用不完。對於這些萬里之外的小島，他們甚至不甚希罕。

澳洲也不是英國人發現，原本叫「新荷蘭」，被荷蘭人發現。首批已知到此的歐洲人是奉荷蘭東印度公司之命而來的荷蘭人亞伯‧塔斯曼所帶領的船隊，在 1642 年抵達「南北島」西岸。當時他們不知兩島是分開的，故整體命名為 Staaten Landt（州地）。其後再依照他們在現今印尼巴塔維亞的基地名稱改為 Nieuw Zeeland，該基地最初是依照荷蘭本土的西蘭省命名。

紐西蘭環保做得很好，他們會製作一些 Weta House，是為紐西蘭瀕臨滅絕的大型昆蟲Weta建立一個居住的巢穴，作為保育。另一方面，他們也會設立一些老鼠和 Stoats（白鼬）籠，因為這些外來品種會吃鳥蛋，危害島上鳥類的繁殖。

農業的勞動力只佔紐西蘭 10%，但其畜牧業卻是國家經濟基礎。1860 年紐西蘭移民從澳洲引入了綿羊，直到今日，全國一半的出口總值在農牧產品，羊肉、奶製品和粗羊毛的出口值皆為世界第一。

離開 Ship Cove，回到船上，向 Picton 進發。

這天陽光燦爛，中午氣溫達 30 度，我們都坐到戶外池邊午餐。海風和熙，兩岸綠島連綿，如同移動的捲軸，令人眼睛不肯望向美食。一個美國太太珠光寶氣，午餐也戴全套藍寶石戒指項鏈。她已經第 37 次坐銀海，試過其他五星品牌郵輪，最後仍然情歸銀海。她對銀海旗下八艘船十分熟悉，更向我解釋這艘 Explorer 是銀海唯一向外租賃五年的船，硬體不及其他銀海自家的船。這解開了我疑團，因為這船房間尺寸、設施、洗手間設計都不算頂級。

初戀啊，我依家要初戀！

傳說有一個古波斯國王喜歡吃葡萄，常把吃剩的葡萄收起來，更寫上「毒藥」兩字，以免遭人偷吃。一天，一位失寵多年的妃子欲尋短見，見了「毒藥」便一飲而下。但由於葡萄已發酵成酒，她不單沒有死，反而變得容光煥發。國王得知此事後召見妃子，被她的美貌再度打動，妃子也找回了失去了的愛情。

午覺後下午到達 Picton 港，這是一個大港。附近的 Marlborough 是紐西蘭產酒重地，七成葡萄酒都是產自該區。去酒莊試酒是郵輪最受歡迎的節目，稱為 Marlborough Wine Trail。酒莊中最著名是 Cloudy Bay，2004 年被法國奢侈品牌集團 LVMH 買下後，成為紐西蘭白酒中的 LV！

我們參觀的是 Forest Hill Vineyard，Forrest 的女兒 Brigid 來歡迎我們，這個紐西蘭家庭以姓氏 Forrest 命名酒莊，由 1988 年開始白葡萄 Sauvignon 釀酒，葡萄架用鐵絲木架固定，筆直寬闊的路方便機器開進去採摘，下有絲網，防雀鳥偷食。因為紐西蘭人工昂貴，最低工資要 19 紐元，所以七成葡萄由機器採摘，只有三成貴價葡萄由人手採摘。

Brigid 帶我們到酒窖試飲 2012 年 Chardonnay，十分清香，配油脂三文魚剛好。然後我們坐車去附近，由 Forrest 供應葡萄酒的 Marlborough Vintners Hotel 試 Food and Wine Match。侍應奉上 Sauvignon Blanc 2014，清甜而果香重，配酸酸的醋魚肉菠蘿 Ceviche，以及甜粟米醬烤帶子。兩個不同年份的 Pinot Noir 2013、2012 紅酒，配麵包糠焗青口、番茄芝士多士、鴨肉春卷，鹿肉漢堡。最後來了我最喜歡的 Riesling 2012 配甜品藍芝士杏仁脆片，甜蜜加倍，完美句號。喝到醉醺醺，又吃了很多小食。侍應認真介紹，Sauvignon Blanc 清新的感覺令紐西蘭酒評家評其有「初戀的感覺」。

天涯何處無芳草，遠至紐西蘭都有周星馳粉絲啊！手持這杯 Sauvignon Blanc，我最想配的當然是「黯然銷魂飯」，大叫一聲：「錢我大把！我依家要初戀！初戀呀！」

　　晚餐時同桌有來自德國的海洋學家 Patrick，以及來自復活節島的太平洋考古學家 Alex，她的父親也是考古學家，曾發現玻里尼西亞特產的雞以及藍雞蛋、東加特產的番薯，以及發現在歐洲人到達之前的南美洲原住民社區，例如印加。

被譽為能找回初戀的感覺的 Sauvignon Blanc。

葡萄架的間距寬闊，方便機械採集葡萄。

A貨富士山

早餐時上 Facebook，很多朋友留言，説南島地震，還安好嗎？反而船員都不知道地震，因為紐西蘭地震頻繁，5.7級可能已經習以為常。

銀海的第五日我們來到 New Plymouth。

這城市不是大港，甚少郵輪泊此。郵輪也是泊在貨櫃碼頭，旁邊堆滿了圓木準備出口。因為這是銀海第一次泊這個港口，難得有貴賓駕到，New Plymouth 市長先生親自出馬。一下船，市長便來歡迎我們，逐個乘客握手！還為我們送上印有「歡迎銀海」的地圖。去過世界幾十個港口，還是第一次有市長來歡迎！

我們的目的地是 Mt Egmont 火山，Mt Egmont（毛利族原名為 Taranaki）高 2500 米，上次爆發在六百年前。上火山的路，兩旁林木遮天，鬱鬱葱葱，整整齊齊。下面都長滿了蕨類植物。

我們先到了海拔一千米的的訪客中心，以海拔每升百米氣溫下降

去過世界幾十個港口，第一次有市長來歡迎遊客！

Mt Egmont 火山在夏天也頗清涼

一度計算，市區二十度，這裏就是十度。夏天也頗清涼，可以望見白霧迷茫的火山頂，偶爾白霧散去，山頂銀光乍現，那就是長年積雪的火山口了。火山口呈完美的圓錐形，加上湖泊中完美的倒影，美不勝收。難怪在荷里活著名電影 Tom Cruise 主演的《最後的武士》中，這火山就被當作富士山。

魔戒森林捉精靈

一系列《魔戒》電影，掀起了一股到紐西蘭旅遊的熱潮，找尋哈比人與精靈的足跡。在 Mt Egmont，我也到訪了精靈森林。

在訪客中心休息 15 分鐘後，由本地護林員做導遊帶我們去行 Ngo-toro 路徑，行程約為一小時。

紐西蘭人喜歡叫健行為 Tramping，有別於英美常用的 Hiking。他們的行山設備十分完備，以 Mt Egmont 為例，這兒有 14 條山徑，以訪客中心為中心，步行時間由 15 分鐘至 12 小時不等，很多設計成一個圈，不必走回頭路，適合不同體力的行山人士。紐西蘭最早的 Camphouse 也在這裏，修建於 1860 年。當紐西蘭人開始行山時，清廷剛敗給英法聯軍，繼 1842 年割讓香港後，再把九龍半島割讓給英國。

作為 Tramper，有項守則必須遵守，就是登山純為觀賞美景，此外別無所求，不得傷害大自然中的一草一木。在紐西蘭行山絕對安全，這島沒有蛇、沒有鱷魚，更沒有猛獸，甚至沒有獵食者！導遊帶領我們走進「Goblin Forest」（精靈森林），只見林木參天，粗大樹幹盤旋交錯，地上長滿綠色地衣，石頭上也長滿真菌，種種恍如童話中的植物，令我錯覺下一刻就有魔戒的精靈跑出來跟我們打招呼。

護林員 Nick 如數家珍，珍貴林木有 Mountain Cidar，千年老樹如 Totara……隨手拈來，那些植物可以充飢、沖茶、有毒、治療，甚至

恍如走進了精靈森林的紐西蘭 Ngotoro 行山徑

當廁紙使用。

　　小野黃菊盛開的山崗上，寂寞長得比我還高。鼠尾草孤獨地迎風飄搖，想起這首智利的詩：

I will bring you happy flowers from the mountains, chamomile, sage, and rustic baskets of kisses. I want to do with you what spring does with the cherry trees.

　　一個小時的森林浴之後，我們回到訪客中心，享受銀海郵輪為我們準備的茶點、咖啡及 muffin 鬆餅。經過大自然的洗滌，神采飛揚。

旅遊手信斷捨離

近年很多人流行學習斷捨離，當我們經過了追求物質的階段，自然會趨向化繁為簡，購買旅遊手信也一樣。

回到小鎮 New Plymouth，這裏唯一的商店街叫 Devon Street。這是全程五個紐西蘭小鎮中，唯一的一次購物機會。我出發前兌換了二千紐元，除了上船前在奧克蘭吃飯喝酒、搭車以外。銀海甚麼都包，結果五天船程下來，只花了幾十元紐元，加上去得越多旅遊，對紀念品越低渴求，因為家裏已經太多各國紀念品，光是地毯一項就有伊朗、土耳其、突尼西亞、摩納哥、約旦、秘魯、玻利維亞等國的戰利品。現在轉向，只買最細小的磁石貼，每個城市一個，這樣又容易處理，又可以記得自己去了哪裏旅行。所以在 Devon 買了紐西蘭 Paua 貝做的芝士刀、煙灰盅、磁石貼等特產已經算是大出血了。

走去 New Plymouth 最著名的熱帶花園 Pukekura Park，這裏是免費入場的。花園內大樹參天，中央是一個人工湖，野鴨和黑天鵝悠閒浮游。這裏還有一個日本花園，只是不太像和式庭園，另外還有一個由中國修建的人工瀑布。在湖邊的 Tea House 買兩球雪糕，看湖畔風景，消磨了一個寧靜的紐西蘭下午。然後坐銀海的免費接駁巴士，回到船上。

熱帶花園 Pukekura Park 的入口

不太像日本的和式庭園

野鴨和黑天鵝悠閒浮游

鄉愁在哪頭？

在甲板上的戶外餐廳 The Grill 晚餐，一邊看着船尾的 Taranaki 火山慢慢消失在海平線，一邊用熱石燒大蝦。日落太平洋的時候，喝着紐西蘭白酒，吹着帶有南半球夏季溫度的海風，心兒也醉了。吃到一半，泳池邊點起了蠟燭，浮雲散，明月照人來，此時此刻好風吹，我想起余光中的「鄉愁」。

這裏遇見的職員，Patrick 來自德國，在奧地利讀書；Alex 來自智利，成長於復活節島，都以船為家，以地球為鄉，何來中式獨有的「鄉愁」？在這全球一體化的年代，大概青蛙才會以出生之井底為家鄉，劃地為牢。

晚餐後酒吧熱鬧起來，現場有菲律賓樂師邊彈鋼琴邊唱金曲，美酒免費任飲。兩杯下肚，女士們紛紛大叫我的名字要求共舞。和大郵輪一樣，乘客陰盛陽衰，但小船如銀海沒有男性伴舞，盛情難卻，我和來自澳洲的 Julie 翩翩起舞，亂跳一通，結束了完美的一夜。

大海練就的視野

乘坐銀海的第六、七天都是 sea day，第一次在小船上度過航海日，而且一來就是連續兩天，可算是新體驗。銀海安排了上午兩場、下午兩場講座，分別講紐西蘭自然、地理、殖民史、鳥類。

我去聽了三場講座，其他時間睡覺。因為床太小，又硬，晚上總是睡得不好。好在有 1,000 分鐘的免費 wifi，可以上網回覆電郵。補回前幾天早出晚歸，沒有時間上網的遺漏。

船頗為顛簸，可能接近著名大浪的 Tasman Sea，當年第一批來紐西蘭開拓的歐洲居民，就是來自澳洲的逃犯、開小差的水手，他們自

製或偷了小船，就要經過驚濤駭浪的 Tasman Sea，有命逃到這兩個小島的幸運兒，成為了紐西蘭白人的祖先。觀乎今天這個富裕先進、安全美麗的小國，多次入選世界宜居之地、幸福指數高企，這些祖先應該慶幸當年逃對了方向，還得神落了！

下午六點有 First Timer 雞尾酒會，初次坐銀海的乘客約有十幾位，被船長邀請到酒吧。招呼我的是潛水教練 Steve，銀海的全包項目包括潛水，這是極昂貴的項目，我還是第一次聽說郵輪會包潛水。但不包教潛水，乘客必須擁有中級以上潛水證書，並自攜潛水設備。這次只有一個客人來潛水，其他旅程有時多達幾十人。

晚餐我們也同桌，談到上郵輪工作的職員大多是單身年輕人，因為長期在海上漂泊。他說自己剛剛「變成」單身了！因為他前年才結束了自己在紐西蘭的潛水學校生意，加入銀海航船後，妻子無法配合及忍受長期分離，兩人就協議了離婚。他愛大海漂泊及水底世界的寧靜，多於陸地上穩定的家庭生活。原來也是一個中年男人轉身，不顧一切，破釜沉舟，追求個人理想一個活生生的例子。每次坐船都會遇

航海日幸而有免費的網絡，不愁發悶。

座位與食品都有名牌仔細安排妥當

150

見不同價值觀、不同生活選擇的各國人士，打開我的眼界，讓我用更加「地球村」的眼光，去審視這個世界。

Moon Walk 是如何練成的

　　今天船極為顛簸，侍應要紮馬步才能倒酒，乘客也七倒八歪，以之字步行。船小好處多，但不穩定也是一大缺點。和我的郵輪老師古鎮煌通電郵，他正坐麗星處女星號由台灣去沖繩，風浪大到傢具倒下了，職員要用膠布黏緊陽台門以防被強風吹爛。我告訴他 Silversea Expedition 和他筆下讚不絕口的 Silversea Classic 大相徑庭，沒有白手套侍應、沒有半島酒店水準的下午茶、沒有魚子醬、房間狹小、床更小、一翻身就會跌下來那種單人床。大部份房間沒有露台（全船只有六間露台房），他說 Berlitz 評 Silversea Discover 船硬體為四星，但收費為五星。我估計選擇 Expedition 的客人考慮的因素都是目的地。而銀海 Expedition 是真正全包，全部岸上遊都包，連昂貴的潛水也包，不貴也難！看來我還要去坐一次 Silver Classic 船，對這品牌才有全面的評價。

　　第二天航海日，郵輪遠離紐西蘭和澳洲大陸向北航行，繼續風高浪急。連續兩天，船都沒有停止搖擺，左搖右晃，整天都有桌子上的杯碟滑落下來。午餐時，餐桌連刀叉也沒有放置，因為全部滑落下來了。侍應個個 Michael Jackson 上身，表演 Moon Walker，人打斜行走，單手托盤，單手扶椅背而行。忽發奇想，難道被認為是最早創作 Moon Walk 的歌手 Cab Calloway 也曾坐過一次這樣的郵輪之旅，使他自創了 Moon Walk 的舞步？

　　船隻的顛簸令我也沒有甚麼胃口，只喝了湯，吃了炒飯，就回房睡覺。睡眠是克服暈船的良藥。全天除了聽四場講座，其餘時間就睡覺。

Marcom 在甲板上舉望遠鏡遙望，他教我怎麼目測海浪高度。不是 Rogue Wave 海浪最高 18 米，今天的約 4 米。

波希米亞式的德國人

晚餐同銀海職員德國帥哥 Patrick 同桌，我大學曾經在德國留學，和他可以用德語交談。他今年 34 歲，仍然四海為家。他畢業後就去了開曼群島的水底攝影公司打工，然後去埃及的紅海度假村教潛水，再到印尼爪哇島酒店工作。現在在銀海上負責浮潛和開橡皮艇。Expedition 的合約通常兩個月，合約到期，他就和芬蘭籍女友到處旅遊，上年就花了一年遊亞洲。「我們使費很少，背包旅遊，自己煮食，加上我們都不打算買樓，或是在哪裏住下來，所以我不需要太多錢。我賺多少錢，花多少錢。」

「你和我認識的德國人很不同。他們只懂工作，不會享受，鄉土觀念很重，不像南歐人一樣到處打工、享受人生。」我對德國式的波希米亞生活方式很感興趣。

「因為我的父母是典型德國人，在家鄉 Dresden 勞碌一生，到退休時才發現，人生充滿缺陷和婚姻充滿怨恨，他們退休後就馬上離婚了。我不要過這種生活。所以我選擇遠走他鄉，浪跡四方。」

澳洲的孤兒

銀海第八日我們來到法國人曾形容為 Land of Angels and Eagles 的 Norfolk Island。

Norfolk Island 位於澳洲、紐西蘭和 New Caledonia 之間，這個南

太平洋的孤島，只有八公里長，五公里寬，離悉尼 1,600 公里。因為地理位置偏僻，1788 年被當作監獄，囚禁犯人。直到 1855 年，因為運送犯人成本太高，孤島被棄置。

1856 年，附近大溪地的 Pitcairn 島上，Bounty 船員和當地大溪地女人的新社區，因為人口太多而島嶼太小，於是全島 194 名居民全數移民到這孤島，開發農場及捕鯨。發展至今，已經有 2,300 名居民，一半都是一百五十年前 Bounty 船員的後裔。

雖屬澳洲，但 Norfolk Island 擁有自治權，自己民選的政府，不必交澳洲稅。不過小島已於 2016 年 7 月 1 日回歸澳洲。

我們早晨七點到達，八點登陸。小島綠油油，一眼已望完。島上種滿了松樹，名為 Norfolk Island Pine。不遠處有幾棟米黃色的小屋，以及高大圍牆包圍的監獄，這些監獄已經名列世界文化遺產。

蒼涼肅殺的 Norfolk Island

Rule the Waves

　　司機和本地導遊穿着印有當地旅行社的名字 Bounty Escape 的 Polo Shirt，駕車帶我們到墳場，這裏埋葬了小島的歷史。

　　細雨綿綿，綠草油油，地下埋葬這些年輕的英國人，大部份是廿多三十歲的男性，最小的男犯只有九歲，他犯了偷竊罪，一個九歲小孩偷甚麼？原來是偷玩具！最小的女犯 13 歲，她只是偷了鄰居女孩的衣服！這裏埋葬最老的犯人是 105 歲。二百年前這些大人小童被送到地球對面的這個荒島上坐牢等死，大英帝國法律真的嚴厲啊！

　　站在陰風慘雨的監獄墳場，我反思作為一個島國，英國是以甚麼心態，將自己國家的監獄，設立在地球的對面？想像一下，北宋把蘇軾發配去南美洲阿根廷對面的福克蘭群島。對，如果祖先有這樣的視野和霸氣，今天怎會有南海主權爭議？

　　「Rule the Waves，Rule the world！」

　　郵輪導遊澳洲人 Malcom 回答了我的疑問。你們中國人幾千年最大的工程是在北方築起圍牆叫長城，在南方就「片板不准下海」。歐洲人航海了五百年，由西葡領軍，荷蘭人、英國人接棒，發現並控制了五大洋所有水域，今天你才如夢初醒想分一杯羹，是否太遲了。

　　中國自古定都西安、咸陽、北平，偏偏不會定都泉州、廣州等沿海古城。以農立國，終生面向黃土背向天，自古儒家思維就是陸地思想。犯了罪，發配充軍，最遠的是天朝邊疆，風蕭蕭兮易水寒，西出陽關無故人，比起英國人那種視地球為掌心之物的氣慨還是差了一截。這種思想在儒家文化圈還一脈相承，平壤、首爾、京都皆如是。後來與英國同為島國的日本也想學，就遷都海港江戶（東京），可惜偷襲珍珠港就戰敗了。

　　我自幼熟讀「金戈鐵馬、氣吞山河」，也歌詠「彎弓射大雕」，偏偏不懂 Rule the waves！語言是民族的靈魂，我的漢語到了一望無

際的太平洋，終於辭窮了。搜索枯腸，禿筆也找不到一個合適的字眼來翻譯 Rule the Waves。

　　導遊是第八代 Bounty 後人 Rachael，風雨之中，她的濃鬱 Norfolk 口音，簡直不像英語，我只聽得懂一半。墳場一角是 Murderers' Mound，埋葬了 1892 年 26 個犯人參與的暴動。

　　「這些精美的墓碑由犯人朋友雕刻墓碑，埋葬在此望海的風水寶地，今天只需 40 元澳元！」這裏不是個生活的好地方，但確是一個死的好地方啊！我慨嘆。

看着一望無際的太平洋，我找不到一個合適的字眼來翻譯 Rule the Waves。

二百年前這些罪犯被送到地球對面的這個荒島上坐牢，直至老死。

導遊是第八代 Bounty 後人 Rachael

小島人的傲氣

島嶼上治安很好，三十年來只有一宗謀殺案！所以島上只有兩名警察，而他們大部份時間都在打高爾夫球！

車子經過 Old Military Barracks 監獄、高爾夫球場，到達 Emily Bay。只見這兒水清沙幼、清晰見底，岸邊聳立的松樹已經三百歲。白浪拍岸，當地人在此紮營度假，雖然他們的家就在咫尺。

路上有另一個旅行團，由澳洲悉尼飛三個小時來。

我們參觀獅子會會址，這座百年木屋充滿霉味，女士們邊掩鼻邊觀看。這裏有舊相片展覽，展出黑白照片，例如島民慶祝 Bounty Day。1980 年在這裏開獅子會年會，掛滿各國獅子會旗。

「他們為甚麼死守孤島？年輕人不會跑去悉尼？」我看見這充滿霉味的黑白相片，想着這個島的人口比坪洲還少。想像一下，最近的地方是坐兩個小時飛機才到的悉尼！如果有選擇，年輕人怎麼肯留在這個荒島？

「哦，這島嶼的島民不是正常人，他們以祖先的故事驕傲。他們認為澳洲欺壓他們，所以憎恨澳洲。他們愛自由自在的生活，反叛建制，如果不是 2009 年金融海嘯，旅遊業下降，經濟破產，他們不會在 2016 年 7 月放棄自治，以換取澳洲經濟援助。」澳洲人 Julie 說。她認為這裏像鬼屋！

「很多居民想獨立，但生活逼人。這裏地理偏僻，資源有限，沒有工業，只是自給自足，僅足餬口。但我們有獨特的歷史，美麗的環境，值得保留。」

這裏只有中學，三百多個學生，年輕人去澳洲大陸讀大學後都回來。1791 年開校，為犯人小孩提供教育，教 Norfolk 語言。1974 年庫克船長發現二百週年時，英女皇來訪過。

小島住屋都沒有號碼，自己為屋子取名字，有人叫自己是 red roof

後，其他人紛紛以 Roof 命名，Leekee Roof、Rusty Roof、Holy Roof、Roof Roof 等。這兒的三睡房大屋賣 35 萬至 40 萬澳元一幢，估計在 Norfolk 回歸澳洲後會升值。

經過另一個更小的碼頭 Cascade，浪花打到岸上，應該無法泊岸。澳洲政府將投資一千三百萬澳元重建這個碼頭，使其可以停泊大船和郵輪。

上去國家公園，山頂觀景，大霧籠罩，只看得見近處的松樹。市中心 Burnt Pine 只有一條大街，Taylors Road 大約一公里長，集中了全島的商業活動，有唯一的購物商場、兩間超市、十多間免稅店、兩個油站、幾間咖啡廳及餐廳、旅行社、租車公司。很多自助式農產品檔，放置了自己種的香蕉、辣椒、薯仔等，價錢也很便宜，例如香蕉一毫子一條。

這牌是記念伊利沙白二世女王於 1974 年，Cook 船長發現此島二百週年時來訪。

破落的石牆是二百多年前政府大樓的舊址。

雖然破落凋零，但這島嶼的島民仍以祖先的故事驕傲。

在電話簿找滑嘟嘟

　　滑嘟嘟是麥當勞從前很趣致的一個卡通人物，想不到在 Norfolk 島上的電話黃頁竟然找到他的名字！

　　因為 Norfolk 島自治，50 年代免稅店曾經吸引很多澳紐遊客坐兩個小時飛機來此買進口香水、鞋、衣服。但現在到處都有免稅埠，遊客已經轉去了更便宜、更多選擇的斐濟、阿魯瓦圖、印尼。現在島上這些過氣免稅店的店面老土、燈光昏暗、就像時光倒流，回到 50 年代。回歸澳洲後，小島仍然免稅，而且沒有 GST 零售稅。

　　Jeff 是紐西蘭人，認識了 Norfolk 人的太太，十三年前移民到這島，他工作的士多店叫 Pete's Place。「這裏保存了很多傳統東西，我們互相幫助，就像一家人。我已經完全習慣了這裏，島民基本上都認識。這裏有六個華人，由新加坡遷入。你想買啤酒？這島只有一家商店賣酒，等我打電話去問問。」他拿出薄薄的一本電話黃頁，電話是五位數字，我記得 80 年代香港電話已經有六位數字。「這裏我們都稱呼暱稱（nickname），如矮仔、高佬、Slack 求其、Slick 滑嘟嘟、洋蔥等，電話黃頁中也是用暱稱！但我們也不知道，回歸澳洲後是禍是福。感覺很複雜，澳洲政府不尊重我們的民意，將我們的民選政府推翻。我們沒辦法，因為經濟太差了。以治權換金錢，這也是唯一的出路。這裏居民兩

Jeff 因為認識了 Norfolk 人太太，十三年前移民到此。

百年都沒有交過稅，我最開心是可以交稅後享受澳洲的免費醫療。」
電話黃頁也是用暱稱的地方，可以想像人與人之間的關係何其密切。

　　儘管不大喜歡回歸，但離接管前六個月大街上已經有一間澳洲政
府辦事處，為接管島自治政府準備。裏面擺放了很多宣傳單張，介紹
「Norfolk Island Reform」。

在 Chapel 內吃午餐

　　今天我們在 Chapel 內吃午餐，1875 年修建的英式浸信會教堂，
以 St Barnabas 命名。雖然是基督教，但也有玫瑰花玻璃窗、五聖人花
玻璃窗，就像天主教堂。地下的雲石由紐西蘭入口，木椅上用本地貝
殼做了貝雕花飾，木屋頂就像木船倒扣。

　　銀海的旅行社職員準備 Fish N Chip 做我們的午餐。魚是本地新鮮
捕獲的鯛魚，薯條是紐西蘭進口的。雖然本地也種薯仔，但規模太小，
成本比紐西蘭進口還貴。

　　這裏極多 Golden
Orb 蜘蛛網，屋簷下
織得密密麻麻，也沒
有人清理，似乎當地
人樂於見到蜘蛛為他
們捕捉蚊蟲。

　　飯後我們去植物
園，170 米的步行徑，
小得像美國有錢人家的
後花園，十分鐘就逛完
了。

我們就在這間教堂吃午餐

消失了的人情味

　　提前回到了碼頭，因為預計風暴即將來臨。碼頭上，有漁民擺了一張木枱，就地剖開吞拿魚。他叫 Bob，吞拿魚是兒子今早出海的漁獲。他和太太 Helen 就在碼頭上即劏即賣。「15 元一公斤，這是黃鰭吞拿魚。你可以今晚晚餐吃魚生！」他切了一片給我，果真很新鮮，還暖暖的。我忍不住手，這種新鮮拖羅在日本買，恐怕貴幾十倍價錢。我給了 Bob 五澳元，他隨手就切了一大塊給我，原來他沒有磅秤。而且沒有膠袋！就是這麼原始！

　　島民就是愛互助，Bob 拿着魚一叫，馬上有個居民老太太，將自己裝麵包的膠袋騰空出來，跑過來，雙手遞上。Bob 又隨手多拿了一塊吞拿魚，放進去「這是禮物！歡迎來 Norfolk 島！」

漁民 Bob，熱情純樸。

居民來圍觀送別我們

我估計，半年後回歸澳洲後，這種無政府主義的漁民檔口，應該會被取締。但這種「無王管」才是 Norfolk 島的特色和吸引之處。還有這種已經消失了的人情味，更加令我回味無窮。

　　碼頭上聚集了幾十個居民，來觀看我們登橡皮艇。我想這可能是他們今天最有趣的節目了。

　　上午平靜的港口，現在掀起三米高的白頭浪。小小的橡皮艇，像玩具一樣，被拋來拋去，一會在浪頭，瞬間沒在浪底。到了碼頭，四個職員用拉繩固定橡皮艇，老年乘客要人扶，由碼頭滑進橡皮艇。我最後上艇，岸上的居民和漁民揮手告別。職員叫我收起相機，身體向前傾。橡皮艇在大浪中攀高、跌下，就像過山車。我對面的澳洲太太 Judy 嚇得面色蒼白。

　　現在紐西蘭航空公司每週五班由悉尼、奧克蘭來回 Norfolk，由於自治，澳洲視之為國際航班，直到 2016 年 7 月 1 日前由澳洲飛來要到國際 Terminal，經過海關。

不悲情的孤島

　　天水圍常被稱為悲情城市，因為社區離市中心遠，彷彿被主流社會遺棄。但說到被遺棄，又怎及太平洋一角的小島 Norfolk？

　　銀海離開 Norfolk，小島在海平線越來越小，消失在天際雲層。這孤島偏僻而細小，天然就是一座汪洋大海中的監獄。兩百年前被英國人當做監獄，現在成了兩千名居民自己選擇的家，外面大城市的人可能認為這裏遠離社會、人群，仍然是一座活生生的監獄。這或許是 Norfolk 回歸澳洲的原因吧？在這個全球一體化的年代，活在孤懸天外，不可能長久。

　　我想起太平洋另一端的復活節島。同樣孤寂，同樣偏僻，但那裏

有世人皆知的摩艾石像，遊客一年比一年多。人口也增長到七千多人，旅遊業前景秀麗。但 Norfolk 島雖說也是世界文化遺產，但到底只是一個監獄而已。人口下降，經濟停滯，旅遊業下跌，這時選擇回歸澳洲，也算是識時務。

我一個中學同學最近舉家搬到天水圍。他埋怨那裏偏僻，西鐵要 50 分鐘出市區。又埋怨那裏像人煙稀少的鄉下（其實他那幢大廈的居民人口，已經多過整個 Norfolk 島）。我想他最需要來一次 Norfolk，就知道天外有天，天水圍是天堂了。

看落日燒滾天邊的浮雲，當然值得浮一大白。

誰是太平洋人？

銀海第九日離開玻里尼西亞海域，向美拉尼西亞海域航行。這天全天航海，明天將到達 New Caledonia。

上午九時，由 Tou 講 Pacific Island Culture and Dance。他來自 Cook Island，母親為毛利人，正是一個標榜為海洋之子的太平洋人。我們對歐亞非洲人比較明瞭，但誰是太平洋人？

這時三個小夥子代表不同民族出現：最早的印尼人越過美拉尼西亞到達密克羅尼西亞，由一個小個子扮演；接着到黑皮膚的拉匹塔人向美拉尼西亞進發，到達東加群島；最後出現的是高大、棕色皮膚的玻里尼西亞人。他們載歌載舞，用唱歌跳舞方式，告訴對方：「我們如何到達這島；跟隨哪個星星航海？花了多少天？」他們介紹自己方式，和毛利族方式一樣。

之後有來自 Cook 島女族人跳的 Haka 戰舞，她們快速轉動腰肢及臀部，就像天堂鳥求偶時跳舞的擺動方式。分別是大自然界雄鳥負責打扮和跳舞，人類是女性打扮和跳舞。

郵輪本來係私人遊艇？

了解過太平洋的歷史與文化之後，三點去參觀 bridge。這艘船 1988 年出產，於日本製造，曾經是私人遊艇。現在看一艘郵輪竟是私人擁有很不可思議，但那個年代是日本泡沫經濟的年代。

船於 2013 年被銀海租賃五年，成為 Silveasea Expedition 一員。船長 Vincent 介紹這艘「廿八歲的日本船」，雖然沒有現代船隻的先進電腦，但仍然老而彌堅，性能良好，控制板上很多 analogue 鍵。不少還印有日文。船長問我這些日文的意思，我逐一解釋。這是第一次有船長向我請教。

「這艘船甚麼時候退休？」

「一般船隻可以服役四十年。但這船的質素很高，壽命還應該長些！」

「我實在難於明白，可以容納兩百人的大船，怎麼會是私人遊艇？」

「有錢人的空間是無限的，和 Bill Gate 共創微軟的 Paul Allen，他

的私人遊艇長 126 米,頂層可以放兩架以上直升機,船邊附帶有一艘可乘八個人的潛艇!」

下午陽光照在蔚藍大海上,Red Leg Bubby 紅腳笨鳥追逐我們的船飛翔。我坐在甲板上,喝一杯香檳,讀一本書,已經是最好的下午時光。

晚上和 Expedition Leader Loui 吃飯,他是法國人,太太是英國人。我好奇,因為英法關係向來不佳。追問之下,原來太太是蘇格蘭人!「我們共同的敵人在中間!(指英格蘭)」他笑說。「那你住在倫敦,豈不是與敵共眠?」我回應他。

同桌的 Martin 是澳洲的退休法官和大律師,他很羨慕我的工作,可以年輕時就環遊世界。大律師社會地位高,算是人上人,可能是收入最高的工種,我說我更羨慕他的工作。想不到他說:「有一天你會懂,錢並不是最重要的東西。」

今天參觀 bridge,船長告知這艘原是私人遊艇。

晚餐的賣相與味道俱佳,大廚當然功不可沒。

有地無人要

領土從來都是國與國之間的紛爭來源，假若該地有獨特的資源或位處關鍵位置，各種理由藉口都會出現，務求寸土必爭。但太平洋這幾個小島，曾經被歐洲列強讓來讓去，誰也不想千里迢迢的派人去管理這幾個鳥不生蛋的化外小島。

銀海第十日，上午九點到達新喀里多尼亞（New Caledonia），是英國人庫克發現的，他以蘇格蘭地名命名，最後讓給法國人殖民至今。紐西蘭是荷蘭人發現的，以荷蘭的西蘭省命名，讓給了英國人，英國人太多殖民地了，最初不想要紐西蘭，讓毛利族人自立國家，但毛利族長只懂部落，不明國家，最後英國人「被迫」接管。更甚的瓦努阿圖，西班牙人發現，最後英法共同管制百多年，1980 年才獨立。

新喀里多尼亞有自己的國旗。除了背景三色代表綠島、紅色代表反抗殖民者、藍色代表天空、中間黃色代表太陽，最令人矚目的中間的黑色圖案，有遊客說貌似蟑螂一隻，我覺得像串燒三兄弟，經導遊解釋，才知道那是部落圖騰。

上午停 Kuto Bay，坐橡皮艇沖上沙灘上 wet landing。1774 年庫克船長命名這兒為 Isle of Pines（松島）。島上遍植松樹，鬱鬱葱葱。這島自 1848 年開始法國殖民，島上 2,000 名居民，分為八個部落，全都講法語。

這兒水清沙幼，白沙連綿一公里。玻璃般翠綠的海水，清澈見底。海島上躺臥，樹蔭遮日。海邊綠草如茵，樹幹躺臥在水中，橫七豎八地。遠方的珊瑚礁瀉湖，深藍色、松綠色、粉綠色，大自然的畫師用上調色盤上最鮮豔活潑的色彩來塗畫這個美麗沙灘。由於地處塞外，小島得以維持千百年來的優美景色，發展？還是不發展幸福？實在難以下定論。

大自然原是最偉大的畫家

海底花非花

　　白居易一首《花非花》讓人遐想聯翩，海底的花非花也讓我流連忘返。色彩斑斕的珊瑚常常被人誤以為是水中花，其實珊瑚並不是植物，而是五億年前已在地球上出現的動物！

　　珊瑚一詞來自古波斯語 Sanga，地中海、紅海、波斯灣古時皆出產珊瑚，用來做藥材和裝飾品。唐朝藥學家蘇恭寫過：珊瑚生南海，又從波斯國及師子國（斯里蘭卡）來。古羅馬人認為珊瑚具有防止災禍、給人智慧、止血和驅熱的功能。而印度和中國西藏的佛教徒則把珊瑚作為祭佛的吉祥物，用來做佛珠，或裝飾神像。

休息過後我們到旁邊 Kanumera Bay 浮潛，銀海安排了當地旅行社在沙灘準備了小食。然後來自德國的潛水教練 Patrick 為我們上了一課生物課：珊瑚蟲是一種海生圓筒狀腔腸動物，以捕食海洋裏細小的浮游生物為生，在生長過程中吸收海水中的鈣和二氧化碳，然後分泌出石灰石，變為自己的外殼。

原來珊瑚礁和人類居住的摩天大廈一樣，珊瑚礁會與住戶互相合作（如清潔魚），又互相競爭（不同珊瑚爭地盤）。Patrick 如數家珍般介紹着不同的珊瑚：Table coral、Fan coral、Leather coral、Gorgonia 珊瑚等等。四分之一的海洋生物依賴珊瑚礁生活，但珊瑚需要 20 至 30 度的氣溫、足夠的陽光才能生長，一米高的珊瑚需要一百年才能生成。但別看珊瑚像花又像葉，珊瑚是動物，不是植物。

我本是讀文史哲出身的，下水前惡補生物課，才能看懂眼前眼花繚亂的花非花。

除了花非花的珊瑚外，海底還有很多住客：黃色黑邊的 Butterfly fish，喜歡吃珊瑚、細長色彩鮮豔的厚唇魚 Wrasse，游得很快，最大的品種叫 Napoleon Wrasse，可以大到一米半，因其高高隆起的額頭，就像拿破崙戴的帽子，所以有「拿破崙」之稱。但因中國人愛吃，要面臨絕種了，只因這個拿破崙的中文名字叫「蘇眉」！

沙灘上大人小朋友都玩得不亦樂乎

人類不負責任的污染下，珊瑚已日漸石化。

海葵中藏匿着 Nemo

看過《海底奇兵》的都會知道，Anemonefish（小丑魚）喜歡藏身在珊瑚中。孵化出生時只有雄性，最大的雄性可以同雌性交配。雌性死後，最大的雄性會變成雌性，和第二大的雄性交配。

我們潛完水，無人沙灘到了中午開始熱鬧，另一艘大過銀海十倍的 Carnival 郵輪也來了。他們用 Tender Boat 接載二千名乘客，光是下船也花了兩小時。頗多華人面孔，我問一家人，父母由遼寧來看望悉尼工作的女兒。三人住三人房，每人一千澳元，十天的行程，悉尼來回，只去 New Caledonia 四個島，頭尾航海日各三日。這個航程頗受歡迎。

小丑魚喜歡藏身在珊瑚中

Lost in translation

傳說因為古人類自大到想建築一幢巴別塔上天堂，上帝慌了，所以令人類説不同的語言，令大家彼此無法溝通，塔建不成，天堂也上不到。事實上，由於語言不通確實產生了許多麻煩，甚至悲劇。

看完珊瑚後，下午我們坐巴士環島遊，去唯一的村莊 Vao，經過銀行、市政廳、學校、教堂、飛機場。海邊豎立了幾十支木柱，部份雕刻了圖騰，代表八個部落。這裏是法國傳教士登陸之地，所以中央豎立了耶穌像。水面平靜而呈粉綠色、粉藍色，飄浮着小木船。

巴士又老又破，沒有導遊，這裏有三百種語言，司機不會講英語，

代表八個部落的圖騰木柱

這裏是法國傳教士登陸之地，中央
豎立了耶穌像。

靠播放英語的磁帶導覽。我們經過村民住的磚屋，坐落在雜亂的花園之中，偶爾見到幾個村民，都熱情地向我們打招呼。難以想像，2007年有個日本女遊客因為誤闖禁地，被兩個本地土著少年誤殺。據說她不懂法語，自己一個人走進了土著的神聖地帶，所以被殺。

法郎穿越劇

今天連英國也急忙脫歐，我看到這些還在使用法郎的太平洋土著，就像是穿越到了秦朝之前的戰國時代。

在新喀里多尼亞，沙灘樹下偶爾有當地人的小攤檔，賣汽水生果，標價為法郎。法國在 2002 年已經棄用法郎，想不到在這地球對面的小島，還有人那麼忠心耿耿，不用歐羅，用法郎！

法郎可謂歐羅的前身，早在 1865 年，在法國皇帝拿破崙三世倡議下，法意瑞比四國在巴黎召開會議，在歐洲採取統一鑄幣，叫拉丁貨幣同盟，所以今天法郎已亡，但瑞士仍舊用瑞士法郎。拿破崙三世除了發明法郎，新喀里多尼亞和印度支那也是他殖民擴張下的戰績。不要和著名的矮仔「拿破崙」混淆，三世是他的姪子。叔叔拿破崙當年希望大一統，他東征西討，就是要將歐洲統一變成美國一樣的「歐羅巴合眾國」，比現在的歐盟還要更加「車同軌、書同文」。

土著用白色粉末在身上臉上畫上圖案，戴上草織的帽子，十分友善和我拍照。開始在沙灘上跳舞賺錢。樂器是一個大竹筒，不停敲打地面。舞蹈十分簡單，動作單調重複，頭搖來晃去，就像 fing 頭舞。小孩子也是，表演很 hea，遠不及他們的打扮認真。

島民都是黑皮膚的美拉尼西亞土著，除了講法語、用法郎，這裏相當原始。基建比旁邊澳洲 Norfork 島落後了很多倍，也沒有像樣的旅遊業。除了沙灘上小販賣的油炸食物、椰子、烤龍蝦，表演土風舞賺

錢，他們似乎已經十分滿足。連名信片也沒有，更沒有任何紀念品，我想買個地名磁石貼也失望而回。臨走折返，乾脆用五美元換了一張五百太平洋法郎的鈔票做紀念！

觀賞完土著的表演，我們便到 Queen Hortense 溶洞參觀，門票250 法郎，或四澳元。溶洞頗為隱蔽，經過一片種了天堂鳥花的森林，就見到巨大的鐘乳石溶洞，高達十幾米。極像馬來西亞的黑風洞。1855 年至 1856 年部落戰爭時，當地的女王 Hortense 就藏匿在這裏。現在石頭上面供有聖母像。這裏十分涼快，又有淡水，十分隱蔽，是理想的匿身之處。

經過 1881 年修建的法國監獄，曾經囚禁四千名阿爾及利亞罪犯、三千名法國罪犯，圍牆高大，雜草叢生，但法國人的建築就是氣派，荒廢了百多年，看上去比今天村民的居所還豪氣。法國人不同英國人老謀深算，也不打算殖民這裏。最後將全部罪犯帶回法國，荒廢監獄。

畫上白色圖案的土著，跳簡單的民族舞。

Queen Hortense 溶洞因有女王 Hortense 藏匿過而聞名。

太平洋的巴黎小夥子

　　笑容燦爛的 Florian 是巴黎人，今年 25 歲。四年前父母離婚，他傷心地離開巴黎，買了環球機票，打算旅途中療癒自己。他到了太平洋的法屬小島新喀里多尼亞，愛上這裏寧靜的陽光沙灘，決定留下來，在一家法國船運公司的旅遊部工作，今天他上船為我所乘坐的 Silversea 銀海郵輪安排當地遊。他不像老法國人一樣高傲冷酷，反而不停大笑，毫不吝嗇他潔白整齊的牙齒。

　　「我在這裏找到自己。也找到女朋友，我想和她結婚，生最少三個小孩。哈哈，我不會像我那意法混血父親一樣，在外面胡混。」

　　「意大利男人浪漫，法國男人更浪漫，所以你父親才那麼多女朋友啊！」

　　「如果真的有天我不愛她了，我會先告訴她，然後才開始新感情。我們明年回法國，然後結婚！」

　　「你那麼喜歡這島，為何要走？」

　　「這島夜晚看星一流。潛水更加頂呱呱。但我生活在史前石器時代啊！我的公司手機是 15 年前的 Wap 制式 Nokia，我自己用 iPhone，但這裏不要說 4G，連 3G 都沒有，沒有 wifi 根本上不了網。我家裏的龜速上網每個月要 60 歐！比法國貴一倍！」

　　唉，世界最大的太平洋，也敵不過互聯網的魔力啊！

愛上太平洋的陽光海灘，卻敵不過沒有互聯網苦惱的巴黎小子 Florian。

會爬樹的蟹

原來不單馬騮仔懂爬樹，蟹也懂爬樹。

銀海的第十一日，早晨八點已到達新喀里多尼亞的忠心群島（Loyalty Islands）。群島由三個島組成，中間的島是 Lifou，島上分為三個部落，共有 9,300 名居民。

九點登上 Lifou，這裏比松島大近五倍。一出碼頭，就見到紀念品市集。乘客可以選擇浮潛，或者半日環島遊。因為昨天已經在松島上浮潛過了，大部份人選擇了後者，只有四個人去浮潛。

環島遊先去雲呢拿農場。農場展覽了一些當地動物：像蝙蝠一樣掛在樹枝上的 Flying fox，雖然樣子恐怖，土著視之為美食。我就覺得吃野豬正常些，最好味應該是椰子蟹。

椰子蟹是陸地蟹，白天睡覺，晚上出來爬樹吃椰子。牠的鉗極有力，可以鉗爛椰子殼，吃裏面的肉。捉椰子蟹有技巧，因為一不小心，可以鉗斷人的手指，必須由背後按下。

這美食也不便宜，20 美金一公斤，我在市場中找過，只見到龍蝦，緣慳一面，無緣得見爬樹蟹。

椰子蟹是陸地蟹，會爬樹吃椰子。

除了椰子蟹外，農場的另一主角是雲呢拿。雲呢拿 1862 年由法國傳教士墨西哥引入，種四年才開花，因為是外來品種，一開始沒有結果。直到一個 12 歲男孩偶爾發現人工授粉，最後結果。摘下後水煮、乾燥、曬兩個月，成熟半年，已經香氣撲鼻。

大酋長村中的傳統茅屋內，
族人共同商討各種社區事務。

柴枝一般卻能令食物添上美味的雲呢拿條

　　購買雲呢拿是以長度計算，越長越貴。出售的由 15 至 26 厘米不等，去年最長的有 29 厘米！商店賣 12 澳元三條。我試飲雲呢拿 gin 酒，似乎沒有甚麼香味。

　　去北方區的大酋長村參觀，他下面有 36 個小酋長，每個小酋長統領一條村。村口左邊有一間天主教堂，右邊有一間現代建築會堂。村中央是最重要的是傳統茅屋，外圍用木柱圍成圈。

　　茅屋有兩個矮門，右邊為普通人用，左邊為大酋長專用。茅屋很高，中央用一支十多米木柱支撐。地上鋪了芭蕉葉，大家坐在地上，平等地討論社區事務，例如公開鞭撻來懲罰犯錯的族人。

千里之外的叫化雞

叫化雞是蘇浙名菜，想不到離江蘇千里之外的太平洋小島上也能品嚐到異曲同工的熱石雞！

星期天族人會一齊用熱石煮大餐 Itra（法語為 Bougna），煮法是用烤過的芭蕉葉墊底，將地瓜、木瓜、番茄、葱等放進一隻劏好雞肚之中，再鋪滿雞身，最後加入椰肉榨的汁，用草繩包起芭蕉葉，成為一個大方包。這時，旁邊的男族人已經燒紅了石頭，將「雞包」放進坑內，用熱石鋪蓋，加芭蕉葉，最後用泥土覆蓋。等一小時，就「出土可食」了。

時間關係，族人已經煮好一個雞包，打開，果然椰香四飄，一咬，雞肉多汁又嫩，加上木瓜和地瓜的甜味，和「叫化雞」有異曲同工之妙。

回到碼頭，有一個小小的市集賣紀念品，木雕、貝殼、染布之類。磁石貼只有一檔售賣，並且只有一款，七澳元一個。這島出產檀香，手指頭一小支要 14 澳元，實在不合理地昂貴。其他攤檔用珠仔紮頭髮，還有按摩檔。如果泰國按摩是最專業，這裏肯定最不專業。一個當地按摩女人，在老外背上，輕輕鬆鬆掃來掃去，似抹桌子。

太平洋小島的叫化雞

颱風下的瓦努阿圖

乘搭銀海第十二日，我們遇上了名為 Winston 的颱風。強度為最高的五級，風速高達每小時 325 公里，快過法拉利，和子彈火車差不多！成為南半球有史以來最強的熱帶氣旋，風暴中心的斐濟損失慘重：導致 20 人死亡。

氣旋引發海面高達 14 米大浪！船長決定放棄東面接近斐濟的瓦努阿圖 Tanna 火山島，我們改方向去北面的瓦努阿圖最大島 Efate 島，行程也改為上午觀光首都 Port Vila，下午去 Havanah 港。

上午九點入港，兩岸皆為綠木遮蔭的小島，山上點綴白色牆身、彩色屋頂的小洋房，海邊有幾層高的商業及住宅大廈。站在甲板，也感受到呼嘯而過的強風。清關花了些時間，我們十點才坐橡皮艇登陸。港口風高浪急，幾個浪打來，我衫褲盡濕。銀海臨時安排了旅行社及導遊，用巴士帶我們半天遊首都。

瓦努阿圖首都 Port Vila 路邊大樹被颱風吹倒，壓壞了汽車。

交換身份

「瓦努阿圖，我想住嘅地方！」

一個耗資千萬港幣的移民顧問公司電視廣告，成為這個快沉沒的太平洋島國最出位的國家廣告，一夜成名。黝黑的 24 萬瓦努阿圖土著，人均國內生產總值不及香港十分之一，大部份人沒有聽説過香港。他們更擔心國家快沉沒了，2015 年熱帶風暴令首都九成建築受損。如果可以選擇交換身份，我想 24 萬瓦努阿圖土著人會説：「香港，我想住嘅地方！」

根據網上資料，首都維拉港只有三名香港人，均為嫁到當地的香港女士。所以，這個移民公司的顧客，應該不是香港人。

除了有售賣護照之嫌，瓦努阿圖，還有沒有真正吸引人的地方？

英國新經濟基金會於 2006 年及 2010 年，兩度評選瓦努阿圖為全球幸福指數最高的國家。「瓦努阿圖，我想住嘅地方！」那個電視廣告中，小童的眼睛天真無邪，選擇瓦努阿圖，是否太過天真？他們的幸福感，是否建築在超級匱乏的物質社會，以及超級樂觀的知足常樂心態？

我去過很多「幸福感超標」的國家，北歐三國是共認的人類發展 super model，不丹雖窮，但發展 GNH（國家快樂指數）已經四十年。瓦努阿圖呢？火山爆發、颱風頻頻，快要沉沒之前我還有四天時間去發掘。

國立博物館的藝術家

來到國立博物館，有一個赤裸上身，下身草裙，腳踝綁果實的土著藝術家 Matasangvul，向我們吹螺演奏。他的英語，口音超重，聽不

清楚。

瓦國的傳統 Sandroing 已經入選世界非物質文化遺產,土著畫沙傳遞故事和信息。只見他在一個沙盤上,用手指先劃出直線,然後一筆到底,用曲線畫出對稱而複雜的圖案,一邊講歷史故事,第一個圖案是紋身、第二個圖案是海龜、第三個圖案是帆船,畫完了就用竹筒演奏國歌。

「瓦努阿圖是第二個你們在太平洋的第二個家。我們歡迎你!」

Matasangvul 問我是哪裏人?我回答後他即興用竹筒表演中國國歌。

博物館有十幾個展櫃,展出出土陶器、土著生活用品,但沒有英語說明,我也看得不知所云。看見我們興趣缺缺的,Matasangvul 開始賣自己的 CD 及紀念品。

瓦努阿圖國立博物館內,Matasangvul 介紹完自己又表演沙畫藝術。

最想去的跳板

去完博物館後，巴士經過沙塵滾滾，由日本公司投資的新碼頭，沿途經過很多中文簡體字招牌，如「華哥私房菜」，我開始不自覺分泌很多唾液，突然很想吃中國菜了！不是說船上的食用不好，以 Expedition 船來講，這船的水準已經算是不錯。但已經連續吃了兩週西餐，味蕾不爭氣地思鄉了。

最後停在村口一株百年榕樹旁。榕樹樹根繁茂，幾個年輕人坐在樹下無所事事。但他們十分友善，招呼我進去榕樹裏面傾談。

「這裏有六七百個中國大陸人，沒有聽說過有香港人。他們都在市中心開商店，首都成了中國城，我們不太喜歡，太多了！他們有的不會講英語，賣的東西素質不好，好在他們過十年移民監，就會走！」

我也留意到這裏到處是中文簡體字招牌和廣告，「無可匹敵的網速」、「洞悉亞太區趨勢，ANZ 為您連結亞太 29 個國家！」，證明這裏的華人社區經濟蓬勃。

「老華僑來這裏幾十年了，他們早就在澳洲買大屋了。新華僑是衝着澳洲護照來的，投資 15 萬元人民幣，坐十年移民監，拿到公民權就去申請澳洲護照，這裏去澳洲太容易了。」

在百年榕樹內聊天，別有另一番感覺。

中國商店的小姜來自大連，商店賣中國便宜小商品、紀念品等，以 VT 和澳元標價，大多兩、三澳元，他解開了我的疑團。

「瓦努阿圖，我最想去的跳板！」

簡單的市集簡單的人

村口垃圾處處，似乎沒有垃圾車清理，鐵皮村屋破破爛爛。去年颱風吹倒了榕樹壓扁了汽車，成為另一個景點；又進去一間 resort 兜了一個圈，去一個碼頭望一眼，很是無聊。我估計首都沒有甚麼景點，為了充撐半天的場面，才將這些地方串燒在一起。

走了半天，最後到市場停下來。農產品十分豐富但品種不出十種，放滿石屎枱上和地上，大部份為容易種的根莖莊稼，100 元（約一澳元）一公斤落花生，200 元幾個地瓜，又長又大的芋頭 700 元有幾公斤。香蕉和木瓜又肥又短，尺寸極為巨大，我想這島的土壤極為肥沃之故。水產品只有螃蟹，500 元有四隻。小販穿着鮮豔的裙子，也不叫賣，靜靜地坐在地上。他們的數字概念似乎和他們的生活一樣簡單，全部標價齊頭。

熟食攤檔也很簡單，只有四款：雞翼番薯、炸魚地瓜，50 元一份，熟食小販比菜販積極一些，忙於用芭蕉葉趕蒼蠅。他們似乎也很重視衛生，熟食小販都戴上帽子，仔細一看，是一次性浴帽！

紀念品市場更昏暗，掛起 T 恤染布，桌子上亂七八糟地放置了紀念品，問了磁石貼價格，全部都是五澳元。

早晨登陸時我的衫褲盡濕，一個上午又黏又濕的感覺不好受，中午十二點回船沖涼換衣服，才舒舒服服吃午餐。一個大浪打來，鄰座的飲料已經倒瀉到了我的碟子中。下午改變路線，不去夏瓦拿灣，而向北盡快離開熱帶氣旋，於是睡覺。

這裏的農產品十分豐富

熟食小販戴着一次性浴帽，
十分注重衛生。

神秘的 Rom 舞

這晚我們停火山島 Ambryn，這是瓦國第五大島，比首都 Vila 更為原始。火山曾在一千九百年前大爆發，直到 1913 年還在爆發，所以這裏土地肥沃。

我們乘橡皮艇登陸黑沙灘 Ranon，一個大浪幾乎打翻橡皮艇，兩個乘客都滾到艇中央，衫褲盡濕。灘上有四個女村民，擺放了一些油桶，上面擺放了一些木雕，如倒吊的蝙蝠，20 澳元：還有土著弓箭，用竹竿做箭，前面用削尖的木枝做刺針。

島上很多蒼蠅，空地上放了木頭當櫈子，中央就是表演場地。土著將表演傳統舞蹈 Rom 歡迎我們。導遊先告訴我們不能太靠近舞者，保持三米距離，因為他們已經通靈。

這時森林傳來唱歌聲，左右兩行的面具人代表神靈，各四個用 palm 葉做的簑衣，只用一次，跳完就燒，頭戴尖帽面具（用多次），上插羽毛。右手持一個圓錐形的草織道具。仔細看，每個面具有點不同，帶頭的面具人有煙斗。

神靈保護下，中間十個半裸男人，腰繫樹皮，小肚前面就用蕉葉套在陰莖上，囊就露在外面。這就是瓦國男人的民族服裝 nambas（陰莖套）。相比其他印加、瑪雅、非洲部落，這套民族服都算最為輕便、簡單。

前面的大酋長頭插羽毛及紅花，背繫大紅花，左邊兩個小酋長頭戴紅花，一邊敲打竹筒。他們又唱又跳，慢慢移動，不停頓足，揚起塵土，唱出重複的歌曲，不時變陣。但永遠都是在面具神靈包圍之下，代表神靈庇佑。

中場休息，半裸男人退下，有兩個面具人加入。酋長走去敲打圖騰，面具人圍成圈跳舞，不再唱歌。

最後變魔術，一個半裸男人將竹筒放地上，由另一竹筒倒了幾滴

土著們為我戴上手製的紀念品

土著表演傳統舞蹈 Rom 歡迎我們

瓦國男人仍有穿着他們的民族
服裝 nambas（陰莖套）

水，然後口吐蕉葉作法。再拿起倒有水的竹筒，倒轉，已經沒有水了！大家拍掌！我懷疑那個竹筒只不過是漏水的！

銀海送上禮物，由 Tou 代表，他用 Cook Island 話唱歌問候，然後送上大包衣服、水樽、文具給酋長。

現代傳教士

觀賞土著跳 Rom 舞的，除了我們還有大堆村民。黑乎乎的土著人群中，有三個赤腳白人小孩，吸引了我。11 歲的哥哥 Joshua，還有 9 歲的 Eddy 和 7 歲的 Grew。

「我們來自美國 Montana，已經來島上住了兩年。今早看見有郵輪來，就專門走了半小時，由村落走到黑沙灘 Ranon 來看表演。」這是他們在兩年以來第二次看 Rom 舞。

為甚麼由美國搬到瓦努阿圖？真是我最想住的地方？

原來，三兄妹的父母是傳教士，來這裏翻譯《聖經》，及為當地語言字典。他還有一個一歲的小弟弟和一個阿姨同住，整個島就只有這個七個白人家庭。島上沒有公路，只有一輛車用來運載椰子。他們種椰子、番薯、taro、kamala、香蕉，只由大島買米、茶、油，其他自給自足。

Alex 告訴我，瓦國有 130 種語言，有的島就有 13 種，這小島有 5 種，所以不是每種語言都有聖經。他會講當地話，例如由一數到十，又教我說當地話。原來這些現代傳教士面對最大的難度，是土話的詞彙不足，例如沒有羊，但《聖經》中「羊」的意義重大，他們就要用土著明白的語言去翻譯。

他們住在右邊的小村落，哥哥說要走 15 分鐘，妹妹說要走半小時，他們手上都沒有手錶，我想應該也沒有時間觀念。這兒向左走 1.5 公

傳教士的孩子隨父母四處見識各地文化

里有更大的主要村落 Ramvetlam，裏面有學校，但這幾個白人小孩是 home school，由父母教學。星期五才走一個小時去村校上一天課。村校也教英語，但老師的英語還不及他們。

海上生明月

晚餐我與澳洲人 Caroline 和 Judy 在甲板上吃 stone grill，今天是陰曆十六，海上升圓月，月光將海面照成銀色，是真正的 Silversea！遠處的黑夜之中，半空之中，隱隱約約，火光熊熊，那是 Ambryn 島的活火山。

天上繁星流淌成河，明月、銀海、火山、美食，幾杯紅酒下肚，我們在甲板上大唱 Moon river，用她們教我的話，這種行為就是 Hilarious！而 Hilarious 的人，才是有趣的人，這也才是有意思的人生。

天上繁星流淌成河，知己美酒，人生一大快事。

去天堂跳水

銀海的第 14 日來到 Santo 島和 Aoba 島，上午分兩組，我會坐橡皮艇 wet landing，到 Paradise Lagoon 和藍洞 Blue Hole。

船停泊在天堂灣 Paradise bay，這灣名不虛傳，小島翠綠，星羅棋佈，海水蔚藍，水波不興，透明度極高，可以清楚看見下面的白沙。島上有七個藍洞，以我們到的這個 Blue Hole Metevuluu 最大。

由海轉入小河，兩旁都是紅樹林，水平如鏡，倒映樹林，鳥鳴不絕，引領我們向叢林溪間深處，前面疑無路時，柳暗花明又一村。樹葉綠中帶黃，黃色的葉子是因為吸收了鹽分，海風吹拂，黃葉輕盈飄下，哀怨如櫻飄雪，我就像陶淵明。

樹林越來越茂密高大，已經由鹹水變淡水，樹木遮天，光影流動，水清見底，翠綠如玉，水中小魚兒穿梭，黃葉如花，不時緩緩飄落，鳥聲不絕，如同天堂絕響。

到達小河盡頭的泉眼，又是另一番景象。水由綠轉藍，粉藍如同混合了牛奶。跳下水，果然是淡水，清澈冰冷。

來到這兒主要是玩跳水，有三個跳台，樹上面掛了一條繩子，人就拉着繩子，搖擺出去，到了水中央才放手。我和比利時女孩 Fran 由最矮的跳台開始玩，第一次有點腳震，但一閉眼，人就飛出去了，想也不必想，下一秒已經身處冰冷水中。

一玩上癮，最後挑戰最高的榕樹跳台。沿木梯爬上幾層樓高的榕樹，用腳趾夾實繩子，雙手抓緊繩子，太高了！我開始發抖，不敢放手。導遊安慰我：「不要看腳下，看看天空，深呼吸，聽聽鳥叫，你在天堂！想一句話告訴你的女朋友，就為她跳下去。」我於是大叫一聲：「For you, thousand times over！（為你，千千萬萬遍！）」一二三，飛！周圍的團員們大聲喝彩，人飛到半空中，放手放腳，整個人炸彈一樣，在水面揚起水花。撲通一聲就甚麼聽不見了，人就拚命往上游，浮出水面，yeah！人不瘋狂枉年少，雖然我已經不年輕。

然後我想起 bungy jump 發源於瓦國的 land diving。曾經有一個婦人，因為丈夫不忠，爬上榕樹扮自殺，丈夫跟着爬上來，婦人腳踝綁了榕樹根，由樹頂跳下，丈夫也跳下，結果婦人不死，而丈夫死了。從此成為瓦國一個傳統，以表示男性對女性的忠心，跳之前男人講一句「為了證明我的愛」。但 1974 年當英女皇訪問瓦國時，一個男人被其舅仔玩弄，故意將繩子加長了幾吋，男人當場跌死。嚇壞英女皇，立法禁止這遊戲。但是屢禁不果，仍然流行。

人不瘋狂枉少年，總要瘋一次狂一次。

我就像走入桃花源的陶淵明筆下的
捕魚人，慢慢飄進世外桃源。

洗不去的傳統

瓦努阿圖曾在二戰時被美軍徵用，Santo 就是美軍在珍珠港被炸
後，設在太平洋的補給基地。現在島上不計森林中的原始部落有 2.5 萬
名居民。

我們沿美軍二戰修的泥路，轉入柏油馬路。海邊有於 2000 年由上
海公司修建的郵輪碼頭，預計 2017 年完工。

酋長 Aime 打撈了 1942 年沉沒在這港口的美國船隻 SS President
Coolidge 的殘骸，放在地上展覽。SS President Coolidge 是一艘豪華
郵輪，在二戰中被美軍改造成軍用運輸船，其後被盟軍水雷誤襲，在

Santo 沉沒。

看完郵輪殘骸後，酋長的四個兒子和姪子出來表演民族舞，他們頭戴面具，全身半裸，身體塗上樹枝灰，只有陰莖套，以及 palm 葉。最搞笑的其中一個姪子，極為害羞，全程用手捂住自己的陰莖套，不肯放手！他應該是被酋長強迫出來「賣肉」表演，於是用這個方法表示抗議。酋長還沒有打完鼓，小孩們就一窩蜂跑了！

酋長的大兒子身上塗上樹枝灰，戴上陰莖套，跟着我們走。他的弟弟腳踝還綁了一串果實做的響鈴，邊走邊響，十分可愛。長大後他們會繼承瓦國的文化傳統嗎？還是受到外國影響，不再使用陰莖套？

下午我們再看到瓦國的另一傳統，water dance。

八個頭戴花圈，身穿簑衣的婦人，從樹林中走出來準備表演。Water Woman Dance 是瓦國獨有的舞蹈。只見她們站立在水深及腰的位置，其中一位老婦一聲令下，婦人們就雙手拍打水面，擊起水花及面。她們動作一會像洗衣物、一會像淘米，打出節奏強勁的聲音，像是低音鼓聲，整齊一致。

相傳一百多年前，婦人們發現日常生活中，洗衣淘米也是音樂，配合小島環境，於是開始了這種獨特的民俗音樂。一會開始唱歌，配合強勁節拍，加上嘩啦啦的海浪聲音，成為天然而獨家的樂團。

我站在水中拍攝，一個浪打來，就跌倒在水中。她們站在更深水處，馬步卻站得更穩。最後一首歌，叫我們和她們一齊打水。站近才發現，打起的水花飛濺到臉上，連眼睛都睜不開。她們已經一身大汗，因為彎腰大力拍水還紮馬步，邊唱歌，應該消耗不少體力。

這些土著孩子長大後還會否戴陰莖套？

像洗米又像洗衫的 water dance

浮潛中陣亡

除了觀看瓦國傳統的 Water Woman Dance，這個下午還有浮潛時間。

這次浮潛在海中央，由一艘橡皮艇做臨時浮台。

可能因為太過興奮，我想也不想就跳進蔚藍透明的海中。這是一個大珊瑚礁，鮮黃、紫色的珊瑚之中，各種珊瑚魚遊弋，目不暇給，令我忙於用 Nikon AW1 防水相機拍攝。

一會才發現，口袋中有甚麼東西頂住，「死了」！忘記我短褲口袋中放了手機！雖然這部 Sony Experia 聲稱防水，但防水不等如潛水，也有朋友曾經中招。我於是馬上游回浮台，拿手機出來一看，已經黑屏！惟有安慰自己，人無事已經萬幸，而且行程已經到了尾聲，只剩下三天了。

迷幻瓦努阿圖

一場鴉片戰爭，揭開了列強侵略中國的序幕，也改寫了香港的命運。但在 19 世紀以前的歐洲，鴉片不但不被視為毒品，而是鬆弛神經、紓緩痛楚的名貴藥物。著名作家如歌德、雪萊、拜倫等更藉鴉片帶來的感覺產生創作靈感，詩人昆西更寫了本《一個吸鴉片的英國人自白》，就像現代人吸煙一樣。

酋長 Aime 將村落變成一個文化公園，導遊 Rex 講一口流利美語，介紹土著陷阱、織籃、做 kava 給我們飲，令我也嘗了這種土著原始的精神放鬆劑——卡瓦酒（Kava）。Kava 是瓦努阿圖、斐濟一帶常見的提神飲品。Kava 雖名為酒，但沒有任何酒精，製造方法是把胡椒根莖搗碎後加水攪拌製成的，又稱「令人陶醉的胡椒」。卡瓦胡椒是一種高纖維低熱量植物，有鎮定、抗菌、止痛之功效。

這碗東西貌似泥漿，喝 Kava 之前，我跟足規矩，要拍一拍手，然後一口喝完，再拍三下掌，喊一聲 Bula！我大着膽子吞一口，不難喝，也不好喝。味道淡淡的，有點像酒味，但更像苦茶或中藥。過幾分鐘，嘴皮和舌頭開始發麻。聽說喝太多時，會有幻覺出現，所以 Kava 已被外國禁止入口。可惜喝了，我也沒有歌德、雪萊上身，今晚寫出最哀傷的詩篇！

Aime 又做了瓦國三文治給我們嚐，用竹筒內裝了菠菜，燒熟，倒出來，加椰子汁。大蕉也直接燒熟，這種大蕉是 cooking banana，不能直接當水果吃。味道和口感像番薯，不像我們平時吃的香蕉。用兩片大蕉夾菠菜、椰子肉，就是瓦國三文治了！味道不錯，也很飽肚！

這碗泥漿似的東西就是瓦努阿圖的迷幻藥 Kava

星星作嚮導

晚餐後，眾人聚集在甲板上，躺在太陽椅，望向星空，聽Tua講「星辰導航」。

他曾經和島民用傳統帆船由庫克島到American Samoa。當他說到：「太空中有太多的奇蹟」，頓時甲板上的燈就全部熄滅了！當然這是他和船長約定的暗號，聽到「奇蹟」就關燈。

奇蹟真的發生了！漆黑天幕，銀河閃爍登場，有的星星份外閃亮。「三粒連成一線的星星是獵戶座，指示東方。北極星指向北極，南十字星指向南極。大部份星星和北半球的一樣，但因為地球本身遮擋，北半球看不到南十字星，所以古代希臘的星座中沒有南十字星。但南半球的居民，對南十字星十分熟悉，所有南半球國家如巴西、澳洲國旗上都有南十字星。」

在沒有地圖和GPS的年代，星星、月亮是獨木舟最好的領航員。白天就看日出、日落定方位。找尋陸地，靠觀察雲朵形狀，島嶼上空潮濕空氣上升形成不動的cumulus積雲，雲下就有陸地。

雲的顏色，假若反射到松綠色，代表下面有珊瑚礁。還靠分辨海鳥、陸鳥，海鳥翼長而善滑翔，陸鳥翼短方便在樹林中穿梭，夕陽西下時跟蹤回家的陸鳥也可以發現陸地。水中的椰子殼，也指示快到陸地了。

Mau Piailug是近代太平洋唯一懂用Star compass星座指南針的人，甚麼星星由那個方向升起、跌落、代表東南西北，他都瞭如指掌，因為他們沒有真正的指南針。古代的原住民是不是就是利用這種「望天打卦」的方法，比哥倫布早五百年，征服了玻里尼西亞一千個小島呢？

所羅門王的寶藏

銀海的 15 日是 sea day，早上聽上古考古學家 Alex 講座「所羅門王的寶藏」，介紹明天將到達的所羅門群島。

西方人一直在找尋迷失的國土 Ophir。《聖經》記載 Ophir 是一個著名產金的地方，所羅門王曾與推羅王合作，派水手到 Ophir 運來金子、檀香木和寶石。然而，Ophir 到底在甚麼地方，眾說紛紜，馬可波羅說在日本旁邊，至今仍難有定論。

1568 年 Sarmiento 帶領兩條西班牙船由秘魯出發，找尋 Gold（黃金），Glory（榮耀）與 God（上帝）。八十日後他們見到島嶼，起初以為發現了 Terra Australis（未知的南方大陸），後來發現是島，所以名為「所羅門」。

但島上只有小量土人，沒有金銀、香料，土人也沒有被基督教化，可謂失敗的航海。所以，所羅門島被西方人遺忘了二百年，命運和復活節島一樣。1770 年，西班牙海軍的兩隻海軍艦船造訪復活節島，對全島進行全面的勘察，並將其名為 Isla de San Carlos 島。在島上的三個高地上樹立起木質十字架之後，以西班牙國王查理三世的名義宣佈吞併此島，但西班牙人一去不復返，沒有再理會這些小島。那個年代，新世界的土地太多，全世界只有部份西歐人在 Rule the waves，只嫌水手不夠。看今天中日、日俄、日韓，為一兩個無人小島數十年都大動肝火，何苦呢？

遇上真‧飛甩雞毛太太

聽完講座，我去找新朋友 Fran 和 Hanna，她倆在 spa 工作，情同姐妹，髮型師 Fran 是比利時人，按摩師 Hanna 是芬蘭人，我好奇她們

為甚麼會放棄祖國的高薪,接受流浪的低薪?她們都想趁年輕環遊世界,金錢並不是最重要的考慮。而且這裏氣氛一流,開心和經驗最要緊。我觀察到,佔大部份船員的菲律賓人都是有家室的中年人。而歐美發達國家的船員(不計 bridge 的專業船員),年齡都比較年輕,前者是為了賺錢,後者是為了賺經驗。

我到 Spa Center,Fran 沒有事幹,我將昨天在 blue hole 拍攝的相片、短片抄給她,一邊嘻嘻哈哈笑她跳水時那副張大嘴巴的滑稽樣子。

「Hi James!」旁邊一位正在做 Spa 美甲的婦人叫喚我。

「我們沒有甚麼機會吃飯談話。昨天我在 Blue Hole 跳水時,你沒有幫我拍攝呀?」她一動不動,躺在椅子上問我。

我想起來,昨天的確有位紫色泳衣的太太,排在 Fran 後面,也有跳水。我連聲說對不起,沒有拍攝她。但是心裏嘰裏呱啦:「我又不是郵輪攝影師,為甚麼要幫你拍?我又不認識你,哪裏有那麼多記憶卡每個人都拍攝?」我準備講再見。

大概看透我的心,於是自己爆料:「聽說你是香港來的?我在香港和中國有六十多間店舖!」

「六十多間?」

「對,Ferragamo! Salvatore Ferragamo!」

叮一聲,這麼大的名牌?令我睜大雙眼,「Ferragamo?」真的是那個 Ferragamo?

「對,我就是 Ms. Ferragamo!」她的一頭金髮梳得一絲不苟,躺着優雅地伸出右腳,讓 Hanna 為她按摩,左腳泡在泡泡盆中。的確,是有點意大利超級名牌的風範。

我難以置信,怎麼可能碰上「飛甩雞毛太太」?

「Call me Amanda!」她更正我稱呼她為 Ms. Ferragamo。

「我的第一間店開在香港文華東方酒店,不,應該是半島酒店。」

「那你認識 Michael?」那是半島的老闆。

「不。我只認識吳先生和太太，他們幫我們經營代理。」

「是 Peter Woo ？」我知道這品牌的中港代理，老闆是吳光正，這證明她是真的飛甩雞毛太太！

「對！我和前夫的兩個兒子是雙胞胎，其中一個和你名字一樣，也叫 James！他肯定不信老媽爬到榕樹上，跳水下來！我有 13 個孫兒了，每年總要放自己一個假，兩個月去旅遊。」

她原本是英國人，哥哥是查爾斯王子的私人秘書 Sir Michael Peat，她自己是 Ferragamo 家族的大媳婦，現已離婚，兒子 James 是 Ferragamo 的 CEO。她曾用七年時間將 Ferragamo 位於 Tuscany 的大宅復原，寫成一本書《7 years in Tuscany》。

晚上有再見雞尾酒會，介紹 Hotel Manager 及她的團隊，光是這個部門也有 50 人！全船有 98 個職員，但只有 38 個乘客。我們朝夕相對半個月，已經成了朋友，我叫得出全部 Expedition Team 的人、Reception 的 Tania、Maria、Spa 的 Hanna、Fran；還有我的管家 Romeo，以及一半左右的乘客，包括澳洲的旅遊記者 Caroline、Julie、潛水專家 Charrol、永遠正裝的前法官 Martin 和太太 Rose、貌似 Mr. Bean 的英國人 Stuart、孤獨老人 Don、環遊了 130 個國家的 Jolsy 和先生 Conrad、飛甩雞毛太太等等……有能力乘坐 Silversea 的乘客不止荷包腫脹，知識也豐富，每晚晚餐吹水的談話內容都十分有趣。

遇上真·飛甩雞毛太太

英雄永遠受歡迎

早上八點，到達所羅門群島的 Santa Ana 島 Port Mary，不要被這個名字誤導了，這裏只是一個沙灘和村莊。這島兩萬年前已經有居民，當時水位低很多，可以由巴布亞新幾內亞走過來。

橡皮艇到了沙灘，忽然衝出來一群手持長矛的土著，張牙舞爪，大叫大唱，原來這是他們的歡迎儀式！沙灘上很多小孩子來圍觀我們。

村莊中央廣場是沙地，圍繞着一圈草屋。棕櫚樹葉上插了大紅花裝飾，放置了兩行膠椅。銀海的乘客入座後，四人樂隊開始清唱，十多個男人上身赤裸，下身穿短褲外加棕櫚裙，左手持響鈴，赤腳分開兩行跳舞，他們似乎經常都一齊跳舞，動作整齊。村民都出來看跳舞。我教村童對鏡頭講 Welcome to Solomon Islands，他也可以全句講出來！

第二部份為女子組，三個女人清唱，十二個女人頭戴紅花，頸戴由海豚牙串成的項鏈，分開兩行載歌載舞，樂曲十分簡單而重複，聽兩次就會唱了。海豚牙是土著極為貴重的財產，只有領隊的幾個女人有，其他年輕女人沒有。

第三部份是趣劇，最受村民歡迎。迎親的隊伍，頭戴白色樹皮尖帽，身披白色樹皮，手持棕櫚樹枝扮划槳，送穿着同樣的新娘子。這時，七個賊頭賊腦的泥漿人，手持木棍，划船過來，他們見到新娘貌美，就打算搶新娘。這時，六個勇猛的戰士出現，保護新娘，打退了泥漿人，全部村民看到笑呵呵！似乎無論是哪個民族，都喜歡看到英雄救美！

廣場四周，有十多檔手工藝品攤檔，賣木雕和貝殼飾物。鑲貝母木雕碗，20 美元。最多是浮標木雕，下面綁石頭及魚餌，上面雕刻了各種動物，十分獨特，每個 15 美元。Alex 介紹這裏的 Karimanua 半人半鯊、Snake Mother 半蛇半人木雕以及後面的故事。

土著們衝出來表演舞蹈

土著中也有英俊得如荷里活明星的型男

男子組表演之後輪到女子組

沒有西施的檳榔

我向村莊深處走去，見一群男人坐在地上，口嚼 Betel nut，一邊吐出血紅唾液，他們嚼的就是台灣原住民最愛的檳榔了。見我拍照，他們都張開血盆大口，讓我看他們被檳榔蛀壞的黑乎乎崩壞牙齒。

一個男人拿來檳榔，教我如何享用：先切開核桃大小的 Pua，裏面有一粒果仁，放進口中咬破，然後用 Amasi leaf（檳榔葉，一支根莖狀的東西），點 Afu（slaked lime，熟石灰）後，放進口中混合檳榔一齊嚼。一邊嚼，一邊吐。

我學他們，怎知吐出了嚼爛的果實！他們指正我，應該將果實放在牙齒後面，過濾唾液後，吐出唾液，這時唾液已經是紅色。開始時頗酸，多咬兩下，吐兩下，就開始有點甜味。土著們説每天都要嚼，然後才充滿力量，才可以幹活。但這東西對牙齒損害極大，我嚼了兩下就全部吐了！

我想起台灣了，不止因為檳榔西施，而且所羅門群島 1978 年脱離英國獨立後，就在 1983 年和台灣建交，是台灣現今 22 個邦交國之一。不過，最詭異的是首都大部份華人均為來自廣東的新移民。這是我到訪的第二個「中華民國邦交國」，上次去過南美洲的巴拉圭。2006 年，兩岸政府被指幕後操縱總理選舉，所羅門群島爆發排華暴動，北京政府派遣了四架包機接載 312 名華僑回國，應該是該國和中國近年發生過最主要的大事件了。

土著村民 Silas 會講流利英語，問我是哪裏人？我説香港。他不知道，我

土著教我嚼檳榔

説中國。他問是不是就是台灣？看來，當地人也分不清楚中國大陸、香港、和台灣。這個島有二千居民，分為三個村莊。

臨時兌換店

他帶我入村。一間士多一樣的茅屋，剛才收了我們美元的小販，排隊來將美元兌換成 SLB 所羅門元。「這裏一美元換 6 元，但老闆去首都荷尼阿拉可以換到 7 元。」所羅門群島流行美元。瓦努阿圖、New Caledonia 反而流行澳元，遊客地區均以當地貨幣及澳元標價，因為澳洲遊客為主。

一個小販問我，可不可以將他手上的紐西蘭元換成美元？因為沒有村民肯換。我拿了紐西蘭元也沒有用，但我至少可以回港後拿去銀行兌換成港幣。我當做善事，充當一下兌換店員，用美元換了他的紐西蘭元。

回到橡皮艇，去另一端的珊瑚礁浮潛。風高浪急，玩了一會就打道回府。另外一隻橡皮艇在海中央死機了，我們的橡皮艇去拖，只能極慢速拖行，以防兩艇相撞。結果花了半小時才回到船上。

中午和眾多澳洲人吃飯，Judy 給我看她手機的相片，她的花園有碼頭相連，她有私人遊艇，花園不時有袋鼠走過來吃草，環境太優美了，澳洲真是一個適居的好大洲。

回到房間，床上鋪了墊子，管家已經抹乾淨旅行喼，要走了！

五點鐘有 Briefing，Malcom 頭戴奇異鳥帽子，回顧我們由紐西蘭出發，到了赤道附近的珊瑚礁，他介紹二十年前才發現珊瑚礁如何生育：圓月之時，精子卵子同時噴出雜交！可說是世界最大雜交派對！他為了讓我們記得珊瑚是如何生育，特別自創了一首《珊瑚雜交歌》，自唱自跳，十分爆笑！

臨別依依

最後一天的重頭戲是看攝影師 Dennis 拍攝的 DVD，五十多分鐘，回顧每一天的行程。半個月，原來我們已經去了那麼多迥然不同的五個國家、精彩萬分的十多個地方、晴天陰天大風浪、經過火山，還有史上最強的熱帶氣旋、上高山潛入水、試食不同的土產、爆笑的團友、智勇雙全而幽默的 Expedition 專家，這次收穫豐富。

晚餐和 Ms Farragamo 以及其他四位單身女士，分別來自美國和澳洲。她邀請我去她在佛羅倫斯的酒莊大宅 Il Borro。我問她作為一個英國人，嫁到意大利名牌家族，有沒有文化衝擊？她說自己 16 歲就去了意大利學習，並遇上 Mr. Ferragamo，那時她已經會講意大利語，所以沒有太大衝擊。她後來將這經歷寫進了書中。席間個個都是旅遊家，但只有我去過北韓，她對北韓很有興趣，問得很詳細，還要我的北韓書。

大家依依不捨，月光灑下，海面泛起銀光，成為銀海一片。甲板上滿是互相擁抱告別的乘客。銀海的乘客，的確不同。望見滿天星星，閉目，用心，仔細聆聽，會聽見小王子在小行星上的笑聲。B612 號行星，那朵唯一的玫瑰花。

來自意大利的她，用意大利文唱起了十分應景的民歌《Santa Lucia》。

最後一夜大家相聚一堂，臨別依依。

戰鬥民族打卡遊

除了歐美遊客，此行還有兩位異樣的俄羅斯人一同乘坐郵輪！兩夫婦不懂英文，不和其他船客社交，wet landing 時偏偏 dress up，男穿皮鞋女穿高跟鞋、拿手袋、穿裙子。我估計他們聽不懂船長廣播才穿成這樣子，其他歐美遊客也不和他們說話。早餐時我和他們 Say Hi，居然不理我！他們到底是哪裏人？我太好奇。

後來我在甲板上看見他一個人抽煙，走過去問他是哪裏人？原來是戰鬥民族俄羅斯！他做電訊生意，這次中途上船，只坐五天，提前下船，但就付全費！因為他參加了一個 most traveled people club，還差三個國家就夠一百個國家，所以完成即走。完美示範「打卡式強迫旅遊症」！他問我去了多少個？我雖早已超過一百個，但我從不打卡也不追數字。

快閃所羅門首都

銀海第 17 日，早上八時到達終點：所羅門群島的首都 Honiara。

早餐時，也是告別時。我和每個乘客逐一擁抱，又和職員逐一擁抱告別。這船小，乘客少，職員好，乘客質素高，船期又長，自然成了好朋友。

我的飛往斐濟的班機是下午四時半，還有幾個小時在首都消磨。我打算坐的士去機場，放下行李位後折返市中心逛。我問 Tua 那個迷你機場有沒有寄行李？他教我放下行李在船上，因為碼頭就在市心，逛完就回去拿。Tania 馬上幫我打去 port authority 問，我可否折返港口？但答案是否定的。

於是坐的士，所羅門元 $100，去 Heritage hotel，這是全市最好的

酒店，銀海的過夜客人都住在這裏，我換了所羅門元，1美元：6.88所元。

我將行李放在酒店，然後才施施然出去逛街。首都主要的購物街叫做 Mendana 大街，左邊是碼頭及酒店，右邊是商店士多。酒店就在大街尾，另一端就是中央市場，相距兩公里。

對面就是國立博物館，免費進場，冷氣十足。這裏日間高達35度，比出發地紐西蘭高20度！又濕又熱沒有風，走幾步就汗如雨下。

感謝殖民

我是唯一的入場者，博物館長 Patricia 主動過來介紹，所羅門群島在二戰時最具戰略意義的瓜島之役。博物館一半展覽都是有關這段輝煌歷史，也是所羅門群島唯一一次被全世界注目的短暫一年。美軍和日軍在瓜島大戰，本來不是甚麼值得炫耀的事。在中國，更加相反，例如當年日軍和俄軍在東北開戰，就被認為是國恥。

我更感興趣是其本國歷史。Patricia 介紹，歐洲人殖民之前，部落之間戰爭不斷，互相獵頭，人口下降。直到1893年英國殖民，基督教傳入，才進入文明時期。她的口吻和展板上的內容，對英國殖民充滿感恩之心，如同天降甘露，令所羅門人脫離苦海。和中國相反，對西方列強的殖民深惡痛絕，更難想像感激之情。

基督教會自19世紀開始傳教，翻譯《聖經》。所國有87種語言，347種方言。直到2011年，有20種語言翻譯了新約，5種翻譯了新舊約。

展品中有很多土著飾物，最貴是海豚牙做成的項鏈，牙齒尺寸和人牙類似，一條有幾百粒，價值15,000所元，在島上可以換到屋與地了！還有貝殼錢，以及紅色羽毛做的皮帶，十條皮帶可以換到

一個新娘！

　　她打開一個展館，放了幾個貝殼錢進去。問我怎樣擺放好看一些？「這是我昨天買回來的。我在旁邊的博物館商店也有得買。你過來看看。」博物館級的藏品，唾手可得，價錢才幾百所元。博物館商店中甚麼都有，似乎比博物館的展品還要精美！

　　嘆足冷氣後，告別了熱情的館長。大街上人來人往，比瓦努阿圖首都 Port Vila 還要熱鬧。Honiara 應該是這兩週見過最繁華的城市了。

尋找他鄉的故事

　　和瓦努阿圖一樣，這裏商店士多超市的老闆全部是華人，有的是第二代、第三代的老華僑，更多是 2006 年反華暴動之後才來的新移民。根據我和五間店舖華人老闆聊天得到的資料，這裏的華人絕大部份是廣東人，來自四邑（恩、開、新、台），都是親朋戚友，口沫相傳，來這裏找生活。

　　雜貨店中，胸圍旁邊，又賣玩具，還有糖果和大米，媲美百貨公司，全部 made in China。中國成為世界工廠後，也方便了中國人移民到外國，經營雜貨零售。除了歐美發達國家，有 Walmart、Amazon 這些網上網下巨頭壟斷零售市場，像瓦國、所國這些不發達國家，中國日用商品的性價比，完全勝過歐美國家。中國人由生產、運輸、到銷售，已經形成完整的產業鏈。但只限日用百貨和基建，汽車是日本人，還有韓國人的生意。

　　「這裏生活節奏慢，賺錢比廣東容易。我英文也不會，四十多歲才出國，現在已經會講土話了。我剛開始幫親戚打工，九年下來，現在已經有兩間士多了。我不想入籍，賺夠了回去台山。」台山阿伯余先生告訴我。

「我由恩平來這裏七年了，工作簽證兩年續一次。以前要公民才可以開店，現在外國人也可以開店。我有的親戚拿了所國護照，方便去外國旅遊，或移民澳洲。我還是想回國，這裏的黑人神經病的，政府太弱，誰知道甚麼時候又排華？」

我問的士司機，怎麼看待華人？

「有的在這裏幾代了，已經是所國人了。那次排華暴亂，是不明就裏的年輕人被政客利用了！」他指給我，暴亂中被焚毀的中國城，現在已經重建了。大街上的華人商店都沒有漢字招牌，不像瓦國首都Port Vila，我估計是事後華人想保持低調。這裏華人都來自大陸，而且集中為四邑人。所國與台灣建交，這裏反而沒有見到台灣人。

所羅門人最愛食花生

這幾年的潮語有謂：「食住花生睇好戲」，但説還説，沒有幾個人真的為了睇好戲去買花生。不過所國賣花生的生意卻意外地蓬勃。

這裏白天極為炎熱，雪糕店裏擠滿當地人。五元一球雪糕，便宜又大件，味道相當不錯。怪不得又黑又大隻的大男人像小孩一樣，伸出舌頭，一下一下，舔得津津有味。

中央市場人聲鼎沸，有蓋部份已經人滿為患，小販已經蔓延到戶外。意想不到，最多小販賣花生！有至少幾十檔花生小販，方式也很有所國特色。小販用一個切開的汽水瓶頸做量度，數清楚每一杯有幾粒花生，十粒一堆，標價一元。五十粒標五元，每個花生檔整整齊齊，有幾十堆不同的花生！難道所國都時興「食住花生，睇好戲？」

所國農產品，比瓦國豐富很多倍。後者市場大部份是根莖莊稼（即是懶人莊稼），所國就有各種瓜類、蔬菜，雖然比不上香港街市種類豐富，至少我覺得可以足夠煮出像樣的中國菜。聽説台灣在這裏有援

建農場，教當地人種蔬菜瓜果。

魚市場更加有趣，芭蕉葉包住螃蟹賣 50 元一隻，龍蝦大小的椰子蟹賣 100 元，手臂長的吞拿魚賣 200 元一條，石斑魚 20 元一磅，比香港便宜了很多倍！怪不得酒樓食客陳先生說，自己天天在家都蒸魚吃！何況廣東人蒸魚技巧是最高的！

所羅門也有香港樓

逛市場逛得累了，問店舖華人有甚麼好推介？個個叫我去「香港樓」。那是一家開了四十年的老店，店主余先生有濃厚的台山口音，但仍然可以溝通。連續吃了幾十餐西餐，我最想吃一碗拉麵，或者雲吞麵，這裏沒有。叫了一個海鮮炒飯，一個星洲炒米，香辣可口，火候十足，久違了的中餐，令我感動的熟悉口味！

自己旅行時，我以當地飲食為主，沒有問題。但郵輪上三餐都由同一班廚師烹飪，吃一個星期開始麻木，吃兩個星期開始厭倦。就像在岸上，連續半個月吃同一家餐廳，即使是米之蓮，也有日久生厭之嫌。上次坐公主郵輪，連續 30 天航海吃西餐，我到了中美洲的哥斯達尼加的 Limo，也要找中餐廳，換換口味。

香港樓的外表很有特色，紅牆黃瓦，四四方方，鶴立雞群的單幢仿古建築，完全看不出來是餐廳，更像一座寺廟或道觀！

大滿足，吃飽飯回到 Heritage Hotel，很多銀海的團員仍然坐在酒店餐廳，足不出戶。他們擔心當地治安，見我「探險半日」平安回來，才說要出去逛逛。

斐濟航空

召了的士去機場，20 分鐘到達。一如所料，機場十分簡陋，一眼望穿，沒有甚麼設施。Fiji Airway 和 Fly Solomons 是主要航空公司。沒有電腦顯示屏，只用一個膠板寫 HIR（所國首都機場代碼）和 NAN（斐濟首都機場代碼）。

機場沒有冷氣，只有幾把慢悠悠的吊扇，又熱又焗。過了移民局安檢，裏面有一間空調 cafe，買一杯飲料 10 元，趁機可以嘆下冷氣。

原來 4：30 的飛機，到了 3：40 就登機，4：00 就提前起飛！在中國，遲飛是常態，準時是罕見，早飛是發夢！斐濟似乎比所國富裕很多倍，不僅有成熟的旅遊業，斐濟航空更加是我這次去的南太平洋諸國唯一直航香港的公司。

三小時後到達斐濟。機場有冷氣，又新又大，到處是漢字，Rosie Holiday 的員工來接我，一句 Bola，送上一條貝殼項鏈。我在機場換錢，1 斐濟元：0:55 美元。

乘車去 Hilton Hotel，沿途黑漆漆，沒有路燈，因為上週史上最強熱帶氣旋來襲。但基建和店面，像泰國水準。而前兩天的所羅門群島和瓦努阿圖就像印尼或柬埔寨農村，貧窮落後很多。Hilton Hotel 頗新，一幢雙層 villa 有八個單位。

中文攻陷斐濟旅遊界

在斐濟的海邊餐廳吃早餐，氣溫 29 度，海風徐徐吹來，配搭椰林樹影，一片懶洋洋。了哥飛到桌子上來偷吃食物，完全看不出熱帶氣旋的痕跡。這裏除了西式早餐，還有中式粥、油條、蒸餃、春卷，尤其令我感動，還要多得斐濟有眾多內地遊客到訪。

九點鐘 Captain Cook（庫克船長）的巴士來酒店接我去碼頭。這個 Captain Cook Cruise，有兩艘復古雙桅木帆船，可載幾十人。今天三分一中國人、三分一印度人、三分一歐美遊客。斐濟旅遊業相當成熟，到處是簡體中文字的單張、地圖上也印有翻譯了漢語的地名，如「南海島」、「金銀島」。今天這個「提霧阿私人海島一日遊」，包 BBQ 午餐、卡瓦酒歡迎儀式、浮潛、玻璃船觀光、體驗斐濟傳統文化等，早十晚五全日，收費 193 斐濟元。碼頭有多間旅行社、各種 day tour、外島遊、鯊魚同游、索道雨林探索、海釣、水上飛機、跳傘等，中文《斐濟旅遊指南》是免費月刊，23 頁的小冊子有幾十個旅行社的中文廣告。令我想起十年前在東南亞旅遊，到處都是日文廣告小冊子。十年河東轉河西，日文越來越少，現在斐濟航空免稅品雜誌只有中英文，手機 sim card 店、免稅店也只有中英文，不見日文了。

　　淺藍的天際、蔚藍的深海之間，扯起兩塊米色帆布，色彩就是簡單直接。老外都坐在船頭戶外曬太陽，中國人全部都留在船中間帆布帳篷下面躲避陽光。楚河漢界，毫不含糊，文化差異，在這小船上份外顯眼。

　　帆船扯起桅杆，掛上，出發。中途有 Kava 試飲，大家拍三下手，一飲而盡。比上次在瓦努阿圖喝的淡很多。

　　一個小時半後，蔚藍的深海，變成翡翠綠的淺灘珊瑚礁，包圍着白得耀眼的沙灘，椰樹搖擺，到了私人小珊瑚島。島上碼頭還沒建好，要坐玻璃底小船接駁上沙灘。

私人小珊瑚島被白沙環繞

搭上帆船出發！

自創雙拼節目

燒味飯有雙拼、魚蛋粉有雙拼，水上運動當然也有雙拼⋯⋯誰發明的？當然是我獨創。

這個私人珊瑚島嶼很小，十分鐘就走一個圈。中央有一個鐵皮大涼亭及廚房，午餐就在這裏。沙灘上有十多個棕櫚葉木涼亭。涼風習習，椰林樹影，大可睡覺、發呆或浮潛、獨木舟。我就自創雙拼，穿上浮潛的蛙鞋蛙鏡，自己划一艘獨木舟，划向深水的珊瑚礁。划獨木舟比游泳快很多，我就一馬當先，率先到達珊瑚礁。下水，珊瑚礁大部份已經白化，可能遊客太多所致，因為珊瑚一踩即斷，就會死掉。大堆遊客一到，僅有的小魚也躲到珊瑚礁中。爬上獨木舟，看白雲蒼狗，放下槳，浮遊天際。獨木舟加浮潛，是為「斐濟雙拼」。

中午一點午餐，沙律吧、另加腸仔、燒雞、燒魚、飲品、啤酒、餐酒免費。

私人島上，椰子樹下，面對無垠蔚藍，純白沙灘，微微海風，陽光放題。來一瓶斐濟啤酒，盡情慢慢浪費斐濟的分分秒秒，這才是 Fiji Time，甚麼都不想，甚麼都不做。樂隊開始彈吉他唱歌，吃完飯就在太陽椅上睡着了。

Fiji Time 就是讓腦袋放空的時光

獨木舟加浮潛，是獨家的
「斐濟雙拼」。

中國大媽晾胸罩

吃飯時，旁邊的四個中國遊客過來搭訕。他們來自黑龍江，買了香港直航斐濟的機票（五千元人民幣），已經住在這裏兩個月。這兩對老年夫妻在市中心租了一個單位，月租三千元人民幣，每天自己煮三餐，現在黑龍江是冬季，他們來此避寒，成本比海南島貴，但是吃得放心！

「這裏菜肉沒有黑心食物。斐濟的水、空氣質素比內地好，人又老實，不像三亞海鮮店亂斬人！我們四個老人都不會講英語，就靠手語，也沒有被騙過！斐濟到處有漢語，都算方便！」她還教我，「斐濟是全世界唯一沒有癌症病人的國家，因為他們天天喝諾麗果（Nori），強身健體，防止三高！」我問她味道如何？「不好喝！但是有藥效！我們天天都喝！可惜太重，不然背一箱回去！」

黑龍江大媽們在沙灘上也擔陽傘，下水都戴遮陽帽，這還不算異樣。但她們上岸後，就在男人前面，伸手入泳衣拉，使勁拉出來一個個肉色胸罩，嘻嘻哈哈，公然掛在涼亭旁邊的樹枝上晾乾，令沙灘上老外們「O嘴」。在船上下午茶時，將船公司放在吧台上讓全船人分享的曲奇餅據為己有，整盒拿走，令人側目，斐濟侍應們也交頭接耳。

這些大媽們十分熱情，和我也很好傾，我對她們沒有任何有色眼鏡，更加同情她們。她們仍然未能和世界禮儀接軌，我估計仍然需要至少一代人的功夫。日本婦人不可能在沙灘上公開拉出來曬胸罩，現代日本人能夠成為世界公民，是因為他們在中國人紮小腳、留長辮的清朝已經全面西化，穿西服，吃西餐。因為中國開放才三十多年，這些搶曲奇的大媽肯定曾經經歷過饑荒年代、吃不飽飯的經歷才令她們不顧儀態。日本開放了一百五十年，曾祖母的母親已經西化了，足足富裕了五代。所以這不完全是大媽們的錯，部份也是時代的錯。

中國大媽晾胸罩

島上的自助午餐

　　晚餐在 Hilton 酒店的亞洲餐廳 Maravu，就在沙灘上，頭頂星星，濤聲為伴。可惜印度籍廚師的冬蔭功完全走樣了，變成大蝦番茄米粉甜湯！叫了薑葱炒龍蝦、黑胡椒泥蟹，印度籍廚師皆用油炸，再加調味料，前者炸太久，變得又老又乾，浪費材料。後者卻又滑又嫩，泥蟹超大，肉多又結實，吃得雙手都是胡椒汁也津津有味。

浪漫得太過份的佈置，可惜我是單身一人。

澳洲的後樂園

　　早晨 4：45 有車來接，離開斐濟。酒店區很多濱海豪宅，司機說 50 萬美元起，賣給澳洲、歐美的退休人士。相比我這次去的四個太平洋島國，斐濟算是最為發達富裕。相當於東南亞的泰國，和柬埔寨、老撾的經濟差距。可以將國家名字加在瓶裝水上面，就暢銷全球，更加是這個小國的福份。試試將其他大國名字印在瓶裝水上，你敢不敢喝？

　　搭乘斐濟航空，十個小時直飛香港。斐濟之於澳洲人，就像泰國之於香港人。想放鬆幾天，由工薪階層到中產，香港人都會去陽光沙

灘的布吉、蘇梅島，消費又便宜。斐濟依賴鄰近的澳洲遊客發展出十分成熟的旅遊業，澳洲朋友 Julie 和 Caroline 曾經年年去玩。但如果交叉客源，香港人去斐濟不算多，只因太遠了！十個小時可以飛兩次日本、三次泰國，一次歐洲，如果只是要陽光沙灘，要近有海南、泰國、峇里，要水質好有馬爾代夫，要便宜有菲律賓、柬埔寨，度假村品牌在這些東南亞地方如雨後春筍，最高端到最 boutique 都有，選擇太多了！怪不得這次斐濟之旅，沒有遇上一個香港旅客，華人八成是內地客人，兩成是新馬華人。

把國家名字寫在樽上就能大賣特賣的，就只有這個。

越落後越有趣

　　這次三週的南太平洋之旅，終於到了終點。這是我第一次真正在大洋洲跨國旅行，以前只去過復活節島、澳洲等。算是真正看懂和分清楚了太平洋的三大群島美拉尼西亞、密克羅尼西亞和玻里尼西亞。

　　乘坐銀海，由玻里尼西亞進入美拉尼西亞，跟隨當年庫克船長的路線。前者的紐西蘭已經完全西化，成為世界最發達國家之一，風光如畫，保育完善，歐洲人後裔和毛利族相處融洽，但就沒有異國風味的驚喜度。

美拉尼西亞由四個島國和法屬組成，這次到訪的三個島國和法屬，發現越貧窮越異國風味、越落後越獨特、反而更加有趣，如所羅門群島的 Santa Ana 村莊，民風純樸、村民生活百年不變，首都的街市也十分有趣；又如瓦努阿圖的 Santo 藍洞簡直是人間桃花源，untouched、原始風光美不勝收，而在 Ambryn 島，村民仍然戴 nambas（陰莖套）為榮，西方傳教士還在翻譯聖經！New Caledonia 因為最接近澳洲，消費高昂。

　　全靠銀海的 Expedition Team，我才會庫克船長上身，感受到文化的巨大衝擊，欣賞而且享受視覺、聽覺以為舌尖陌生的感覺，為這些迥然不同的太平洋島嶼文化擊掌、喝彩！

　　越先進越西化的太平洋島國，對我的吸引力就越低（打算純粹放鬆、單純謀殺時光另計）。到處是麥當勞、Burger King 的斐濟就是一個例子，我慶幸沒有花太多時間在那裏。全球一體化大趨勢之下，異國風情媲美罕見天然珠寶，倒模下的國際觀光業就如天天嚼同一塊漢堡包，填飽肚皮、燃燒生命。

旅後評語

　　銀海 Expedition 發現者號被 Berlize 評為四星，已經 28 歲，現在為銀海 Charter 包船，硬體頗舊。大部份客艙只有百多呎，沒有露台，只有八間露台房。兩呎半的床很窄小，幾次大風浪時人就快跌下去。洗手間只能站立一個人，企缸油漆脫落。自來水來源於化淡海水，頗為黃濁。

　　二十八年前日本人建造這私人遊艇時，應該沒有考慮航行風浪大的大洋。所以這船頗為顛簸，吃飯時不時聽到刀叉碟子，稀里嘩啦跌落地面。

三樓為主餐廳，每天晚餐都在這裏。每晚都是 Sit down 正餐，有五個 Course，餐單由 Relais Chateau 設計。附送兩款餐酒。大廚要設計 16 晚的不同餐單，而材料在紐西蘭已經上船，着實不容易。

早餐 16 天都不變。我自己一向以新鮮水果為早餐主食，頭一週的水果很新鮮，品種也多，但第二週開始就有些水果如西瓜開始出水。

午餐不時有壽司魚生，我跟日本人習慣，從來不生吃三文魚，好在也有吞拿魚生選擇。還有燒雞、燒三文魚、牛肉等。沙律有五款，不時更新。最正是 Pasta，每天換款，即叫即做。

下午茶有三層的點心架，賣相不錯。但三文治乾癟如柴，Scoon 也不如 QM2，甜點也不吸引，吃了一次後就不再幫襯了。

五樓甲板上是 Grill & bar，以及超迷你泳池。這麼多天只有我一個人游過一次泳，Grill 可以吃戶外午餐、熱石燒烤晚餐。午餐為三文治、熱狗等便餐，熱石燒烤晚餐需要預約，環境及食物，都屬水準之上。

Expedition Team 才是整個行程的重點！

德國式的波西米亞

銀海的 Expedition Team 臥虎藏龍，導師皆是環球招聘的知識豐富專家，高山仰止。來自不同專業範疇，他們將這郵輪變成了海上大學。每一次講座或登陸，都成為真正的一次遊學，總有一些新的知識，教授給我們。

德國人 Patrick 是海洋學家，他認得出 160 種珊瑚魚，熱愛海洋，自稱愛魚多過他的芬蘭女朋友，對各種海洋生物，如數家珍。他因為太愛魚，所以不吃海鮮。

航海日的時候，銀海安排了上午兩場、下午兩場講座，由導師們

分別講太平洋自然、地理、殖民史、鳥類。開朗的智利女孩 Alex 是考古學家，師承其父，熟悉太平洋三個海域的文化、語言、宗教、歷史。她住在復活節島上，不上郵輪工作的日子，就協助父親考古。她講瓦努阿圖文化、南島語系、所羅門王的寶藏，令我大開眼界。

庫克島人 Tou 是太平洋原住民，昂藏六呎，血統為玻里利西亞人的雞尾酒，他對母親的毛利族、父親的庫克島族傳統十分驕傲，正是一個標榜為海洋之子的太平洋人。他在船上的講座 Pacific island culture and dance，更聽得我十分入神。還在晚上在甲板教我們觀星行船，勁過星座小王子。

澳洲人 Malcolm 是雀鳥專家，他可以由鳥叫聲，分辨出鳥的種類。他可以在樹林之中，指出那個不是樹葉，而是一隻不動的小鳥。令我們的行山之旅，變成驚喜連連的生物課。

還有放棄家庭，追求個人理想的潛水教練 Steve；Expedition leader Loui，他是法國人，太太是英國人；澳洲退休法官和大律師 Martin，他告訴我：「有一天你會懂，錢並不是最重要的東西。」

中間的德國人 Patrick，是海洋學家，左側為生物學家 Demon。

一生不做樓奴

　　船上的生物學家 Demon 是澳洲人，長期在郵輪工作，他一早放棄祖家悉尼，年輕時在奧克蘭花 25 萬紐紙買了一個船屋，三層高，五百多呎，泊在奧克蘭碼頭，每週費用僅 250 元。到了中年，他想停下來，就賣了船屋，上岸在曼谷租了個單位，放置個人物件，因為曼谷房租比悉尼租個 locker 更便宜。由於他們都是兩個月僱傭合約，船公司會提供全球任何城市來回上下船港口的機票，所以他們可以真正「四海為家」。例如 Patrick 正在考慮搬離維也納，搬來 New Caledonia 或巴西、南非、曼谷居住。聽得我瞠目結舌，這些八十後西方人的下一個居所選擇包括亞洲、大洋洲、南美洲、歐洲和非洲，這可不是普通一個香港年輕人的生活方式。我的中學同學一輩子都在香港生活工作（我相信老死也不會超越五十公里範圍），最大的變遷是幾個同學都由父母居住的石硤尾公屋，成家立業後搬去十公里外的填堆區！

　　歐洲年輕人的世界，早已經是一個沒有邊界的地球村。他們的眼界、視野，也已超越了四百呎公屋、五百呎堆填區縮水樓，更不屑終身囹圄成房奴。大海大洲，無遠弗屆。人生短短幾十年，歐洲年輕人更懂得何謂生活，何謂吊命。

　　孫中山因為 12 歲上了前往太平洋的郵輪，才打開了視野，「始見輪舟之奇，滄海之闊。自是有慕西學之心，窮天地之想。」我有幸每次坐郵輪都會遇見不同價值觀、不同生活選擇的各國精英，打開我的眼界，讓我用更加「地球村」的眼光，去審視這個世界。

貼心的服務與各式專家同遊，令我此行獲益不淺。

第三章

星夢郵輪：
由船廠到登台表演

坐郵輪這麼多年，這趟是首次深入船廠，目睹一代名船的誕生：星夢郵輪。為甚麼當代郵輪都在德國出生？我將帶大家穿越百年崛起的德國造船業。這趟旅程也拍攝成了一個旅遊節目：《日耳曼的天空》，在無線電視 J5 台播出，有興趣也可以上 MyTVSuper 重溫。

　　我和星夢郵輪的緣份不止於「產房」，郵輪下水後一個月，我就帶同三百多歲的四位耆英，包括家父母，陶傑令尊堂，一同上船遊樂。最高潮的時刻，就是在星夢郵輪的劇場，獻出我的生平第一次 Talk show：穿越時空環球秀。

日耳曼的天空下

　　英國脫歐之際，我重返歐洲，回到我曾經留學的德國，由統一德國的普魯士出發、穿越秦始皇時代的呂不韋、慈禧太后和李鴻章，在德國窗口漢堡追溯歐盟發源的種子。為窺探俾斯麥百年前為德國打下工業化基礎，深入製造中的豪華郵輪及世界最大船塢，了解世界首屈一指的德國造船業。

德國呂不韋

　　不認識歷史的人，看不見未來。

　　漢堡是普魯士王國最重要港口，也是德國通向世界的大門。今天為甚麼有歐盟？是因為有德國主導，為甚麼德國想一統歐洲？就要看回當年未統一的德意志聯邦。今天歐盟 28 國就像 1871 年前的 38 個德意志邦國，當時像中國的戰國時期一樣，各自為政。誰人令德意志 38 個邦國車同軌，書同文，錢同幣？就是俾斯麥。

俾斯麥（1815-1898）是德國首任宰相，統一了德國而被稱為「德國建築師」、「德國領航員」、「鐵血宰相」，成為「十大最偉大德國人」之一。

　　清關易道，通商寬農，中國兩千多年前春秋時代的主張，百多年前還未在德國實現。那時由漢堡到瑞士要經過十多個邦國，辦十多次手續，換十多貨幣，交十多次關稅。

　　德國的統一姍姍來遲，1776 年美國獨立，1871 年德國才統一，比美國建國遲了將近一個世紀，遲過中國二千年。

　　直到 1834 年，普魯士才成立了德意志關稅同盟，就像現在的歐盟一樣，邦國之間無須在邊界停下來交納關稅，最後 1871 年俾斯麥打敗法國，俘虜了拿破崙三世，德國統一的障礙最終掃除，統一的德國終於誕生了。

　　同秦始皇一樣，後人對俾斯麥的評價也是毀譽參半。他被稱為鐵血宰相，打了普丹戰爭、普奧戰爭、普法戰爭，三戰三勝，最終清除了外部勢力，統一了德國。但俾斯麥並沒有趁機對外擴張，選擇了收斂鋒芒，使得新生德國可以休養生息發展工業。

　　但漢堡人只送給他一個全德最大的俾斯麥石像，沒有送一個廣場。漢堡七百多年一直是自由城市，富裕而獨立，不想加入帝國，俾斯麥威脅說如果漢堡不加入德意志帝國，由漢堡進北海的每 100 米要交一次稅！最後漢堡被迫就範，但漢堡人圍繞俾斯麥石像廣植樹木，從街上根本看不見石像。

　　由於沒有標示這是俾斯麥，一對荷蘭來的遊客夫婦問我，這個石像是不是史太林啊？我啞然失笑，仔細看一看，老人愁眉緊鎖，八字鬍鬚，身披戰袍，的確有點像那個暴君。

全德最大的俾斯麥石像

穿越李鴻章：俾斯麥紀念館

　　漢堡郊外二十公里一個風景秀麗的小村莊，無人小火車站叫做 Friedrichsruh，綠樹成蔭，初秋時分，黃葉飄飄，蒼涼寧靜。

　　老馬伏櫪，志在千里。被稱為鐵血宰相的德國建築師俾斯麥 1890 年被迫退休後，就一直隱居在小村整整八年，直到 1898 年去世。我的司機埋怨，這裏太過偏僻鄉下，他花了半個小時才找到一個油站。

　　俾斯麥去世前兩年，無人小火車站迎來了一位東方來的稀客，年屆八旬的俾斯麥重披全副軍裝，去火車站歡迎這位「東方俾斯麥」──大清朝欽差大臣李鴻章。

　　為甚麼李鴻章千里迢迢要去漢堡拜訪俾斯麥？兩個甲子之前，1894 年中日發生甲午戰爭，清廷大敗，洋務派李鴻章建立的北洋艦隊

全軍覆滅。主力的戰艦定遠號、鎮遠號鐵甲艦就是李鴻章向德國船廠用三百萬白銀訂造。1896年，俄羅斯帝國末代皇帝尼古拉二世登基加冕，清廷希望聯俄抗日，委任剛簽了《馬關條約》的李鴻章為欽差大臣，前往俄國慶祝沙皇加冕，並簽訂《中俄密約》以抗日本。

李鴻章十分有誠意，總共親自寫了三封信給他的偶像俾斯麥，說「仰慕畢王（指俾斯麥）聲名三十餘年。」要求前來俾斯麥退隱的鄉間居所登門拜訪。

俾斯麥紀念館

李鴻章親筆信

李鴻章遇上俾斯麥

俾斯麥博物館展出這三封來自北京的珍貴毛筆信件，自稱「愚弟李鴻章」，問俾斯麥「何日何時可以接見？」，下款光緒二十二年，分別在五月、六月寫。俾斯麥也親筆回信，兩人都算是惺惺相惜。

因為和少主德皇威廉二世擴張德國殖民地主張相異，當時俾斯麥已經被迫退休六年了，一代名相的晚年可謂門可羅雀。住宅前面還保留着有一條私用鐵路，直通柏林，但他已經不問政事，才故意選擇在這此遠離政治中心柏林的漢堡鄉郊退隱。1896 年 6 月 25 日，小火車站迎來了一隊拖着長辮、身穿長衫的清朝官員，時空交錯，簡直像是穿越電影的畫面情節！

一個是被德皇過河抽板的過氣宰相，一個是被滿清朝廷剛降職的外人漢族官員。中國和德國兩大名相的對話中，最多的是唏噓寒暄，除了客套話，李鴻章也虛心請教俾斯麥，怎麼能夠在清朝進行改革？而且願意聘請普魯士的軍官，來訓練清朝的軍隊。李鴻章看到對方的臉色不太好，還關心俾的睡眠問題。

俾斯麥聽説李鴻章被稱為「東方俾斯麥」，他説：「我可不要被説成是歐洲的李鴻章」，言下之意，諷刺李鴻章剛剛打了敗仗，簽下屈辱的《馬關條約》。

俾斯麥親自送客送到火車站，向他的這個「東方影子」致以軍禮道別，兩人四目相投，依依不捨。過了兩年，俾斯麥就死了。再過了一年李鴻章也死了。李鴻章的一生是晚清歷史的縮影，他先割讓台灣給日本，1860 年將九龍割讓給英國，1898 年再租借新界。功過誰屬，作為台灣或香港人肯定百感交集。

根據德國、俄國及美國這些李鴻章到訪之地的當地媒體評論，對他的個人修養及言談舉止，大多屬於正面，和中國對他的大力鞭撻（文革時更加以真正掘墳鞭屍）有天壤之別，在德國的時候，李鴻章還第一次照剛剛面世的 X 光片，這也是德國人的發明，他成了第一個照 X 光的中國人！

兩個一代名相合影

慈禧原是送禮勤

去過很多歐洲博物館，見過無數絲路貿易或被列強搶劫的中國文物，但還是第一次見到慈禧太后送給歐洲人的生日禮物。

中西方第一次的生日派對，並不愉快，十全的乾隆皇帝八十大壽，英王佐治三世首次派出 George McCartney 賀壽，沒有生日蛋糕，英王禮物包括地球儀、望遠鏡、圖書等，以示英倫文明。但乾隆龍顏不悅，覺得英使不過是誇大其詞，因為「所稱奇異之物，只覺視等平常耳」，加上特使太有骨氣，不像之前的歐洲人（如葡萄牙人）肯三跪九叩，中英雙方不歡而散。其實 George 不是打算做「送禮勤」，他真正的目的是來通商，但清廷敬酒不吃。過了五十年，英國人再次前來通商，這次帶的就不是生日禮物，而是堅船利炮，終於導致香港開埠。

相比之下，乾隆皇後一百年，慈禧太后送給德國首任首相俾斯麥的生日禮物就更加有誠意，更加豪華，仲勁有 Taste！我仔細欣賞這個西太后親自挑選的生日賀禮，一米高的巨型象牙上面，密密麻麻的雕刻了幾百個中國古裝人物與亭台樓閣，這些人物或唱戲、或騎馬、或吟詩作對，雕欄玉砌，十分古雅，雕工遠比現在的工藝品更為精美，弘揚我天朝手工技藝之巧奪天工，怪不得鐵血宰相收到後也愛不釋手，把這個巨型象牙雕刻放在房間入口，炫耀一番。

巨型象牙上的雕刻栩栩如生，手工精緻。

西太后親自挑選的生日賀禮

一百年前的蝴蝶效應

　　這個博物館不同其他，第一個房間是俾斯麥樂童年及青年時代，然後三個房間分別以戰爭命名。第一個是普丹戰爭，俾斯麥打敗了丹麥，拿回兩個德國小邦國。第二個房間是普奧戰爭，普魯士大勝他的小兄弟奧地利。

　　最大的第三間房間最大，就是最重要的普法戰爭。作為歐洲當時最大的法國，不願意看到另一個統一的德國，俾斯麥長驅直入，一舉俘虜了拿破崙三世。然後在巴黎凡爾賽宮鏡宮，宣佈德國成立。法國的奇恥大辱，成為德國的千秋榮光，也埋下了兩國以後百年仇恨的種子，直至二戰。這間房間中央是一幅巨型油畫，由德皇威廉一世送給他敬重的俾斯麥，油畫中的中心人物並不是威廉一世，而是唯一穿着最搶眼白色軍服的俾斯麥，鶴立雞群，意氣風發，以中國的標準來説，肯定是以下犯上，功高蓋主。君不見中國歷朝到近代無數輔臣或開國

房間中央巨型油畫，左側雕像為俾斯麥，右側為威廉一世。

元老，被成功登位後的君主凌遲處死的「兔盡狗烹」例子，就會感慨俾斯麥生在德國，不止有明君威廉一世和他惺惺相惜，合作無間，威廉二世即使看他不順眼，也讓他在這個寧靜鄉村，安享天年。而呂不韋身為秦始皇太傅，最後也要自殺身亡。

俾斯麥的陵墓在博物館二百多米的舊居旁邊，環境清幽、林木參天，花園都長滿了青苔，一代名相就長眠在這裏。李鴻章離開後兩年，俾斯麥就死了，同年中國山東發生了教案，德國傳教士被殺，德皇威廉二世當然不會放過這個千載難逢的好機會，趁機向清廷要求租借青島九十九年。德國的死敵英國要求權益平均，向清廷租借新界九十九年，於是我們才有了 1997 問題。

蝴蝶效應，莫過於此。

俾斯麥陵墓

在漢堡吃漢堡包

出發之前，上網搜尋漢堡，彈出來的全是漢堡包，而不是這個城市。揚州沒有揚州炒飯，但是漢堡包的確源自漢堡，傳到美國發揚光大。

Hamburger 意思就是漢堡人，當時的船員沒有時間坐下吃正餐，就用麵包夾免治牛肉，美軍來到漢堡見到如此趣致的民間小食，就叫 Hamburger。我問導遊這裏有沒有自稱漢堡包第一的餐廳？他說沒有，但就介紹漢堡市中心這一家 Block house，1968 年成立於漢堡，現在有 41 間分店，遠遠不及大洋對面的麥當勞。看來，marketing 還是美國人在行。

在漢堡吃漢堡包

宣統年間：易北河隧道

德國統一後短短半個世紀已經工業化成功，迅即超越英國，成為歐洲第一工業大國。靠的是甚麼？Made in Germany 等同於最高質量！

易北河是中歐最主要的行運水道，發源於捷克波蘭邊境，經過德國，最後經漢堡入北海。二戰時，美軍和蘇軍就在這條河聯合打敗納粹，史稱「易北河會師」。在河下面，埋着一條宣統年間已經通車的古典隧道，彰顯當時剛剛崛起的德國，建築工藝已經領先世界。

這條百年隧道全長 426 米，乘巨型電梯下降 24 米，溫度驟降。整個高達六米圓形穹頂由銅製，有兩條單行線，中間行車，兩旁行人。

清朝末年的工程連續使用了一百多年，仍然堅固如新，光潔瓷磚上面還有海洋動物的浮雕！令我想起「中國最不怕淹的城市」——青島。

1898 年德國向清政府租借膠東半島九十九年，並且在青島建設排水系統。相距一個多世紀，青島仍然號稱是不管下多大的雨，積水從不會淹過腳踝的城市。後來專家進入下水管，發現這些清朝時候修建的下水管是水泥，比半個人還高，而且上面貼了瓷磚，防止腐蝕！

不過當時工人不懂得減壓，很多工人患上沉箱病，三人死亡。隧道終於在 1911 年 9 月 7 日開通，過了一個月零三日，武昌革命，中華民國成立。

難以相信這是清末的工程

軍人之國：St Nicholas Church

從 1874 年到 1876 年，St Nicholas Church 曾是世界最高建築，現在仍是漢堡第二高建築，卻被戰火轟炸得遍體鱗傷。

為甚麼德國人會在漢堡的市中心保留這個屈辱的廢墟？就是為了警惕後人，仗我們已經打夠了，兩次世界大戰將歐洲打得稀巴爛，德國下一步要做的是創造和平統一的歐洲，催生出來的就是歐盟。

兩次世界大戰都是德國主打，軍國主義的根源來自於普魯士年代。普魯士被稱為是一支擁有國家的軍隊，全民尚武，每 28 名國民中就有

一名士兵，相對法國七十多人才有一個士兵。普魯士的開國國王菲特烈一世是希特勒的偶像，一年四季只穿軍裝，而且説在皇宮草坪的帳篷裏面，臥薪嘗膽，準備隨時披甲上陣。俾斯麥在 1890 年被迫辭職，威廉二世雄心勃勃，提倡大海軍主義，指德國需要「陽光下的地盤」，終於發動了兩次世界大戰。當時全世界海洋都是英國人的，Rule the Waves 已經兩個世紀，1900 年初德國工業已經超越英國，成為歐洲最發達工業國，下一步就是挑戰英國的海上霸權。

海洋世代：德國造船業

歐洲自羅馬時代，騎士就代表征服，陸地大小就是國力。

直到達伽馬航海發現好望角，令窮國葡萄牙一夜暴發；哥倫布航海發現美洲，令西班牙成為世界第一個日不落帝國；海洋，正式成為戰場。贏得海洋，就贏得世界。作為一個島國，英國更早懂得這個道理。1588 年，英國伊利沙白打敗西班牙無敵艦隊，成為海洋霸主，向全球殖民，也就意味世界霸主，歌仔都有得唱：Rule, Britannia！ Britannia rule the waves！

St Nicholas Church 遍體鱗傷

但是海禁是明朝的一項鎖國性質的基本國策，從洪武年間到隆慶年間，實行了近二百年，縱貫大半個明朝。明朝海禁嚴格禁止人民對外通商貿易：「正犯比照已行律處斬，仍梟首示眾，全家發邊衞充軍」。直到清朝 1840 年鴉片戰爭後，才被迫開啟海洋。

歐洲大陸的德國於 1871 年統一之後，俾斯麥奉行大陸計劃，並不繼續擴張海洋勢力。到了威廉二世上台，1890 年命令俾斯麥辭職，擴張帝國海軍，向當時的日不落帝國英國挑戰，第一步就要發展造船業！

漢堡碼頭擺放了一艘建於 1896 年的 Rickmar Rickermers Ship。這首船剛剛建好的時候，李鴻章到漢堡拜訪俾斯麥。看上去十分單薄的鐵船，主要作用是去香港運回大米和竹子。當時還沒有新界，過了兩年英國才租借新界。

一戰時候這船被葡萄牙海軍俘虜，然後賣給了英國人。直到 1983年德國人買回來變成一個航海博物館。這裏展出了清末的香港地圖、貨物清關單，可以進入機房，一睹德國的船堅。

深入未完成豪華郵輪

全世界的造船業，中國佔 45%，韓日佔 47%，但是為甚麼幾乎所有大型郵輪仍舊在歐洲，包括專為亞洲市場度身訂造的星夢郵輪，也要在德國製造呢？

為揭開這個迷思，我專程到這個成立於 1795 年（當時德國尚未統一）、世界最大室內船塢 Meyer Werft。室內船塢全長 504 米，站在這裏會感到自己的渺小，以及德國造船業的偉大。三千多名工人，在這裏日以繼夜，製造世界上最大的郵輪，由十幾萬噸到廿幾萬噸，18 層高的最新星夢郵輪「雲頂夢號」就在這裏完成裝嵌。一千三百多間房間全部在另外的工廠預製，運到船塢之後，像砌積木一樣，用吊車一

航海博物館展覽

鐵船其實是航海博物館

個個鑲嵌進船體。這裏的吊車全部是巨無霸，比我們平時看到的建築吊車堅固粗壯 10 倍！

　　星夢郵輪的專家解開了我的疑問，郵輪的製造工藝比工業貨船要精密很多倍！比如說將預製房間鑲嵌進去船體的時候，必須分毫不差！特別是一千多間洗手間的數千條自來水喉管、下水道，如果有一厘米的差距，已經可能導致無法接駁，而且會漏水。我們中國人以「差不多」見稱，德國人卻以精準精細聞名於世，就像高級手錶工藝無法轉移去亞洲一樣，郵輪的整個生產鏈都在歐洲。近年郵輪蓬勃發展，歐洲郵輪製造根本供不應求，訂單已經排到 2020 年，怪不得雲頂集團要買下幾個德國船廠，為保及時製造郵輪。

世界最大室內船塢

一千三百多間房間運到船塢之後，像積木一樣，用吊車一個個鑲嵌進船體。

郵輪在這裏鑲嵌完畢後，就會注入海水，然後才拖行出運河，進行內部裝修。我坐了幾十次郵輪，寫過郵輪專書，但深入裝修之中的超豪郵船，還是第一次！根據全球最大的郵輪協會 CLIA 每年的會員調查報告，2014 年的有趣數字，全世界的郵輪客之中，美國人佔52%，已經半壁江山。剩下英國／愛爾蘭人 8%，德國人 7.7%。所以郵輪一向是西方人的世界。

近年中國經濟崛起，越來越多中國人愛上郵輪，環遊世界，終於出現了專為中國人市場度身訂造的豪華郵輪，民以食為天，中國人對飲食最為重視，所以郵輪提供高水準的海上料理。

我和船長合影

「雲頂夢號」就在這裏完成裝嵌

與陶傑父母去旅行

自從棄商從文之後，我熱衷旅遊創作之餘，也樂於和文人打交道。香江才子陶傑成了我的旅伴，邀遊大西洋、日本追櫻花、泛舟多瑙河，每次都是精神文化的盛宴。有時他獨行，有時攜眷，於是我認識了美麗大方的陶夫人 Helen。她和我同齡，快人快語的性格，和才子南轅北轍。陶傑曾說，最看不起大文豪托爾斯泰的人必定是他的枕邊人，因為目睹大作家也會大便，而小便時更因前列腺肥大滴到家中廁所尿液處處。所以在旅途中聽 Helen 大爆家中陶傑的趣事，便成為茶餘飯後一大樂事。至於甚少聽到陶傑提及的父母，這次終於有機會見面了。

這次我們選擇了剛剛下水的星夢郵輪，一個週末海上之旅，星期五晚由啟德郵輪碼頭出發，星期天早晨回航，十分適合假期不多的白領，帶同家人去度一個悠閒的週末。

與陶傑父母去旅行

第一天：遇上 1960 的少年

到了啟德郵輪碼頭，看見兩個精神矍鑠的老人家，我幾乎一眼就斷定他們就是陶傑的父母。

母親一頭銀絲，蛾眉淡掃，眼鏡下的炯炯目光，還有個十分熟悉的大鼻子！原來她的祖先是蒙古八旗！「的確，曾經有路人走過來問我，是不是陶傑的媽媽？」常婷婷笑了起來，這時樣子和才子完全餅印。

陶傑本名曹捷，父親曹驥雲一身格仔西裝革履，頭戴鴨舌帽，掛上金絲眼鏡，氣質溫文爾雅，活脫脫就是個 60 年代從三聯書店走出來的文人。曹驥雲退休前是《大公報》副總編輯，曹老太常婷婷是《大公報》經濟版編輯。陶傑太太 Helen 專門帶了小兒子來送行，看來她不但是賢內助，也是一個深得老爺奶奶歡心的媳婦。二公子又長高了，已經快趕上我了。

傍晚八點上星夢郵輪，我們就約了九點半去八樓海馬吃日本料理。兩位老人家健步如飛，根本不需要我去攙扶，怎麼看，也不像是快九十歲的老人。這次再上星夢郵輪，我也帶了父母同行。我知道常婷婷是杭州人，就安排了她和我父親同座，兩人一見面就用上海話聊起天來。陶傑傳來短訊，告知他父親會講四川話及日語，於是我和曹驥雲同座，我們開始用四川話交談，他是廣西人，的確有語言天份，廣西話和四川話很相近也算了，想不到他連日語也會講。

海馬日本料理的開胃菜為海鮮 Ceviche，最特色之處用了 Nobu 的 Ceviche 醬，Nobu 是秘魯的日本名廚，Ceviche 是秘魯式海鮮沙律，可以一解我的南美鄉愁，因為我已經有兩年沒有回去南美了，以往我每年都去一次。再來一碗味噌湯，曹驥雲就談起了日本。

「1942 年我在南京讀初中，當時在日軍佔領下，規定日語是初中必修課。所以我後來在《大公報》工作時，參考日本報章材料，寫些

評述。當時日本報紙如《朝日新聞》、《讀賣新聞》等每份 25 元，相當貴呢！」我和陶傑去過日本拍攝節目，他對日本的崇拜之情，溢於言表，原來源於父輩。「當時我坐在炕上，燙傷了皮膚，一個日本醫生天天為我換藥。日本人的確是優秀的民族！」老報人已經年過八旬，仍然思路敏捷，只是聽力有限。

主菜是烤三文魚，配麵豉醬。甜品為自製綠茶冰淇淋。《光明頂》的聽眾，一定對陶傑的語言天份有所印象，他一時西環書記上身，用捲舌頭的京片子獨白，轉眼又扮李嘉誠，那口潮州粵語，以假亂真，的確像極乩童上身。清初《虞初新志》記載當時有口技之職業，如何一人聲演火災現場的千百人聲，才子也有此潛質，一人分飾多角，原來是虎父無犬子。

八樓海馬吃日本料理

星夢皇宮

　　這次入住的是星夢皇宮。星夢總共有 1674 間客房，其中有 142 間是套房設計，被統稱為「星夢皇宮」，可以享用頂層的雲頂俱樂部，包括專屬餐廳和賭場，連雪茄房、游泳池、甲板及 Spa 健身中心也自成一國，屬於近年郵輪界流行的「船中船」設計，相當於 Cunard 的 Grill class。

　　星夢使用業界首創的「雙管家制」，穿上燕尾服的俊男搭美女，往往一個中國人拍檔一個歐洲人，互補語言的不足。近年郵輪業蓬勃發展，郵輪供不應求。但硬件可以買下來，軟件例如人才，就需要時間去培育。郵輪越來越大，越來越多，還要和河船搶人，業界正面臨人才荒，怎麼請到雙倍的管家呢？星夢的中國管家都是剛剛畢業的內地大學生，外國管家則是富有郵輪工作經驗的歐洲人，變成「一帶一學」的學師制度，也解決了人手不足的行業問題。我在德國認識的管家叫小米，是新疆維吾爾族的小帥哥，我聽他的英語也講得很流利，還有一點東歐口音，想必是天天和他的東歐拍檔練習有功。

　　我認為最重要的管家服務，就是登船和上船的 VIP 安排：三千多名乘客同一時間登船，就像打二次世界大戰一樣；一齊下船，更加像逃難，所以我對標榜「最大」的郵輪一向不太感興趣。雖說啟德郵輪碼頭的登船櫃位，比舊海運大廈多了一倍以上，一字排開，氣勢不亞於世界郵

星夢皇宮套房

輪之都美國羅德岱堡。我這次上船，剛好碰到了老朋友啟德郵輪碼頭的總經理 Jeff Bent 以及星夢總裁戴 Thatcher Brown，我問 Jeff 有沒有坐過星夢？原來我比他更早捷足先登！星夢有管家包接包送，走特快通道，上下船也成了賞心樂事。

我的管家

奢華浮華夢

　　我住的套房，用上了意大利名牌 Frette 的床品，那種如絲般柔滑，如牛奶般不溜手的感覺，只有五百針以上的埃及棉才能做到，香港半島酒店和 Ritz Carlton 也用這牌子。我在水晶郵輪上已經感受過睡在浮雲的富貴感覺，海浪如搖籃一晃一擺，就會回到了外婆橋。星夢變本加厲，用了 Frette 的睡衣加上同品牌拖鞋，我記得水晶的睡衣是日式浴袍，因為當年其老闆是日本 NYK 集團之故。相比之下，還是 Frette 的絲光高紡綿完勝！世事原本短如春，不如浮華夢一場。何況這夢是在星光滿天的無垠大海之上？

　　洗手間最大，按摩浴缸和淋浴間分開，雙洗手盆均用了德國 Villeroy & Boch，這牌子早在美好時代，旅遊萌芽的時候，就成了首趟穿梭歐亞大陸的東方快車的指定瓷器。洗漱用品和剛開業的水晶河船一樣，用了意大利時裝名牌 Etro。記得我坐過的東方快車用 Bvlgari，而

巴黎最豪華酒店之一的 Le Meurice 用的是 Hermes，應該是我見過最貴重的洗漱用品了。Etro 的香氣帶有果味，容量更豪華，三日兩夜絕對用不完，可以帶回家享用。這些名牌洗漱用品沒有零售，有錢也買不到，最適合送給女性朋友做手信，讓名牌控可以虛榮一番。

第二天：船上嘆環球美食

　　早餐在 16 樓的麗都自助餐廳，這餐廳名字來源於水晶郵輪，水晶被雲頂集團收購後，將這艘世界聞名的五星名船部份精髓搬到了星夢郵輪上，例如用水晶做品牌的 Spa 和健身美容中心。和水晶的定位不同，星夢是家庭船，自然有兒童設備，例如熊貓夢想天地，將小孩托管在兒童天地，大人就可以享受一下二人世界。我母親早餐很愛吃點心和白粥，雲頂旗下的郵輪都有中式早餐供應，深得母親歡心。

　　早餐後坐在甲板上看海聊聊天，一會就吃午餐了。完全沒有上網，郵輪上的日子也很快過，特別是和家人一齊享受天倫之樂時。我只是每天花時間研究三餐要去甚麼餐廳？因為這次有眾多家人及陶傑父母，主要節目就是一日三餐。

　　星夢號稱有 35 種環球美食餐飲概念，其中主要的免費餐廳，中餐有 8 樓的雲頂宮和 7 樓的星夢軒，西式是 16 樓的麗都自助餐廳。自費的還有 8 樓甲板上的戶外火鍋，有表演的絲路花舞，以及此程我吃過海馬日本料理、澳洲名廚 Mark Best 的同名餐廳，以及林林總總的酒吧、Café 及小食。

　　第二天中午十二點半，管家小米已經訂了 8 樓雲頂宮，這是免費餐廳。每位都有四菜一湯一沙律，包括海鮮沙律、鮑魚肉骨茶、三杯炒雞球、南乳炸花肉、沙拉脆皮魚塊、花菇扒西蘭花、及水果拼盤。雲頂集團的郵輪，因為老闆是大馬的華裔，對飲食甚有要求，旗下郵

寬敞的甲板

雲頂宮的免費午餐

輪的飲食水準一向甚有口碑。當然免費餐廳不可能讓你任點任食，但比起外資郵輪，天天都吃「自古亙有，千載不變」的免費西式自助餐，我更喜歡這種類似旅行團餐式的套餐！尤其是南乳炸花肉，味道及爽脆都十分到家，這種油炸食品，大鍋也可以做出小鍋水平。管家小米十分殷勤，見我們人多，狂風掃落葉吃完了花菇扒西蘭花，又馬上去補上了一碟！

「他小時候不愛說話，而且離群，十多歲就自己往書店跑，開始自己寫文章，我們當時都不知道。」曹驥雲談起了他引以為傲的兒子。

晚上 6:15 分，去吃 8 樓 Mark Best 餐廳，想不到，陶傑父母對飯後的許志安演唱會還有興趣！我父母已經打道回府休息，我就陪了陶傑父母去看演唱會。

穿越時空環球秀

我第三次上雲頂夢號郵輪，登台之餘，也是享受之旅，何況這次同行有眾多媒介老友、社長老總、粉絲書迷。

我一直想做脫口秀，分享我遊學數十年百多個國家練成的穿越五萬年時間功力。這次多得星夢郵輪邀請，讓我可以用三個月時間去準備一個娛樂性和知性兼備的舞台秀。

首先我經由老友查小欣介紹，跟「小鄧麗君」之稱的著名歌唱老師單紫寧學唱歌，再跟

父親和常婷婷用上海話溝通

魏綺珊夫婦兩人學習舞台肢體語言，還要學習吉他，這些對我來講均好玩又新奇。此外，我準備了六套世界五大洲搜集回來的民族服飾，準備當晚變身之用。還找了朋友，將我的五個電視節目製作成新的精華短片。

不過最花時間還是準備 Talk show 的內容，不是擔心內容不足，初稿就有六萬字！因為這十年來我寫了超過一千篇遊記專欄，廿多本旅遊書籍，十多萬張相片，抽絲剝繭反而是一個漫長的過程！在 90 分鐘內穿越五萬年、翱翔七大洲五大洋，為旅途織上一條精彩文明緯線，這個工程遠比我想像巨大和困難。由人類大遷徙出走非洲、發現六大古文明、宗教啟蒙、航海大發現、哥倫布大交換、探索南北兩極，載歌載舞，用第一身環球探險經歷、文史哲知識、加上多媒體製作，二十五年旅遊 120 國的體驗精華，濃縮為 90 分鐘的娛樂兼知性之夜。

三個月時間魔鬼訓練，終於在舞台上夢想成真，笑聲音樂歌聲之中完成這個穿越時空環球秀！攞正牌，遊山玩水環遊世界！

「我是清都山水郎，天教分付與疏狂。詩萬首，酒千觴，幾曾着眼看侯王？」

我的處男登台

表演由人類大遷徙出走非洲開始

靖康年間，宋欽宗召朱敦儒至京師，欲授以學官，他卻拂衣還山。淡泊情致，自古有之，觀今天特區官場馬圈之光怪陸離，不如歸去來兮，環球旅樂！和一位前局長晚宴，聽到我要上船做旅遊脫口秀，他慨嘆我的生活快活過神仙！

玩樂即工作，工作即玩樂。重點是，必需認認真真地玩樂，不能 hea 玩！「快樂到極點」：由南極到北極，跟蹤發展南極點的挪威極地探險家 Amundsen 足跡追逐北極光與企鵝；「發展新世界」：沿哥倫布 1492 年發現美洲之路，用歌舞帶大家遊覽北美、中美及南美；「航海大發現」：由近代史之開端，1453 年土耳其攻佔伊斯坦堡，導致西葡航海及哥倫布大交換。「宗教啟蒙」：與神共行，共遊三大宗教聖地，用歌聲反思世界有了宗教後變得更混亂還是更和平？「文明誕生」：揭露「四大文明」之說無知；最後「出非洲記」，回到五萬年前人類祖先遷徙離開的非洲。這就是我的《穿越時空環球秀》，處男下海，真的在海上呢！

郵輪上到處都有我的宣傳牌

五萬年彈指間

　　廿萬年前，人類從非洲誕生。五萬年前，人類離開非洲，走向世界，展開波瀾壯闊的人類大遷徙。五萬年前祖先遷徙的足印，一早已經被大海淹沒在印度洋底下。但靠近年基因地圖，這條盤古之前、摩西未出生的朦朧路線，開始慢慢呈現出來了。五萬年前，人類抵達澳洲，這是人類大遷徙第一站。四萬五千年前，人類抵達東亞（包括中國）、西伯利亞。四萬年前，人類抵達南歐。兩萬年前，人類經過白令海峽，抵達北美洲，然後一直到南美洲，最後一站是地球之南端的火地島。

　　一萬年前，人類紛紛進入農業社會，人口開始爆炸。五千年前，文明誕生，分別在非歐亞美洲。新舊世界分隔，各自發展，互不相知。二千五百年前，世界主要宗教以及哲學，不約而同地誕生在東西方。當蘇格拉底在希臘開始教育柏拉圖時，孔子剛過世九年而已，比孔子年長15歲的還有佛祖釋迦牟尼。五百年前，哥倫布打通新舊世界通道，播下全球一體化的種子。第一次的收成就是哥倫布大交換，中國人首次吃上了玉米和辣椒，於是我們才有了水煮魚片。

這個秀完全以旅遊為軸心

旅途即學問

世事洞明皆學問，人情練達即文章。

探索新世界如瑪雅印加、奧美克或秘魯文明、深入世界第七大陸與企鵝為伴、追蹤上帝之光：北極光，由水煮魚片找尋到哥倫布大交換的痕跡，鄭和原來是今天特區土地問題的元兇，這些學問或觀點都不是我在香港大學或社會大學中學到，而是在數百次旅途之中的領會。

練達了，怎麼傳遞？玄奘、徐霞客、馬可波羅，到三毛都是用文字。但今時今日，貶值快過人民幣的文字，已經不再是信息主要的載體。我於是將 20 本旅遊著作，五部電視旅遊節目，1,500 篇旅遊專欄，25 年旅遊百國的體驗精華，濃縮成為我的首個旅遊脫口秀。

脫口秀吸引了眾多好友及粉絲捧場，「娛樂教母」查小欣評論：「深度旅遊 crossover 娛樂，簡單易明，資料豐富，項明生跨界做棟篤唱，脫口騷莊諧並重，接地氣，首度自彈自唱，多才多藝，可以發展成為其個人獨有 IP，中港台都無同類人材！」

星夢郵輪總裁 Mr. Thatcher Brown 稱這個秀是：「星夢郵輪最受歡迎的 Enrichment program，即使我不懂中文，置身其中，也被現場熱烈氣氛感染！特別是他現場唱 Amazing Grace 去介紹耶路撒冷，令

好在有眾多傳媒友好專程來捧場

首個海上 Johnnie Walker House 威士忌吧

我十分感動！」

熱愛旅遊的《經濟日報》社長麥華章評論：「James 今趟在『雲頂夢號』以旅遊為主題的 Talk Show，堪稱在清談節目中別樹一幟，經其精心策劃後，整個 Talk Show 甚為流暢，全無冷場，加上他豐富的旅遊知識，及亦諧亦莊的幽默導賞，觀眾無不深深被吸引，可以說，James 這次處女演出，已成功初露頭角，相信今後前程無限！」

戲有益

「勤有功，戲無益。」

古人如是曰，只對了一半。我以前做電子遊戲機，現在做旅遊，都是遊樂。不但有益，而且為我賺得了豐盛人生。古時生產力低下，終生為餬口奔波勞碌，例如明清時，中國最發達的江南地區，普通農戶「人耕十畝」。但如今美國馬里蘭州現代化的農場，一個人可以耕種五萬畝，是中國明清農民生產力的五千倍。

科技進步，人口增加，釋放出來的大量人力做甚麼呢？以前只有乾隆才能下江南遊樂，馬可孛羅要走三年才能去一趟北京，現代人比古代人走運了何止五千倍！我這種平民百姓也可以在過去數十年遊學超過一百個國家，環遊世界，重點是，認認真真地做足功課才出發！

多謝星夢郵輪，讓我夢想成真，笑聲、音樂、歌聲之中完成這個《穿越時空環球秀》。

三個月前去德國拍攝星夢郵輪的雲頂夢號的出廠過程，收到邀請上船做 Enrichment program。我坐了數十次不同郵輪，這類節目通常是講座。我決定突破框框，將旅遊講座變成一個聲色娛樂的脫口秀。內容不能停滯在文字或圖片，我找來專人重新剪接我的《日韓台櫻花三角戀》、《一路向東非》、《日耳曼的天空》等旅遊節目，和我二十本旅遊著作混合。學唱歌、學結他、學跳舞、學肢體語言，用三個月時間成就我首個旅遊脫口秀。

做完了脫口秀，我們先去首個海上 Johnnie Walker House 威士忌吧慶功！然後殺入 Bistro Mark Best 享用星級料理，鄰座的星夢郵輪總裁 Mr. Thatcher Brown 談笑風生，太太 Jennifer 更知書達禮，飯後我和 Jennifer 一齊去星頌樂廊跳 Cha Cha！再蒲 ZOUK 派對俱樂部，紅男綠女均為九十後，令我讚嘆星夢已經將郵輪客戶群成功擴大！意猶未盡半夜我們去絲路花舞，唯美精彩的成人歌舞表演，媲美紅磨坊呢！

星頌樂廊跳 Cha Cha

與星夢郵輪總裁 Mr. Thatcher Brown 以及星廚 Mark Best

Jan Mayen
(NORWAY)

ICELAND

★
Reykjavík

Denmark
Strait

Faroe
Islands
(DEN.)

Tórshavn ★

Rockall
(U.K.) •

Glasg

Belfast •

Dublin
IRELAND ★

Isle of
Man
(U.K.) ★

UN

KIN

Birmingh

Lon

第四章

Hurtigruten:
冰島環島遊

冰島在 2008 年的全球金融風暴中受創最為嚴重，冰島幣兌歐羅大跌八成，國家處於破產邊緣，如今已奇蹟式復甦，觀光業是冰島振興經濟的主力，佔外匯收入的三分之一，全冰島人口只有 32 萬人，去年來訪的觀光客卻超過 120 萬，今年還將突破 180 萬！近年很多朋友都計劃去冰島玩，問我開車好不好？

冰島面積是香港的幾乎一百倍，台灣的三倍，比北海道大一點點。沒有鐵路，環島遊可以用自駕，但根據統計，全球物價指數最高的 10 個國家之中，冰島排名第四，僅次於瑞士、挪威、委內瑞拉，我目睹有歐洲自駕人士的車廂中，滿是方包和麵包，就是因為無法負擔冰島的超高消費！

冰島破產後消費更高昂，因為克朗貶值後入口貨更貴，最划算的方法當然是坐郵輪舒舒服服的環島一圈！這次我乘坐了挪威郵輪 Hurtigruten 到冰島玩了 11 天，這趟旅程名為「冰火之間」，冰指冰島，火指這是火山之島。由首都雷克雅維克（Reykjavik）上船，由南到西，由北再到東，環島一圈，天天停泊不同港口，沒有 Sea Day，費用 4,688 歐羅，算下來每天約四千港幣，CP 值比自駕遊更為抵玩！可惜現在 Hurtigruten 不包 Excursion，客人需要另付費買岸上遊。內地同胞則需每人付八萬元人民幣（包北京來回冰島機票）。

相隔四年，再次踏上 Hurtigruten 竟令我有回家的感覺

冰島的消費超貴，一個速食也要二千多克朗（一百多港幣）。但每天在冰島我仍可以大魚大肉：長腳蟹、帶子、三文魚、魚子、鱈魚、乳豬等，因為三餐已經包括在船費中了！

　　冰島 11 天的行程，最難忘的是當地氣候很惡劣，不止一日四季，剛剛風和日麗，轉眼狂風起，非同小可，可以吹走人，也可以吹起小石打在臉上、吹進眼睛，戶外呆幾分鐘就手腳冰凍，提醒我們身在冰島！這也是火之島，火山頻頻，為冰島帶來災難，也帶來好處：地熱、溫泉、藍湖，還有新的疆土！

當地氣候很惡劣，一日四季。

　　挪威郵輪 Hurtigruten 已經是我的老相好了，從南極到北極，我都坐這家，前作《快樂到極點》就記錄我在南極和北極的快樂經驗。他們現在也實施四語，所有廣播英德法中各講一次，五分鐘的東西變成廿分鐘，不悶就假！除此以外，絕對推薦大家考慮自駕遊以外，試下坐郵輪環島一圈！

三小時快閃哥本哈根

　　常笑說富豪飛十幾個小時到巴黎快閃吃個午餐，想不到我也有這個機會！

　　事緣是我要到冰島乘坐 Hurtigruten 郵輪環遊這個極北之地，但香港沒有航班直飛冰島，我需要坐瑞航由蘇黎世飛哥本哈根，再轉冰島航空。本來如此轉折的行程是最煩人，但瑞航職員竟然主動幫我 check through，行李會直達最後一站冰島，並且告訴我在哥本哈根有五個小

瑞航的商務艙雖然舒適,可惜我仍無法入眠,幸而飛機餐還不錯,惟有狂吃彌補。

時轉機時間!換言之我可以輕輕鬆鬆的出機場去市區吃個午餐再回機場,不必拖着行李逛街。瑞航服務真是一流!

每年都坐幾次瑞航,開始有回家的感覺了!餐點精緻,服務殷勤,商務艙也睡得舒適,但我還是無法入眠。晚餐後到早餐的五個小時一直清醒,還是懷念家中的四柱柚峇里島巨床軟枕,打橫打直任我滾。年輕時坐經濟艙也可以蜷縮在狹窄空間睡到天亮。真是前半輩子睡不醒,後半輩子睡不着。如果這世界有隨意門,我不介意不回家浪跡天涯到老。

瑞航母港蘇黎世不大,這才是最大優勢,一個小時的轉機時間從容不迫。倫敦巴黎機場大幾倍,轉機時間只有一小時的話,如同走難。

安徒生的故鄉哥本哈根來過好幾次,一出機場先坐地鐵出市區,到新港喝杯丹麥國寶嘉士伯,再逛一逛週末跳蚤市場。跳蚤市場的名稱眾說紛紜,比較多人認同的是 19 世紀時,巴黎政府命令貧民將廢棄物搬走,貧民挑選其中物品出售,形成市集。由於物品上經常有跳蚤,所以被稱為跳蚤市場。

今次我的收穫品是七個勳章,其中一個是 1867 年的香港 Perseverance Lodge 紀念勳章,連同一個丹麥名牌手工水晶花瓶,只需 25 歐羅(217 元港幣)。丹麥物價很高,由機場進市區,15 分鐘的單程票就要 36 克朗(42 元港幣)!所以我今天的戰利品實在是太便宜了!

有關哥本哈根詳情,可以參考我的《提前退休,坐郵輪環遊世界》。

跳蚤市場總是尋寶的好地方

特別的紀念勳章有錢也未必買得到

有個性的小島

　　北歐去了三次，就只剩下冰島這個國家沒有去過。由哥本哈根再坐三小時，飛到地球之北端，飛機上望下去海洋中孑然一島，光禿禿的黃土，沒有樹林，沒有河流，偶爾有幾間平房，遠處有雪山。這個位於北極圈邊的島嶼九世紀才被維京人發現定居，是地球上第二個最後人類居住的主要島嶼（人類最後居住的主要島嶼是紐西蘭）。人口32 萬，剛剛是我們沙田人口的一半，這麼小的國家有自己的貨幣冰島克朗，明明可以但不用歐羅，還有自己的語言冰島語！簡直有一點匪

夷所思，就像沙田或瀝源邨有自己的「沙田語」、「瀝源幣」一樣！但是冰島面積幾乎是香港的一百倍，地廣人稀，人口卻只有香港的4%！

　　雖說 2008 年金融海嘯，冰島幣兌歐羅大跌八成，國家處於破產邊緣，但冰島的發展指數屬於全球第 16 名，人均購買力全球排第 23 名。現在一歐羅換 134 冰島克朗，但是找換店要扣手續費四歐羅。結果我全程用信用卡，冰島鄉村小店買菜也是用信用卡！完全不必帶現金。

　　這裏沒有鐵路，只有去市區的機場巴士，車費 15 歐羅，40 分鐘後便到達全球最北的首都。這裏被稱為全世界最乾淨的無煙城，因為使用溫泉地能熱，不必使用石油和煤等資源，環保潔淨。

　　雖然地處北極圈附近，但由於受到墨西哥灣暖流和北大西洋暖流影響，相比莫斯科、渥太華等同樣位於北極圈的城市暖和

聖誕老人專用郵箱，寫上親友的名字，聖誕老人會替你寄信給對方。

一眼望去，盡是兩三層高的彩色小屋。

得多。我到達的時候是五月，白天有十度，但由於有太陽，感覺比較像香港的春天。

巴士 40 分鐘後到了位於城邊的總站，換上免費接駁小巴去市區酒店。司機問每個乘客的酒店名，直接送到酒店門口。問我為甚麼選這間 Hotel Plaza？因為明天坐郵輪的關係，我想選一間酒店最近碼頭。先問 Hurtigruten 的香港代理 Jebsen Travel，郵輪停哪個碼頭。然後上 Expedia，打入碼頭名字，地圖上就顯示碼頭方圓幾公里所有酒店及價格、評分。我就選了價錢適中（1,500 港元），距離碼頭 100 米的 Hotel Plaza，方便我第二天步行上船。

冰島的首都是雷克雅維克，有全國三分之二人口。這個世界最北的首都的確是一個很迷人的小鎮。海峽對面就是白雪皚皚的雪山，這邊就是建置在山坡上的兩三層樓彩色小木屋，令我想起世界最南的城市烏斯懷亞。這些極北或者極南的城市，氣候極端，所以人類都要用色彩去抗衡永晝和永夜。

世界第一個議會

這趟旅程名為「冰火之間」，不但既有冰川也有火山，還有更多充滿矛盾的事物共生。

位於首都雷克雅維克的 Hallgrimskirkja 教堂，是冰島最大的教堂，1940 年興建，直至 1986 年才完工。外形像一座管風琴，建築師指設計象徵冰島火山造成的玄武岩柱。大門是一扇鑲嵌了紅色馬賽克磚的鑄鐵門，門上有冰島文寫着：「到我這裏來，主耶穌愛所有的人，承諾給予永恆的愛」。冰島有超過八成人信奉基督教，但同時也有超過六成人相信傳統多神教精靈。

教堂前面有一座青銅雕像，是一位維京勇士手持大鐵斧頭，叫

有如玄武岩柱的冰島教堂

Leif Ericson，是第一個到美洲探險的冰島人，比哥倫布發現新大陸還早六百年。這座雕像是美國在 1930 年送給冰島，紀念世界上第一個議會——冰島議會 Althing 成立一千年的禮物。

如此年輕的國家擁有全世界最古老的議會，西元 930 年就由人民普選管理國家，比 1215 年大憲章的英格蘭議會還早近三百年。議會每年在古曆夏天第十週的星期四召開，為期兩週。所有自由人均可參加，全民透過開會制定法律，宣判刑事案件等。

同一時間，中國還在唐亡宋立之前的五代十國混亂之中，可惜混亂過後仍然是成王敗寇的封建王朝交替。翻開史書，滿目均是野蠻殘暴血腥誅九族大屠殺的骷髏成河，沒有議會的國家人命真賤。維京人素以野蠻見稱，卻在一千年前已建立了文明的議會制度。千年以來冰島沒有人三跪九叩過一次，沒有誰是天子誰是奴才，來這島的所有人都是平等的庶民，千年前是這樣，千年後也是這樣。

現在是五月，不時有陽光從雲層後面射下來，還算和煦，不過轉眼一刮風就寒風刺骨。到了八點太陽還沒有下山，今天日落時間是十一點半，明天日出是三點，基本上是永晝，沒有黑夜。

上次冬季來北極圈追北極光就經歷了永夜，現在是夏季就是永晝。到了晚上十點太陽還在我們平時的五點的位置，像黃昏一樣。冰島人傾巢而出，在酒吧盡情狂歡，他們經歷了半年永夜才等到夏季，太陽把虧欠了他們半年的陽光，慷慨地一下子還給他們，每一間酒吧均人滿為患。雖說 2008 年冰島因金融海嘯國家破產，看到冰島人「馬照跑，舞照跳」，餐廳座無虛席、購物街車水馬龍、咖啡館滿座、夜生活照樣燦爛。冰島不是歐盟國家，沒有加入歐元區，使用自己國家貨幣克朗，即使破產，生活水準仍然非常高，追得上挪威。

我關上窗簾，也不覺像夜晚，要戴上眼罩才能睡覺。

冰島無肯捱麥當勞的女人

　　早前有一篇網絡潮文瘋傳，令很多港男都想找一個肯與自己吃麥當勞的女友，但這種女人在冰島絕種了，不是冰島的女人捱不得苦，而是因為……

　　這次乘坐挪威郵輪 Hurtigruten 來到冰島，未看到北地景色前，先發現這個國家的消費高得叫人咋舌。根據《經濟學人》每年公佈的巨無霸指數（Big Mac index），2007 年冰島的麥當勞位居全球最貴。金融海嘯後，克朗大貶值，因為冰島的蔬菜水果全靠入口，一公斤入口洋葱等如一瓶上好威士卡的價錢！但漢堡又怎能沒有洋葱？老麥惟有敗走冰島。

　　那麼做冰島人豈不是生活於水深火熱之中？又不是。2008 年冰島宣佈破產前是世界第八富裕國家，失業率全歐最低。破產後冰島仍然富裕，醫療、教學全民免費，也是全球犯罪率最低的國家之一，所謂國家破產只是指國家的外債超過國內生產總值。

　　我在酒店天台跟當地人聊天，才知道他們在速食店打工的時薪也有二千多克朗，香港最低時薪 34.5 元，日本最低時薪 798 日圓，冰島的工資比日本高一倍，比香港高四倍！所以不要說香港人，日本人來了這裏，也會叫貴！隨隨便便一個速食店的炸魚薯條也要二千多克朗，實在吃得肉疼，和全世界上消費指數最高的挪威差不多！

　　不過各地最低工資基本上與餐飲掛鈎，做一個小時工作大概就足夠吃一頓速食。這樣計算，冰島速食消費比香港貴四倍就合情合理了。好在我的郵輪包三餐，才能在冰島每天大魚大肉！

破了產但不貧窮的國家

破產後的冰島，依然幸福快樂。

冰島是我到訪的第二個破產國家。2001 年阿根廷宣佈破產，2008 年冰島宣佈破產。

破產之後冰島物價上漲了 14%，普通餐廳的三個 course 套餐也要三千多克朗。冰島克朗是歐洲面額最大的鈔票，曾經 50 克朗兌一美元，跌到 135 克朗兌一美元，現在 1,000 克朗兌 62 港幣。我第一天來到時候，看到幾千幾萬克朗的標價，要計算冰島克朗換歐羅，再換成港幣才知道大約售價。後來我想到一個辦法，就當是日圓好了，這就比較明白大約價值。

酒店的天台會看到 Hurtigruten 的黑紅色蹤影，在雪山的襯托下，令我想起了五年前乘這個船去南極的情景。這家郵輪公司來自挪威，和冰島也有莫大的關係，因為千年前登陸冰島的第一個人就是挪威人。

酒店 1,500 元港幣包早餐，供應也算豐富，有香蕉、菠蘿、蜜瓜等水果。要知道水果在冰島是很貴的東西，全部靠進口，既然酒店包早餐，我就拚命地吃水果！

由 Hotel Plaza 酒店走過去碼頭，只需要三分鐘，現在是上午十點，

街頭的單車裝置，最適合影相呃 like。

外牆與窗框撞得五顏六色，難得的是撞得好看。

郵輪下午四點才登船，我把行李留下，還借了一條大毛巾（去溫泉使用），然後走去海邊的 Harpa 港口音樂廳參觀。

呃 Like 音樂廳

冰島自然風光明媚，一直被《Lonely Planet》評為最佳旅遊地。即使在首都也有一幢迷人的建築物屢獲殊榮，就是位於港口的 Harpa 音樂廳和會議中心。蜂巢一樣的 Harpa 音樂廳，2007 年由丹麥建築師和冰島建築師及藝術家聯合設計，2011 年開幕。

港口海水清澈見底，還有水鴨游來游去，碼頭旁的音樂廳玻璃外牆倒映雪山藍天白雲，不規則的巨型蜂巢狀外牆將天空和街景割成不規則的形狀。內部則像一個鏡子迷宮，和凡爾賽的鏡宮不一樣，天花鏡子像蜂巢一樣，四面八方的反映室內室外的景色，重重又疊疊，沒

有盡頭，像迷宮一樣，令人着迷。多角形的玻璃結構，又像冰中多角水晶體，折射出如夢似幻的絢麗色彩，使音樂廳像一個彩色的寶石盒子豎立在港口。

但美麗的背後也曾經歷幾許風雨，原本這裏會建商場酒店等設施，但因為冰島 2008 年破產，出資股東倒閉、貨幣貶值、建築團隊被裁，當時冰島政府對是否斥資接手興建也感到兩難。最終冰島政府決定支持，終於建成了這座耀目的音樂廳。音樂廳有 45 分鐘的導賞團，不單更了解 Harpa 音樂廳的建築故事，更可以進入建築內每個角落拍攝。

走進音樂廳室內，更像一個不規則巨型蜂巢，將天空和首都的街景割成不規則的形狀。陽光射進來，經過天花板反射像水晶燈一樣，完全不用任何照明。雖然全部的玻璃窗都是呈直線設計，但從任何一個角度望過去都像一幅抽象畫。室內還有很多沙發和公眾休憩的地方，任何人都可以免費進來觀賞或休息。我去過很多音樂演奏廳，這間 Harpa 應該算是最上鏡的，因音樂廳本身已經是一件藝術品，打卡呃 Like 實爆 seed！

毋須激光不用射燈，已經有幻彩詠海港了。

Harpa 音樂廳外形內涵兼備，睇得又聽得。

風力加太陽能發電的巴士站

除了充滿藝術感的音樂廳，街道上的巴士站也很有特色，有的簡單就在燈柱上掛巴士站牌，有的放了一套二手野餐桌椅，還有用風力和太陽能發電，為市民提供免費 WiFi 以及手機充電裝置，實在是又環保又便民。最重要，在北方首都 Akureyri，搭巴士完全免費！

浸泡 Tiffany blue 溫泉

自從柯德利夏萍拍了《珠光寶氣》（Breakfast at Tiffany's），湖水藍的小盒子就盛載着無數女生的渴望與幸福。原來當年 Tiffany 創辦人選用這種顏色，是因為在西方這種由羅賓鳥（Robin）所生的蛋的顏色，一直代表着浪漫與幸福。羅賓鳥又叫知更鳥，是一夫一妻的鳥類，所以牠們的愛情結晶，也就成為了幸福的顏色。位於冰島的藍潟湖（Blue Lagoon），有着如夢似幻的 Tiffany blue，不知道在這裏泡溫泉，是否可以幸福些？

我這個溫泉控，泡勻五大洲，由南極洲自掘海灘溫泉、歐洲泡德國黑森林、匈牙利布達佩斯、捷克溫泉鎮、美洲泡智利沙漠死海、玻利維亞高山溫泉、中東以色列死海溫泉，當然少不了泡過溫泉大國日本幾十處名泉，還有台灣溫泉等等。惟獨冰島這個淺藍色牛奶湖，戶外煙霧繚繞，夢幻泡影，人間仙境，賣相堪稱世界第一！

為甚麼全世界只有冰島才有淺藍色的牛奶溫泉湖？原來跟所有選美冠軍一樣，藍潟湖也是無心插柳而來的。藍潟湖是近年才誕生的半人工溫泉湖：1976 年冰島修建地熱發電站，挖了 2,000 米深井，引入海水，利用火山地熱燒滾海水，再用蒸汽來發電。發電廠把用過的地熱海水排進火山熔岩之中，熱水溶解了火山岩中的礦物質，形成奶藍色的白矽泥。本來透明的海水流進這些窪地，形成了奶白藍色的溫泉湖。1981 年開始有當地人來這裏泡溫泉，後來醫生發現礦物對人體有醫療功效，吸引人們蜂擁而至。1992 年成立溫泉療養中心 Blue Lagoon，現在這裏是整個冰島最多遊客造訪的景點，產生的經濟效益遠遠大於發電。

　　從港口乘車 45 分鐘，便到達一個有如火星地貌的地方，黑呼呼的火山熔漿面目猙獰，寸草不生，周圍卻有電線杆和白煙繚繞，就知道到了目的地。

　　這裏很像匈牙利布達佩斯特的露天溫泉，最大分別是溫泉的顏色太嫵媚了。進場之前有一個天藍色牛奶湖，如同一粒巨大而光滑的松綠石，鑲嵌在漆黑猙獰的火山岩石中間。松綠石深淺有致，邊緣牛奶濃一些，顯得白一些，湖中心則如天空般蔚藍潔淨。深深淺淺的綠再加上煙霧繚繞，令我這個浸盡天下溫泉的溫泉控，也不禁由衷讚嘆！

　　我在酒店買的套票 75 歐羅，包接送及門票（單門票 40 歐羅）。不包括毛巾和浴袍。租毛巾要 5 歐羅，浴袍 10 歐羅，拖鞋 8 歐羅。這裏像一個水上樂園。水深一米左右，湖底深淺不一，水溫也有冷有熱。由於是人工湖，泉水溫度控制在攝氏 37 到 40 度之間。

　　為甚麼我說這裏像布達佩斯特的溫泉呢？因為除了湖中心有兩個酒吧亭、瀑布水力按摩，另一邊有收費按摩之外，這麼大的地方就沒有甚麼花樣兒了。怎麼比得上日本溫泉的花樣那麼多？北海道登別溫泉一家也有十幾個主題池，大阪的溫泉大世界湯種類多達十六種。

　　雖然設施簡單，但藍湖的天然賣相太妖嬈，可以彌補了這種原始

純樸。而且在這兒泡溫泉，還有獨門的火山泥免費供應，遊客可以從石頭中抓火山泥敷臉。我也抓了一把白泥往臉上和脖子上亂抹。若嫌不夠還可以去湖心亭的酒吧拿，酒吧有兩種面膜泥，白泥免費，綠泥收費。

泡累了，湖心亭的啤酒 1,100 克朗，還有和藍湖一樣顏色的雞尾酒，不過像漱口水的味道！因為藍湖的賣相實在太亮麗，在網絡時代「呃 like」指數高企，很多年輕的遊客都冒險拿着手機或相機下水。我也試着用手機直播，可惜網絡不穩，頻頻斷線。

我和來自美國、英國的比堅尼美女們在湖中央乾杯，她們來冰島玩三個星期！不知不覺泡了兩個小時，沖涼後摸一摸臉，果然滑不溜手。如果天天來這裏泡的話，肯定可以返老還童！

美得太過份的溫泉

猙獰的土地上建起了一座「基地」，我是去了火星嗎？

火山泥敷臉果然有效

愛・回郵輪家

終於來到這次的主角，Hurtigruten 郵輪。登上熟悉的 Hurtigruten，雖然四年不見，Reception 女孩 Iris 還是一眼就認出我，我也認出她！另一位 Expedition Leader Manual 就更親切，他曾經出現在我的《十天敢動假期：阿根廷、南極》之中，因為著作的關係，我還記得他在南極曾經教過我企鵝骨髓結構，他讚賞我是好學生。因為重遇老朋友，頓時令我有了回家的感覺。

這次乘坐的是 Hurtigruten 的 Fram 號，船身外面塗上了新的宣傳字眼，例如南極、格林蘭等。房間也重新裝修過，洗手間也是全新的，我估計近年南極這些線路極受歡迎，船公司應該賺大錢，所以可以不斷裝修。晚餐照舊在四樓，自助餐有三文魚、小龍蝦、牛豬羊魚等近廿款選擇，在街頭速食熱狗也要二千多克朗的冰島，實屬豪華抵食！

七點半喇叭響起，用英、德語宣佈安全演習時間到了，最驚喜是有了普通話廣播，這次有一個 19 人的中國內地旅行團。安全演習時，英德中法四語順序演講。完結後大家在船頭集合拍攝團體相，我才發現攝影師是我上次去南極時認識的荷蘭女孩 Esther！

她仍然身手敏捷，爬高爬低，到處拍照，和她四年前一樣，那時她第一次上船，青澀害羞。現在皮膚曬黑了，人也不害羞了，但仍舊充滿好奇心，保持了初心。我在《十天敢動假期：阿根廷、南極》中記載，她曾經帶了橙去南極阿根廷站「接濟」那裏的義工朋友，愛心滿滿的美女！

再遇攝影師 Esther，已經變得老友鬼鬼了。

向中國人説不的冰島人

中國人出國旅遊蔚然成風，豪買爆買的行徑令所到國家無不倒屣相迎。何以冰島這個破產小國竟然不識抬舉，向中國人説不？

冰島有三個台灣大小，郵輪將用十天時間環島一周。郵輪向北航行，首先到達的是 Snaefellsnes 半島。我參加了半島半日遊，早晨 8:15 出發，2:15 回到船。

第一站是只有 850 人居住的小鎮 Grundarfjordur，只見背靠 463 米高、形狀像教堂鐘的教堂山（Kirkjufell 山），佈滿了彩色小屋，無怪很多電影都在此取景。這小鎮九世紀已經有法國漁民居住，更在這裏興建了教堂和醫院。

教堂山下有一兩間彩色木屋，啡紅色屋頂白色牆，甚麼人會住在這裏呢？方圓只有蒼茫的大地無邊的海洋，鄰居下一間小木屋已經在幾公里外，在灰黃色的土地上也格外的突出，因為這些小屋都是七彩繽紛的。

因形成時間最早，Snaefellsnes 半島被稱為冰島縮影，由歐亞大陸板塊和美洲板塊在 70 億年前擠壓而成。這裏有典型冰島地貌，地表只有野草，沒有樹木。偶爾有幾隻居民養的黑羊在吃草。途中出現了一座小教堂，證明這村最少有五戶人家。因為如果只有一兩戶人家，就不會修教堂了。和世界其他地方一樣，年輕人都離開了村莊去城市，令這兒有很多荒廢的木屋。縱使如此，冰島人對自己土地的主權還是十分在意。一位大陸富豪在 2011 年曾提出用一億美元買下冰島 0.3% 的大片荒廢土地開發旅遊業，但商討數年，投資從一億美元提升至二億美元，從買變租，冰島人還是説不，逼使這位富豪把目光從冰島轉去挪威！無論是出於軍事還是政治考慮，冰島人這份傲氣與骨氣都是令人佩服的。

教堂山下的彩色小屋

百年孤寂的鬼谷

我們似乎天生愛熱鬧而逃避寂寞，毒男剩女都被社會標籤為失敗者，但叔本華為孤獨平反：孤寂為偉大心靈之特徵。

車子離開了 Grundarfjordur 小鎮繼續向內陸進發，窗外雪山巍峨，白霧茫茫，地上仍然佈滿白雪。去年六月這裏還在下雪，今年五月已經開始融雪。只見溪水潺潺，煙霧茫茫。

這裏被當地人稱為「鬼谷」，漆黑火山石之上，面向蒼茫大海，矗立着伶伶仃仃的百年孤寂：黑色 Budir 木教堂。教堂初建於 1703 年，重建於 1848 年。室內只有三百平方呎，如同尋常人家客廳，應該是我見過最小的教堂了。教堂之外細雨綿綿，旁邊墳墓無語向海，是誰選擇在這孤島寂寞終老？還是這無邊的孤寂死死地籠罩了他們的一生？這些孤島上寂寞靈魂，應該都是冰島的偉大心靈吧！

一個又一個面向海灣的孤墳

傳說 Bárður Snæfellsás 是人與半獸人的後代，
但長相異常俊美，很明顯這雕塑是抽像派。

　　教堂下面是冰島罕見的黃沙灘，這裏都是黑沙灘。火山石張牙舞
爪地佔據在沙丘上，形成奇異的舞台效果。

　　我們去到 Arnarstapi 村，停在 Bárður Snæfellsás 精靈雕像前，雕像
由火山石堆疊而成，傳說他太熱愛這片土地，最後將自己投入冰河，
成為冰川的守護神。這村像小鎮，還有一間老咖啡廳，裏面時鐘停擺，
50 年代的唱機、書籍、地圖，還有當地村婦手織。

價值連城的石灘

　　過了 Arnarstapi 村，去到一個用火山石堆出來的避風港，裏面停泊
了很多漁船。對面崖石上，密密麻麻小洞穴住滿了 Fulmar 臭鷗。海上
有一隻 Eider 雁鴨，Manual 解釋說，雁鴨的羽絨十分昂貴，一張 Eider
down 被子需要 1,500 歐元以上。同行的德國太太說，歐洲人用這來作
傳家之寶，世代相傳，她也買了一張用作女兒嫁妝。Eider down 被冬

暖夏涼，可以自動調節體溫，像人的皮膚一樣，連登喜瑪拉雅山的登山隊員也是用這種 Eider 外套防寒。如果把被子抓在手裏面，可以縮小到網球尺寸。

途經一個偏遠的無名石灘，佈滿大大小小的黑色鵝卵石，經過海洋母親億萬年的親吻，個個變得又圓又光滑，發出珠寶似的光澤，可愛極了。我昨天在首都禮物店見過，一粒又圓又黑的鵝卵石要賣 1,800 克朗，我腳下豈不是價值百萬克朗的寶石堆？

我想三毛來這裏，應該捨不得走。雅趣的她曾經去 Gran Canary 島上石灘撿石頭，畫上圖畫，寫成《石頭記》。這些美麗天成的億萬珠寶，在海水沖刷下，閃閃發光，令我樂不思蜀了。

到 Dritvik Djupalonssandur 怪岩石區，奇形怪狀的火山石，石頭中間還開了天窗，怪不得法國著名作家 Jules Verne《地心歷險記》靈感就來自這裏奇異地貌。

這裏有幾百個漁夫，古代出海的工作機會有限，誰能舉起 154 公斤的石頭，就能得到最佳工作。最輕的 23 公斤，只能做下手。那個年代，體力就是馬力，力氣能換麵包。我試舉了，只有做下手的份！

圖片列明舉起 23 公斤的只能做下手，我還是做回我的本行，執筆寫字算了。

價值連城的石灘

冰島美少女決戰大媽

坐 Hurtigruten 郵輪環冰島十天的行程，其中最吸引我是「維京壽司大冒險」（Viking Sushi Adventure），嘗試一下中世紀海盜食海鮮方法。

維京人活躍於 8 至 11 世紀，曾侵襲歐洲沿海城市。時至今日，維京（Vikings）一詞仍然帶有掠奪、殺戮等意思。所以維京壽司不求日本壽司那麼優雅，反而以原始粗暴為賣點。漁夫從海中拖網撈起貝類海鮮，悉數倒在長枱上，有兩個漁夫幫手打開貝殼，挑出帶子、赤貝讓大家徒手品嚐，這就是維京壽司（Viking Sushi）了！沒有人理海膽，我於是拿了個紫色大海膽自己開，第一次，打開就是四塊鮮黃色海膽，生吞下盡是鮮甜味和海水味，野蠻如維京人，別有一番滋味。

原隻新鮮海膽

一撈起即開，一開即食，絕對新鮮。

乘客有幾十人，船夫只有兩人，大家就乖乖地排隊等候。就在眾人排隊靜候時，忽然有人從後面擠上來，撞得我手中飲料倒瀉在身上。原來是兩位中國大媽等得不耐煩，推開人群衝上桌前，其中一位婦人發出高八度的普通話獅子吼：「等他幹嘛？咱們自己動手！」另一個矮小的戴灰帽黃色風褸四眼大媽和同伴終於擠到頭排，拿起一個最大的青口，放在桌子上。但她明顯沒有吃海鮮經驗，只顧用刀拼老命的鋸，手起刀落，一刀就向膽囊刺去。不得了，黑色膽汁噴到她臉上、眼鏡、衣服都是。奇怪的事發生了，她居然視而不見，也不去船上洗手間清潔，大叫一聲：「輕傷不下火線！」，就將染黑了的青口放進口。長枱只能站幾個人，兩個大媽大開殺戒，戰鬥力超強，由頭到尾，完全沒有退位讓賢的意圖，望也不望後面等候大堆人群，紮定馬步，火眼金睛，看漁夫開帶子就自己開。看見我開海膽，她馬上叫同伴：「拿那個有刺的過來給我！」原來她不知道這叫海膽！大件海鮮已經被吃光，滿桌都是打開的空貝殼，人潮開始散去，兩個大媽仍然不肯走，手指指毫不客氣催促漁夫開這開那給她們吃。總之大開殺戒，把青口、帶子、海膽全掃進肚中，有吃錯沒放過！

　　這時一位金髮北歐少女走過來，拿起一些蟹仔、海膽仔，切也不切拿起就走。我心想，大媽有對手了！這個少女打包回家炮製海鮮湯呢！轉眼，她又兩手空空回來，又拿起一堆沒人吃的小貝殼。我好奇她怎麼這麼貪心？於是尾隨她看個究竟。原來少女來來回回，是將小生命投進大海。

　　回到船頭，人潮已散，只有兩個同胞大媽，滿身腥臭膽汁仍然狼吞虎嚥，戰鬥到最後一刻。飢不擇食，連螃蟹仔和海星仔也不放過，拿在手上研究一番打算生劏即食。北歐少女就精衛填海，拯救生命。

　　中國曾是千年文明古國，近代卻慘不忍睹，大媽食不果腹的潛藏小宇宙，或許來自三年自然災害大飢荒。反之北歐雖源自維京海盜，上世紀社會已步入豐裕。少女在冰島福利社會中長大，養成了悲天憫

人的性格。倉廩實而知禮節，衣食足而知榮辱，我只能寄望於中國的下一代了。

杯盤狼藉，眾人已散，大媽如蒼蠅見肉，仍然盤旋不肯走。船長開咪介紹前方小島，有六千萬年的火山凝灰岩石柱岩壁，是冰島最古老地質，像千層蛋糕堆疊的柱子，層層疊疊，和香港世界地質公園一樣。岩壁上還有冰島的國鳥 Puffin，巨大的鳥啄亮麗鮮豔，有藍黃紅三色，如同鸚鵡。Puffin 是冰島的吉祥物，到處是其公仔紀念品。

當全船乘客都在甲板上觀鳥時，怎麼不見大媽了？兩人捧肚，在船艙中休息，埋首玩微信。大媽式旅遊風格，貫徹始終口腔期，這些大自然、地理、生物知識，怎及青口吸引！

冰島港灣共有三千個小島，各有名字，所以重複的很多，如長島、美麗島。第一個是海鳥島，黑色崖邊有大片白色排瀉物，白色羽毛、灰背的 kittiwake 在崖石上用野草築巢。有的成群結隊、有的雙

全船乘客已去了觀鳥，唯有大媽們仍努力不懈地與海鮮搏鬥。

雙對對、有的吵吵鬧鬧、有的恩愛纏綿，就像人類村落。另一邊崖邊只有孤零零一個巢，一隻鳥獨坐釣魚台，和人類一樣，群居獨居各有所好。

遠望六角形火山凝灰岩石柱如同巨人的豎琴，靜寂無聲。最佳的寫照是：壁立千仞，無欲則剛。這句借景抒情的名句來自燒鴉片的晚清名將林則徐，值得當今沉溺口腹之慾的國人反省。

世界上最貴羽絨

　　在冰島的第四天，上午郵輪沿着冰島西海岸北上。早餐時望窗外，整整一個小時都是黑壓壓的海岸線，山上有積雪，寸草不生，荒無人煙。下午二時到達 Isafjorour 峽灣，九世紀開始有人居住，小鎮以前靠漁業，現在以旅遊業為主。保留了很多 19 世紀木屋。這裏是旅遊勝地，每一年有 60 團人到訪，我們是今年第五個郵輪團。

　　在 Isafjorour 坐小艇前往天堂島 Vigur，這是一個兩公里長，四百米寬的迷你小島，只有兩位居民，已經是峽灣第二大島。夏天有很多野生海鳥如 Puffin，雁鴨（Eider），北極燕鷗 tern。來天堂島 Vigur 是為了看野生的雁鴨，看看這種只生長在冰島的候鳥有何特別，足以媲美黃金名車？

　　一串光陰一串金，一撮羽絨十兩金！早在 11 世紀英國皇室和俄國沙皇已經指明要以冰島的雁鴨絨（Eiderdown）作寢具材料。2010 年英國製造了 2,700 輛勞斯來斯，而該年冰島卻只生產了 2,500 公斤雁鴨絨，以每張羽絨被用一公斤雁鴨絨來計，雁鴨羽絨被比起勞斯來斯更罕有！

　　挪威的森美人最早養殖雁鴨用來抵抗嚴冬。以前居民以農牧為生，夏天雁鴨孵蛋季節，農夫就將畜養的綿羊用船運回大陸，以防羊隻踩爛珍貴的雁鴨巢。「60 個雁鴨巢才能搜集到一公斤羽絨，原料就要賣 1,600 美元！這島有一百多個巢，每年產量也才兩公斤！而且賊鷗經常偷食雁鴨蛋，令產量更低。你從今天開始搜集，過十年應該可以足夠做一張羽絨被！」草地上有雁鴨羽絨，Manual 撿了一點給我，灰黑色，輕如浮雲，沒有重量，放手後幾乎可以停在空中。

　　雁鴨在冰島被「半家禽」養殖，春天飛來築巢，雁鴨從其棲息地北大西洋返回岸邊築窩，並在巢中脫下 15 至 17 克灰色、質地輕柔的

羽絨，然後在裏面產下四至五枚蛋。這時，前去採集雁鴨絨的工作人員會將下層的雁鴨絨用更適合孵蛋的乾草替換，保留上層的雁鴨絨，並為它們提供食物。當雁鴨孵出以後，所有成年雁鴨返回海洋中，工作人員才取走剩下雁鴨絨。

　　價值連城的雁鴨絨來自雌鳥頸上的毛，因為母鴨生蛋後，要孵化幼鴨之餘，也要外出覓食。為了讓兒女能抵抗北極嚴寒，牠在出行前會先忍着劇痛用嘴咬下胸口最嫩的絨毛，築出一張溫暖而柔軟的「羽絨被」。鵝鴨羽絨一向被人詬病的是被人「凌遲活拔」而來，雁鴨絨乃是天然拾獲，絕對是良心製品。

　　雁鴨絨冬暖夏涼，卻輕若浮雲！相信如果可以摸到天空中的白雲，手感也不過如此！除了質量優秀以外，令雁鴨絨如此矜貴另一個原因是雁鴨只生長在極冷的北極圈內，更是不能圈養的候鳥，所以雁鴨絨極其罕有。雁鴨由於生長在酷寒的極北地區，其絨球更加豐厚密長，能增加絨球之間黏性，不易散開，只需很小量，也能達到極其保暖的效果，屬所有羽絨中最保暖、最輕盈而且最稀有珍貴的品種。羽絨本身呈天然灰褐色，雖然價格昂貴，但在市場上仍是供不應求，不少闊太仍願一擲千金，購買以冰島雁鴨絨製成的羽絨被。當地居民也深知雁鴨羽絨保暖的特性，會用來製被，對抗極圈嚴劣天氣。

　　由於中國以至亞洲並沒有這種罕見的雁鴨，以至於中文譯名也有幾個，雁鴨被譯為「綿鳧鳥」、Eider down 譯為「鳧絨」；也有譯為「冰島雁鴨」，及「雁鴨羽絨」，我詢問過雀鳥專家 Manual，雖然雁鴨會飛，但生物分類屬於 sea duck（海鴨），所以並不是「鳥」，而雁鴨這名字較確切，「雁」代表雁鴨會像雁陣一樣飛翔及遷徙，到了目的地又會像鴨子一樣，在草地上築巢和散步。

　　幾乎零重量的雁鴨絨竟然散發着絲絲的溫暖，難怪坊間更有說它比黃金更矜貴。因產量少及收採成本高，全球使用純雁鴨絨製造枕頭、被芯的公司少於四間。瑞士百年寢具品牌 Christian Fischbacher 的雁鴨

單從外表，很難想像雁鴨的羽毛如此矜貴。

這撮羽絨可能已經值幾千克朗了

羽絨被，售價為 14 萬港元（這品牌 100% 一級白鵝絨被也只售 55,000 港元而已。）嫌貴？瑞士殿堂級品牌 Dauny 製造、全球限量 8 套，售價 25 萬港元，德國品牌 Billerbeck 的雁鴨羽絨被，售價為 29 萬港元！

世代相傳的技藝

天堂島 Vigur 是一個私人島，由一個家庭擁有，現在已經是第四代。這兒是一個 time warp 時光機，保存了冰島僅存、建於 1830 年、屬於冰島國家博物館的風車。海灣只有五間色彩鮮豔的白色、黃色與橙紅色小木屋，碼頭上有一個年輕導遊 Esther 歡迎我們，她是船長女兒。

這裏四周都被雪山冰川包圍，但相隔海峽的小島風景如畫，綠草如茵，就像是沙漠中的綠洲，所以吸引了眾多候鳥來到此地，由五月便開始築巢，生蛋。島上到處是雁鴨，我走近拍攝，牠也大模斯樣，當我透明。就像進化島上的雀鳥，因為冰島人從來沒有傷害她們，只是不動聲色，每次拿走幾條羽絨，還以草稈取代。大家相安無事，才有雁鴨年復一年，回到島嶼上產蛋築巢。如果雁鴨不幸飛到那些殺雞取卵的國家，不要說羽絨，小命也難保，成為短暫出現在歷史上的宮廷美食「烤雁鴨」，早已絕種。今晚我得以享用沙皇、英國女王的富貴浮雲一宿，也要多謝冰島人善待雁鴨，保育這千年以來的傳統和諧生態。

「以前最高峰有十個人居住，現在只有老兩口，我們以前每天每個星期去大島上學，現在都住在首都。」只有兩個人住的小島令我想起魯賓遜，這裏有水有電，有一口水井，還有海底電纜，以及互聯網電纜。

Salvar 老兩口夏季在島上從事祖傳四代的技藝：製作羽絨被。島上有三千個巢，他每週搜集一次羽絨，共搜集四次，頭三次他每次也是只抽一點點羽毛出來，最後一次當小鳥飛走了它就可以把全部的羽絨取出來，一個月每個巢可以收集到 15 克的羽絨，但裏面很多雜草羽毛，必須用五個步驟清潔。首先放在太陽下曬一天，第二個步驟放進微波爐高溫消毒兩至三個小時，第三個步驟將機器搖動，將海草和雜

草清理，然後放進一個羽毛清潔機，將混雜在羽絨中的羽毛清理出來。最後就是人手清潔，將鳥糞和殘餘的羽毛清除。300 克的羽絨最後會剩下 120 克左右，這時就可以準備放進做被子了！

這島每年僅僅可以出產 60 公斤羽絨，幾十張羽絨被，已經是冰島羽絨最主要的出產地之一，而且一早已經被日本和德國的高級床品店預購，標上名牌後，就以十倍以上價格，放在紐約第五街、東京銀座高級床品店出售。

體積有如足球卻輕若浮雲的 Eider down

他的商店只有兩張羽絨被，一張 600 克，售價 212,500 克朗，折合 1,585 歐，他最後肯為我扣稅 14%，相當於打了八折，168,000 克朗，約 1,253 歐羅，11,283 港元；另外一張 800 克，標價 285,000 克朗，扣稅後為 225,000 克朗，折合 1,600 歐羅，15,111 港元，兩張共 26,000 港元。另外 70 克枕頭售 26,900 克朗，折合 200 歐羅。

有錢也未必買到的帝皇級享受，當然笑逐顏開，豪買也心甘情願。

雖然售價昂貴，有錢也未必買到的帝皇級享受，當然笑逐顏開，豪買也心甘情願。我希望 Salvar 老兩口把這個愛動物的心和技術傳至第五、第六代，讓懂得珍惜的後人可以繼續享受天人合一的和諧。

同鳥不同命

　　同是鳥類，雁鴨幾乎有着國寶級的招待，但冰島國鳥 Puffin 雖然長相優美可人，卻遭到捕殺？原來同人不同命同樣會發生在鳥類身上。

　　Vigur 島另一邊有很多冰島國鳥 Puffin，粗略估計多達八千隻！由於牠們會入侵雁鴨地盤，農夫為了保護雁鴨會捕殺 Puffin，還會用來食用！「油炸、做湯都很美味！」攝影師 Esther 指着一個捕鳥網說。只能說 Puffin 除了高顏值以外沒其他優點，最後只剩下作為人類果腹之用。

說是國鳥，卻遭到捕殺以至被吃進肚的命運，
Puffin 只能慨嘆自己，顏值不能救命。

這頭雁鴨女神竟然吸引了六頭雄性雁鴨來獻殷勤？

船上吉祥物

　　早上七點到達位於峽灣之深處的 Hornbjarg，蒼茫天地間只有兩間木屋，光禿禿山溝有積雪幾條，流下如同靜止的瀑布。早餐後大家都到甲板上觀鳥，Manual 介紹，黑背白腹的那鳥叫 Bru Razorbill、白頭黑翼的叫 Kitiwuke Gull、尾巴像剪刀的是 Artic tern。

　　中午 2:00 到達 Reykjafjorour，但風速高達每秒 20 米，船長宣佈，暫時放棄登陸。陽光燦爛，但海面有白頭浪。昨天下午停泊 Isafjorour 時風浪更大，吹到岸上木屋也搖搖欲墜，海面如蛟龍起舞，吹起一層水汽，迎面撲來，令人蔚為奇觀。人在岸上，也站立不穩，像香港十號颱風。

　　下午沒有登陸，於是臨時加插了參觀駕駛艙，我被編入了中國人組別。參觀了無數次 Bridge，都是由船長、大副介紹設施和航海知識，中國遊客都不求甚解，一哄而上，原來是要求和船長合照！挪威籍船長變身吉祥物，和每個中國遊客合照後，眾人如鳥獸散。帶隊的曹先生是 Hurtingruten 第一個中國人 Expedition leader，他曾經在南極的中國崑崙站工作，極地經驗豐富，正好為郵輪開拓中國市場。

　　由於取消了登陸，於是全天在船上吃了睡，睡醒吃，無所事事。最大問題，眾人吃太多，沒有運動，無法消化，晚餐後 Briefing 時間，安靜會議室中奇怪的響聲此起彼伏，應該是眾人釋放氣體的音效！

我當然也要跟這個郵輪吉祥物合照啦！

欣賞細小的美

　　早上八時到達 Siglufjorour 漁港，這兒盛產鯡魚（Herring），冰島兩成的鯡魚產於此地，現在以觀光漁業為主。港口有一間鯡魚博物館，但因為強風無法靠岸。郵輪惟有調頭去港灣內的小村。一直至 11 時才開始分七組用橡皮艇登陸，我是排最後的第七組，坐在房間裏面等叫號碼也等了一個小時。

　　郵輪停在埃亞峽灣（Eyjafjorour）的 Hrisey 島上，這是冰島第二大的海島，島上沒有貓，所以有很多野生雀鳥。小島 7.5 公里長 2.5 公里寬，有 200 居民，現在島上只有 120 名，我們的船一到，馬上將人口倍翻。白皚皚巍峨冰川前面，只有這個島綠油油，海灣被五顏六色的小木屋點亮了，檸檬黃的小木屋配上深藍色的屋頂、雪白的小木屋配鮮紅的屋頂，紅褐色的木屋加白色頂，無一雷同，白牆紅頂小教堂的尖頂刺破長空，但異常和諧。

海岸邊開滿了黃色的小雛菊，青青綠草地襯托出白屋紅頂，以及後面雪白的冰川更美不勝收，浪花拍岸，不愧叫做天堂島！

島的東部一共有三條行山徑，我選了綠色的一條，只有兩公里長。山徑沿途有積雪，兩旁種了松樹，這裏被宣傳是「Energy zone」。這兒的 Energy 指的當然不是供電器使用的能量，而是新世紀（New Age）的那種超自然的、能治癒人的超能量。我原本以為只有日本人才相信這一套東西，原來冰島人也相信這種超自然的能量！

　　小島於 1974 年禁止放養山羊，之後這裏的綠色植被又回來了，包括 juniper 杜松、樺木這樣少見的樹木，青苔上長出了粉紅色微小的野花，代表春天來了。第一次在冰島看到了松樹，Manual 告訴我這是人工培植的，因為北極圈內沒有天生樹木。路過一些沼澤，仔細留意一下有一些像火柴棍一樣的木頭插在地上，原來是石造的地理位置標誌。

美得像置身童話般的小教堂

一個簡單的帳幕已可以變成小彈床，我也和孩子們一同玩得不亦樂乎。

和美國的大屋不一樣，這裏的木屋都沒有車庫，可能因為這個鎮太小了，騎自行車行可以繞一圈。我們來到的時候，小鎮裏沒有一個人，路上連車都沒有，寧靜極了。教堂旁的木屋建於 1885 年，超過一百年歷史。經過小島上唯一的士多、唯一的餐廳。牆上寫着標語「享受小的美麗」。在這個小巧的島上，我充份地享受到了。

體驗荒蕪的旅人

　　我們常説「人氣」，做 KOL 最重要多人 like、餐廳最好排住隊等位、商場最喜歡「逼爆」，總之旺不了財也要旺一下丁。一旦落得門庭冷落，只有小貓三、四隻的景況，也就離結業不遠了。但「人氣」二字該永遠不會出現在冰島，因為這兒土地太多，人口太少，不過也有旅人專程來此，就是為要體驗這裏的荒蕪。

　　在冰島認識了紐約人 Don，他來冰島就是為了體驗荒無人煙的大

天地蒼茫的孤島，惟有最偉大的心靈才能承載。

自然，紐約一幢大廈的居民可能比冰島的一個小鎮人口還多，但他就是追求相異多過相同。歐洲人與美洲人來這裏追求的是不一樣的東西，這一點和香港的很不一樣。

最後，我們都孤寂了。但冰島，從來如此，孤寂千年。晚餐時和英國牛津來的 John 夫婦聊天，他們無法明白，冰島已經是大海一粟，今天這島嶼的 120 名居民，怎麼自願將青春、將人生，都押在這一眼看盡的孤島？

我想起冰島對面、南半球的 Norkford 島，也有同樣的孤島留守者。叔本華說，偉大的心靈皆孤獨。那麼，這裏有 120 個偉大的心靈，可以承受生命中由早到晚的孤寂、一年四季的天地無人。對我們這些城市人來講，呆一天也嫌悶的小島，無法理喻這些偉大心靈。

「寂寞是形單影隻時的痛苦，而孤寂是個人獨處時的榮耀。」德國哲學家田立克

快樂其實很簡單

因為天氣變壞，我們下午改變行程，提前到達冰島第二大城市、北部首都 Akureyri。Akureyri 被稱為「北國珍珠」，是一個位於峽灣深處的天然良港，所以既安全又無風浪。Akureyri 剛剛慶祝建城 150 年，市內只有 18,000 名居民，建有冰島第二間大學。

這裏豎立了一個雕像，是紀念 9 世紀第一個登陸 Akureyri 並發現冰島的挪威維京人 Helgi Magri 和他的老婆。1778 年這裏興建了第一間永久房屋，丹麥漁民得到許可在這裏捕魚，當時冰島還是丹麥王國的一部份。這裏至今仍有冰島最大的漁業公司，以出產醃漬鯡魚為主。

山上大教堂 Akureyrarkirkja 和首都教堂由同一設計師 Guojon Samuelsson 在上世紀 40 年代設計的。經過教堂，就到了舊城區。

建於 1927 年的房子，外觀一點也不殘舊。

Akureyrarkirkja 大教堂與首都教堂一樣，都叫人想起冰島的玄武岩。

圓形的 Hof 藝術與文化中心，外形很不「冰島」。

Akureyri 分新舊城區，舊城區像是把時間定格在 19 世紀，保留了很多歷史建築：有 1872 年的書店、1913 年的咖啡廳、1930 年的飯店。但是這個舊城太迷你了，只有一百米長左右，十分鐘就逛完了！

新城最人氣的地方就是購物街 Hafnarstræti，路上有很多很有特色的餐廳和商店。另一個矚目的新建築就是藝術與文化中心 Menningar-husid Hof，2010 年開幕，從外面看起來，是一個大圓形的建築物。

車路上的交通燈紅燈，不是一般的圓形，而是一個心形。這是 2008 年金融風暴之後為冰島人打氣的一個裝置，希望大家回到自己的心，萬物皆心造，不必太浮躁，即使活在已經破產的國家，被紅燈所擋時，仍然可以心懷喜悅。

忽然強風停止，太陽出來了。冰島的天氣一天裏可以經歷四季的變化，陽光照耀時既燦爛又溫暖，但轉眼之間又會刮起風來變得很寒冷。日間溫度相差有 10 度以上，衣服也要不停又加又脫，所以來冰島穿衣服要有技巧，要穿很多層薄的衣服，方便隨時加減。

難得有陽光，年輕女孩就在馬路旁邊的草地上躺下來，享受這個珍貴的冰島陽光，還有女子攝影協會的十多個成員來這裏拍團體照！他們十分友善，還邀請我和他們合照。萬綠叢中一點紅，嘻嘻哈哈又一個下午！

萬綠叢中一點紅，能找到我嗎？

小國寡民

冰島是一幅老子筆下的水墨畫，小國至今也沒有加入歐盟，市民也只有三十多萬。一直以來與世無爭，兩次燃燒歐洲的世界大戰即使其宗主國丹麥、鄰邦挪威被佔領了，都沒有人理會這個歐洲邊陲小國。

冰島的色彩以黑白為主，即使在萬物爭榮的春季。黑壓壓的大山，白皚皚的雪封，春夏之交沒有黑夜，要看手機才知道現在是早上八點還是晚上八點。

我乘 Hurtigruten 郵輪來了冰島一週，天空一直烏雲密佈，只有一天見陽光藍天。導遊說冰島人很 Laid Back，因為五分鐘就變天，你甚麼大計也沒有用，怎樣也沒法和天鬥，冰島人也習慣了。「2008 年國家破產後，克朗大貶值，我們的實際收入打了七折，為了生活，我和外父都要做兼職。」但他仍笑着說早已習慣了無常。

冰島本身是沒有北極熊的，在冰島出現的北極熊，大多都是從格陵蘭島乘着浮冰漂流而來的。

雷神之瀑布

　　電影《雷神》（Thor）中的雷神源於基督教盛行之前的北歐多神教，雷神在電影中威風凜凜，這次我去的神之瀑布，卻非崇拜祂的瀑布，而是雷神在千年前被其信徒拋棄的地方，真係慘慘豬！

　　乘坐 Hurtigruten 郵輪的第七天，我參加了「藍湖溫泉及神之瀑布半天團」，中午 12:30 出發。沿途農村風貌，綠草如茵，還有很多綿羊，因為夏季冰島的太陽不下山，草長得比正常快一倍，對畜牧很有益。羊肉是冰島主要肉食，午餐就有煙羊腿，這是冰島的 pama ham，並不便宜，90 歐羅一隻腿，切得薄薄透明，又鹹又香，比豬肉瘦，有羊羶味，佐以紅酒一流！

　　上了山，積雪未融。山下青翠，間以紅頂白屋，山上銀妝素裹，綿羊成群，北國風貌，像是瑞士。

神之瀑布氣勢驚人，沒甚麼事還是不要得罪神。

終於來到冰島中北部的「Godafoss」，這座壯觀的瀑布寬 30 米，高 12 米。因西元 1000 年冰島人決心信奉基督教，將雷神等神像通通丟進瀑布中決志而得名。Godafoss 意思就是 Waterfall of the Gods 諸神之瀑布。

　　北歐諸神沒有希臘或羅馬神話般有名，要不是這部美國超級英雄電影，大家也許連雷神也不認識。但祂們的影響力絕對不小，現在英文中星期的名稱大部份都是從祂們而來，例如星期四 Thursday 就是從雷神 Thor 而來。

　　瀑布上游的瓦特納冰川是歐洲最大冰川，冰川融化成黃泥水，像黃河壺口一樣，傾盆而下。遊客可以走到瀑布旁邊，但見冰川水如千軍萬馬，強風一起，吹得人仰馬翻。但瀑布邊沒有欄杆，進退兩難，只得紮穩馬步等狂風過後，大家才能走去瀑布對面有欄杆地方拍照，被拋棄的雷神，其怨氣可不容小覷啊！

　　離開神之瀑布，經過冰島最大的湖：米湖 Mývatn，意即「蚊子湖」。這湖很淺，只有一至兩米深。顧名思義，這湖盛產蚊子，據說蚊子多的時候，當地貓狗張開嘴就能吃到飽！所以經過之時，導遊建議我們屏氣以免蚊子當飯！幸而當時吹着春季強風，吹得蚊子也沒有了！

來到蚊子湖，幸而只看到湖，看不到蚊子。

月球表面的小藍湖

我們來到 Askja 火山腳下，這兒的熔岩地形被 NASA 假設為月球表面，用來訓練美國太空人！有火山，有地熱，就有溫泉！這裏的 **Mývatn Nature Baths** 米湖溫泉比首都 Blue Lagoon 小一點，遊客也少很多。下了車就聞到硫磺味道，十分強烈，而首都的藍湖無味。因為這兒的湖水是從地底下深達 2,500 公尺處所開鑿出來的溫泉水，所以帶有硫磺味。

溫泉 2004 年才開放，分為三個池，最大的一個是暖池，水溫大約 30 度，但岸上只有幾度，強風一刮，就冷得打抖。小池是冷池，幾乎沒有人，因為只有 25 度。最受歡迎的是大浴缸一樣的熱池，有 41 度，最多的時候有十個陌生男女擠在浴缸裏

這個溫泉較首都的藍湖為小，分別是這兒的湖水是天然的溫泉水。

面，場面溫馨。這個藍湖的成份和首都的不一樣，沒有免費白泥做面膜，池底只有黑沙。這裏還有兩間蒸汽桑拿室。冷水池只有我一個人，冷颼颼寒風起，滿池落索皆藍調。想起這首《Don't Make My Brown Eyes Blue》。

今晚是正餐，但不必穿正裝。三道菜，主菜為焗馴鹿，血紅的樣子有點嚇人，味道像半生熟牛扒。同桌安排了一對英國夫婦 John 和 Marie，我說這船有一半都是德國人，她說應該沒那麼多，不過因為德

國人說話聲音大，吵吵鬧鬧，所以顯得人多。很明顯，英國人不太喜歡德國人。

晚餐後離開 Akureyri，沿長達幾十公里的狹長峽灣開去北冰洋。兩岸壁立如水墨畫，冷峻而威嚴，接近海面冰川開始融化，在峽谷縫隙間流成瀑布，一條、兩條，越數越多。

「船頭兩點鐘方向，有鯨魚！大家留意，是三條 Humpback 座頭鯨。」船長廣播。

郵輪變成觀鯨船，停下讓我們欣賞拍攝鯨魚。海面噴出水柱，過一會，黑色浮木一樣的鯨魚浮現。消失，然後海面優雅地揚起燕尾，伴奏以咔嚓咔嚓的相機快門聲音！因為鯨魚大開殺戒，帶了很多魚屍上海面，引來成群結隊的海鳥追逐，螳螂捕蟬，黃雀在後。

冰島
第八日

冰島獨角獸

陽光燦爛，難得的豔陽天。我們來到 Husavik。漁港中瀰漫着海水味和鹹魚腥臭味，19 世紀的木帆船，山城的白牆綠頂教堂，一排五彩小木屋中畫龍點睛，格外突出。

畫滿鯨魚的外牆，這兒果然是觀鯨基地。

Husavik 是冰島的觀鯨基地，1994 年開始以觀鯨魚作招徠，現在碼頭便有四間觀鯨公司。我參觀了鯨魚博物館，入場費 1,800 克朗。

鯨魚和鯊魚同為海洋食物鏈最高的捕獵者，他們吃各種魚和海豹，

後者吃更小的魚蝦，但是人才是食物鏈最高的捕獵者。冰島 14 世紀開始獵鯨，用標槍斧頭等原始的工具，那年代是很危險的動作，有小船被反抗的鯨魚弄翻船。但鯨魚有價（主要賣去日本），作為魚生 Kujira 出售，所以還是有很多人願意冒險，使鯨魚瀕臨絕種。2002 年冰島加入了國際鯨魚條約，2007 年停止商業捕鯨，從此人鯨和平共處。

這裏展出了一條 2010 年在冰島發現的藍鯨，25 米長，被製成標本。胸腔大到像房間一樣，可以讓幾個人在裏面自由走動！二樓展出了六副不同品種鯨魚的骨架，巨大的、張牙舞爪，就像恐龍一樣。除了鯨魚外，這兒還展出了一頭獨角鯨標本，牠的角長達2.7 米，重 10 公斤！獨角鯨頭上的

藍鯨骸骨

角，其實是一顆凸出的牙齒，簡稱哨牙。獨角鯨牙齒的用途還未有定論，有人認為是拿來破冰，有人認為是吸引異性，最近有研究指出這顆牙齒可感應水的溫度、壓力、濃度等變化，讓獨角鯨更自在地在北極海中生活。

英國皇家徽章上，代表英格蘭的是森林之王獅子，代表蘇格蘭的是獨角獸。想不到，這次在冰島，見識到真正的獨角獸！在歐洲，獨角鯨曾被視為傳說中獨角獸的化身，甚至被認為能防毒，賣得很貴。著名的童貞女王——英國伊利沙白一世，曾經收過一根價值高達一萬英鎊的獨角鯨牙齒，這價值在當時可以修建一座城堡，名副其實價值連城。

這裏展出 1585 年的冰島地圖，乍看有如《山海經》般，冰島被稀奇古怪的神話異獸包圍：包括獨角獸、鯨魚，而鯨魚的頭上更長有兩個水龍頭，像噴泉一樣噴出水來！

價值連城的獨角鯨！

冰島的《山海經》

　　另一種大海雀是一種滅絕的鳥類，命運和地球對面另一大島紐西蘭的奇異鳥相似。外表和企鵝相似而有時又被稱作北極大企鵝，是一種不會飛的鳥，曾廣泛存在於大西洋周邊的各個島嶼上，但由於人類的大量捕殺而在 19 世紀滅絕。這種鳥因為體積龐大而且不會飛，曾被當作一種最好的肉食，到了 1884 年吃到快絕種的時候，農夫更加速找尋這種罕見鳥類，搜集來做標本。大海雀和大海雀蛋的標本也成為價值昂貴的收藏品。1844 年在這個島上捕捉最後一對之後，製成標本在哥本哈根自然歷史博物館展出，這是唯一在冰島被人類滅絕的動物。

　　海港停泊了很多小漁船和遊艇，這也是一個一眼可以看完的小漁港，今天天氣好極了，看到了冰島難得的陽光和藍天。

Hurtigruten 是我這段旅程的「家」

北極圈儀式

冰島常被誤會為北極國家，以為此地必定異常寒冷，其實冰島雖然地處北極圈附近，但整個冰島，只有 Grimsey 島是位於北極圈內。

我們用橡皮艇登陸 Grimsey 島，這島只及青衣島一半面積，荒涼且渺無人煙。港灣風平浪靜，小湖泊擁有眾多的海鳥和雁鴨，當牠們一起飛的時候，將藍色的湖面染成一片白色，除了郵輪的乘客沒有其他居民。沿着海邊的懸崖峭壁，綠草成茵，呼嘯而過的海風，凜冽而毫不留情，人也站不穩，不敢太接近崖邊，怕被大風吹下去。

太陽就在正前方的海面，高懸炫耀現在已經是傍晚六點，日不落的海面織成一片黃金的織錦，閃閃發亮，而且今夜不眠。站在懸崖上的人，顯得特別的渺小，太陽不墜，大海無疆，我們是這寂寞星球上的匆匆過客而已。經過了一間青年旅舍，後面草地上有一個記念牌，標誌北極圈在此，顯示了最遠的悉尼有一萬八千公里，最近的冰島首都三百多公里。

冰島的五六月已經是春夏之交，但天氣陰晴雨風，一日四季。今天陽光燦爛，12 度，出發前我到 Hurtigruten 郵輪甲板上感受溫度，風不算很強，估計每秒 10 米，於是脫了防風外套，穿毛衣及七分

歡迎來到北極圈，請！

來自北極的日落

褲登島。平時風大到吹翻人的每秒 20 米。吹幾分鐘沒事，但連續吹半小時就感覺寒冷，一小時後熱量被帶走，手腳麻痺，兩小時已經失去知覺。冷感絕對是風速及戶外時間的結合，所以不能站在甲板上感受一下冷暖為準。

晚上十點郵輪舉行一個「北極圈儀式」，船長將冰粒倒進遊客的衣服裏面，然後喝一杯烈酒，和挪威傳統魚湯，代表過了北極圈！聽到女遊客的尖叫，船長笑呵呵。完全將自己快樂建築在別人痛苦之上！

寒冷之下還要冰水淋頭，不是人人受得了。

職員扮成神話中的海神波塞冬，預備作弄一眾遊客。

冰島
第九日

和諧的鳥天堂

陽光燦爛，早晨八點到達 Bakkagerdi，一條只有 80 名居民的小村。這裏是冰島著名畫家 Jóhannes S. Kjarval 成長的地方。碼頭旁邊的懸崖上，有觀鳥中心，鳥聲四起，不絕於耳，這裏是一個鳥類聯合國。海

中 Puffin 有二千至三千對。每年四月第二個星期 Puffin 就會回來出生地，這裏會詳細記錄了過去廿年來，每一年 Puffin 回來的確切日子，就像日本人記錄櫻花開的日子一樣詳細和仔細。

懸崖上 Fulmar 海燕有一千至二千對，礁石上 Kittiwake 三趾鷗有六百至八百對。崖石上草堆中雁鴨二百至三百對，農戶綁了很多反光彩條，用來嚇跑賊鷗。還建了木箱，任他們孵化。Kittiwake 的平衡力很高強，在懸崖上築巢，過一厘米就會掉下去，還可以在那裏坐很久！四種鳥類和平相處，井水不犯河水！

冰島精靈十分勁

坐橡皮艇登陸 Alfaborg，來到這個 City of Elves 精靈之城，參加「Elves 精靈之路半天遊」。

香港人認識的精靈，不是藍精靈，就是哈利波特內那個乾瘦的多比，還有魔戒的精靈神箭手。但在冰島，精靈既非英俊王子，也不是水箭手，更不可以褻瀆。

別小看精靈在冰島的勢力，西北歐國家雖然在一千年前已經信奉了基督教，但很多基督出生前的多神教傳說還是流傳下來。超過一半的冰島人仍相信精靈——隱身人（Huldufolk）存在。2013 年冰島原本打算在首都雷克雅維克（Reykjavik）興建一條公路，然而不少市民認為這會擾亂精靈的棲息環境，最終逼使公路繞石而建。

巴士停在一個大岩石的旁邊，導遊說岩石裏面住了很多精靈，然後開始講關於這裏小精靈的傳說，哪個方向的石頭住了好精靈，哪個方向是壞精靈。

我們來到一間據說是小精靈的童話居所。石屋建於 1899 年，屬於一位名叫 Elizabeth 的女士，只有夏天才來這裏居住，其餘時間就開放

給遊客參觀。現時所見的木屋是 30 年代重建，由於鋪上了泥土及草皮，冬暖夏涼。可能這房子是建給只有小孩高的精靈居住，房子甚為迷你，屋頂也很矮，站直就會碰到屋樑！彎腰走進去，裏面一廳一房洗手間廚房，總共不到三百平方呎，麻雀雖小五臟俱全！ 她在四十年前買下這間老屋的時候，屋契上寫道「這是一間不時髦的老房子」！

精靈屋內與一般民居也沒有不同，香港的劏房樓盤應該比這屋子小。

這莫非是傳說中的精靈？

鋪上草皮的小小精靈屋

坐巴士途中，只見沿途開滿紫色的 Lupine（魯冰花），如同地毯，這植物五十年前由阿拉斯加引入改善冰島的土壤。但是現在已經不受控制，看到 Lupine 生得到處都是，有的地方甚至要控制。我們登上大岩石，石頂可以俯瞰整個平原，一邊是大海，一邊是雪山，中間沃野千里，綠草成茵，海岸有五彩繽紛的小木屋，唯一刺破長空的，是灰色教堂的尖頂。

冰島曬鹹魚

魚，全部都係魚，午餐喝魚湯吃白汁鱈魚。

今天陽光燦爛，漁民將鱈魚頭都拿出來曬，聽說他們用這種鹹魚頭來做魚湯！卻沒有一點臭味和腥味，也沒有蒼蠅！

在村裏的 alfa café 咖啡廳午餐，有魚湯以及白汁鱈魚，都是當地的出產！餐廳內有很多不同的畫家介紹。屈指一算，他們似乎都很長命，平均有96歲！餐廳附設的小商店有很多石頭賣，很多漂亮的石頭，包括瑪瑙石、青金石、水晶等，鵝卵石也放在這裏賣。今天我在沙灘上也撿到一粒白色半透明瑪瑙石，這是我第一次撿到這麼透明的瑪瑙石！在商店賣 800 克朗，着實令我開心了很久！我也買了兩粒玉墜！

10 歐羅。我收集不同半寶、寶石十多年，總結出來最漂亮有人性的石頭還是翡翠，而雕石手工最好還是中國！

神話的世界

午餐後沿海岸向北駛，海邊懸崖上有 1306 年建立的十字架。據古神話記載，12 世紀時有半獸人住在陡峭的山壁中，當他們憤怒時，就會有岩石滑落。後來有一位農夫與半獸人對決，將牠擊敗推入海中。後人為了紀念他，就建造了這座十字架，從此旅客經過此地都會駐足於此並祈求旅途平安。

同船的一個德國老太太站在十字架後面用腳架慢慢錄影無敵海景，不理後面大堆遊客。她的同鄉用德語罵她，她反駁後繼續阻礙鏡頭。如果不是親眼目睹，難以相信這種沒有公德的行為，會出現在德國遊客身上。我開始留意這位德國老太太，原來她是獨家村，獨來獨往，沒有任何人願意跟她交談，她也不跟任何人交談。

保佑旅客的十字架與阻礙旅客的德國太太

路旁邊雪山瀑布清冽透明，這應該是最純淨天然的礦泉水。斐濟售賣地下水，賺得盆滿缽滿。冰島沒有污染，這裏的冰川雪山水假若能賣到亞洲，應該也大有市場！可能連國家破產危機也可以解決！

　　沿 94 號公路停在冰川旁邊，雪融成泉，傾流到海。冰川其實是多年積雪，經過壓實、重新結晶、再凍結等成冰作用而形成的。而這

清新無污染的礦泉水

眼前白雪蒼茫，一片銀色世界。

些冰川融化成的水，是地表重要的淡水資源。車向雪山上開，這兒六月仍然是一片銀色世界。除了精靈外，冰島也傳說有一種人叫 Hidden people，他們住在石頭之中，能說冰島語，偶然會化身成人類混跡於人群之中。冰島人不會隨便的坐上去或腳踩郊外的大石，以免對 Hidden people 不敬云云。這屬原始的泛神論，歷史比現在流行的多神論及一神論更為悠久。

因藝術而重生

下午三時到達 Seyoisfjorour，這個雪山下湖泊邊的粉色小鎮，嬌豔欲滴，粉黃粉藍粉綠，惟有最渴望色彩的人，才會把最精緻又嬌滴滴的顏色，放在小木屋頂、木牆上。小孩子騎着單車到湖邊玩水，也不理現在春天只有幾度，已經急着下水了。

這小鎮是由一間挪威漁公司於 1895 年建立，成為一個主要的鯡魚

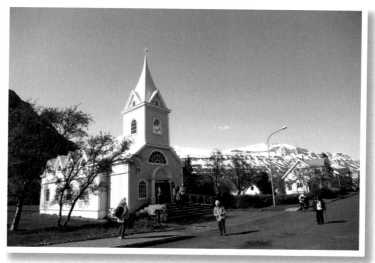

小巧的教堂樸實無華，卻有一種溫暖宜人的感覺。

生產地。我參加了一個步行團，導遊說二戰後人口下降，同時因為鯡魚不景氣，這鎮只剩下 650 名居民，現在因為藝術家進駐而得到重生。

粉藍色小教堂中，安排了一個當地作曲家用結他演奏巴赫樂章，樸實無華，如同這教堂的內部裝修。導遊介紹每間主要房子，飯店是 1897 年的老房子，19 世紀木屋的木材來自挪威和丹麥，曾經作為銀行，後來改做酒店。酒店後面的小屋，牆上都換滿了壁畫。這個小鎮最少有五家酒店，證明這裏有吸引力，很多遊客到訪。

啖一口大江東去

早上郵輪泊在一個只有 400 人的小鎮，Djupivagur。在這裏坐兩小時巴士前往 Hofn，最接近冰川的城市。

冰島 Vatnajokull 國家公園有 13,900 平方公里，佔冰島面積 8%，是歐洲（除俄羅斯）最大的國家公園，也是觀賞冰川的地方。

經過一條渾濁黃泥河，這是冰川水融解出來的，近年冰山融化的很快。沿途綠草如茵，黑白雙色綿羊處處。

吃午餐的農場餐廳曾經是一家小咖啡廳，冰島破產後發展旅遊業，每年遊客增長 20%，三年前改成可以容納 200 名食客的大餐廳，侍應都是年輕冰島人，態度殷勤，朝氣勃勃，全部黑色制服，餐具名牌，毫不土氣。吃的羊是自己養，魚是自己捕，看來旅遊業已為破產後的冰島殺出一條血路。

終於到達冰川公園。西元 1000 年是冰島的小冰河世紀，這兒的冰川形成於千年以前的冰河時期，其時遍地大雪紛飛，銀妝素裹；而在地球的另一端，北宋的蘇東坡剛創作了千古名句《念奴嬌·赤壁懷古》：「大江東去，浪淘盡，千古風流人物」，那是中土的黃金時代、天朝

的文藝復興。

　　一千年過去，宋疲金盡元朝攻，明滅清亡亂悠悠，中原在腥風血雨之中換了幾個朝代；那邊廂冰島建立了世界最早的民主議會，避過了兩次世界大戰的蹂躪。來到現代，19世紀工業革命令二氧化碳急劇增加，溫室效應導致地球溫度上升，令這個源自宋朝時期的冰川開始融化。1965年這兒出現了一個潟湖，1975年時才8平方公里，1998年已經增至45平方公里，還可以讓船航行其中！湖面飄浮着零零星星的冰塊，並非我們常見的透明，而是呈現神秘的冰藍色！

　　冰川冰呈淡藍色，經過千年漫長的歲月，冰川冰由於壓力變得緻密堅硬，一些冰川冰甚至比鋼鐵還要堅硬。而由於冰中含有微小氣泡，紅綠光的衍射能力強能穿透過去，藍光波長則較短，被散射，令冰川冰呈神秘而瑰麗的藍色。國際冰川編目規定：凡是面積超過0.1平方千米的多年性雪堆和冰體都應編入冰川。

　　天空為甚麼藍？大海為甚麼藍？其實天空中本無一色，佛陀在二千五百年前已經觀想到「是故空中無色」（《心經》）。人類約能區分一千萬種顏色，萬變均來源於「三原色」紅色、綠色、藍色，各自對應的波長分別為700nm、546.1nm、435.8nm，純淨的藍色最短，所以我們肉眼看天空、看海，均呈藍色，但並不意味天海本身是藍色。還不懂？色即是空，就是這個科學理論的古典名句。

　　職員是一個剛強的美少女，全副防寒武器比男人還英氣，指示我們穿上救生衣。她徒手在湖中撈起一塊浮冰，用冰椎鑿開分給我們。冰塊晶瑩剔透，形狀奇特，像雕塑一樣，卻硬如石頭。看着冰塊在手心慢慢融化，用舌頭舔舔，凍到震，像雪條，有一點點鹹味，冰川本是淡水，但這潟湖連接大海，形成鹹淡水湖。想到這冰原與蘇東坡同年代，經過千年相距千里，我們竟然相遇。舔一下「大江東去」，不禁想起冰島的國歌：「對於你，一天就是一千年，一千年就是一天」。

拿上手的是冰，啖的卻是歷史的味道。

藍得迷人卻已逐漸消失的千年冰川

霧之戀

「白霧茫茫，有位佳人，在水一方。」霧，為古今中外多少文人墨客提供了無窮靈感。

我們從 Vatnajokull 國家公園再坐兩個半小時巴士，回到今天上午泊船的 Djupivagur 小鎮。海面霧茫茫，一半霧一半山，山上有一座渾然天成的金字塔，塔尖還鋪滿了雪。令人無限遐想，哪個法老王比維京人早五千年捷足先登冰島？

登上橡皮艇，海面起霧，濃得伸手不見五指。根本看不見 Hurtigruten，直到十米開外，才發現方舟赫然矗立面前，令人嚇了一跳！

吃晚餐時英國人 John 說：「這就像是福爾摩斯的場景！」大霧，幾乎是英國的代名詞，望向窗外，福爾摩斯似乎就能由白霧中現身，後面跟着華生，踏浪而來。等同中國人常說撥開雲霧見青天，真相總是隱身在濃霧後。

濃霧後，還有一座金字塔。

北極竟然有企鵝？

晚餐後 Manual 為我們講解冰島上各種鳥類，題目為「北國企鵝」。難道冰島「成功爭取」令北極有企鵝？

冰島現時有 314 種鳥，分 18 個家庭，其中真有和南極企鵝習性極為相似的北極鳥類兄妹們，牠們跟南極企鵝一樣，喜歡潛入冰水中捕魚，名為 Alcidae，包括 Auks、Murres 和 Puffin。像企鵝一樣，是在雪地潛水吃魚為生的鳥類。

南極企鵝尺寸越大潛水越深，直到 200 米，但不能飛。北極海鳥則體型細小會飛，但潛水不深，只有 20 米。着陸、起飛比較困難。鳥嘴較大，設計主要為捕魚。Puffin 不是土地主義者，不會霸佔土地，所以鳥巢都是小小的，鳥蛋很尖，故不會滾出巢。Puffin 在冬季和夏季樣子和腳趾顏色也不一樣，夏天比較鮮艷，因為求偶的關係。

Murre 是很常見的黑頭黑背白腹海鳥，Black Guillermo 是一種紅腳黑背白翼的海鳩，Razorbill 黑背白腹海雀，Little Auk 海雀等眾多海鳥，冰島因鳥類排泄物堆積的緣故，一千年土壤增高了 30 厘米！冰島不止長高了，也在長大之中。

冰島
第十一日

冰島長大了

地球表面五分之三是海洋，農業革命之後，人口不斷增長，國家數目越分裂越多，搶地盤的行為也更趨頻密。看看中國和多少個周邊國家有領土紛爭？歐亞大陸之間，互相擠壓，火山頻頻。冰島是世界上最年輕的島，1963 年至 1967 年火山爆發，令冰島舉國歡騰！因為火

山在南部海域爆發，形成了 15 個新火山島：Surtsey。

Surtsey 是冰島的最南端的火山群島，由 15 個小島（準確說應該是「礁」）組成。它是因海面下 130 公尺火山爆發而形成，於 1963 年 11 月 14 日突出海面。火山噴發一直持續到 1967 年 6 月 5 日，島的面積也達到最大值 2.7 平方公里。之後，由於風和波浪的侵蝕，導致島逐漸變小，到了 2002 年，其面積為 1.4 平方公里。

Surtsey 這個島名來源自北歐神話中的巨人史爾特爾（Surtr），是一位火神，火山學家在火山噴發期間集中研究了這座島嶼，之後植物學家和動物學家研究生命如何在這座原本光禿禿的島上形成。

《創世紀》的現代版：海鳥在 1970 年開始在此築巢，排泄物成為肥料，令島上生出綠草植被。1980 年海鷗也來了，帶來了種子，開始有植物生長，2004 年 Puffin 也在此築巢。現在有三十多種植物在島上生長，為了保育，沒有居民，具有科學價值，列入世界遺產！2009 年建天文台及 web cam，監控火山及科研。但這個島最重要的價值是擴大了冰島版圖，特別是冰島捕魚範圍！由於國際公約，領土附近 200 公里都可以捕魚，變相冰島不費一兵一卒就擴張了領土！而這國際公約，也因冰島而起。

遠眺禁止登島的新火山島：Surtsey

豆丁與巨人的鱈魚戰爭

冰島立國以來千年來都沒有打過仗，只有火山爆發，這個島沒有任何人工的干預，可以研究大自然的進化，所以成功成為世界遺產。對於一個千年都在腥風血雨、外辱內戰之中的苦難民族來講，實在很難明白，千年無戰事的滋味如何。

鱈魚戰爭（冰島文：Þorskastríðin，英文：Cod Wars）指的是 1958 年至 1976 年冰島與英國之間的漁業衝突。由於歐洲鱈魚最主要的產區就位於冰島海域，許多歐洲國家在該海域瘋狂的捕撈。這當然威脅到冰島漁民的生計，所以冰島政府先後多次宣佈擴大領海區域，由最初的 12 海里、50 海里，一直增至 200 海里。歐洲各國都遵照冰島政府的要求離開了，惟有英國，剛經歷完二次大戰，殖民地遍及世上每一個角落，自然不把這個小小冰島放在眼內。每一次冰島要求擴大海域，英國皇家海軍每一次都會與冰島開戰。

英國皇家海軍船堅炮利，相對冰島只有由舊漁船改造的土炮艦，二者戰鬥力真是無法相比。但豆丁冰島就是不怕英國巨人，開炮驅逐英國漁船，第一次鱈魚戰爭時英國顧忌北約施壓還未出手；第二次英國派出主力戰艦對冰島進行恫嚇，到第三次真正開火！最終因為北約以及後來的歐共體施壓，英國不得不承認冰島 200 海里的經濟專屬區。雖說每次冰島都是靠歐洲其他國家的壓力才逼退英國，但冰島人這份勇氣，也叫人肅然起敬！

熱情的冰島導遊

冰島的 Heimaev 島被譽為「北方龐貝」，島上的活火山曾於 1973 年爆發，但全島不但沒有傷亡，居民更同心協力對抗火山熔岩蔓延！

Hurtigruten 帶我們來到傳奇小島，熱情的導遊 Unnur 為我們介紹島上的文物和歷史。

「Heimaev 島曾經是冰島最多漁獲的島，富裕到居民想從冰島獨立出去！這裏的活火山曾於 1973 年爆發，因為前一天氣候惡劣，所有漁船停進港口，令所有五千多居民安全撤退……」來到 Heimaev 島，遇上無比熱情的導遊 Unnur，她三十七年前由首都嫁到這島，已經愛上這裏，她令這傳奇的北方龐貝更為難忘。

由她踏進巴士那一刻，我就知道這個導遊是與別不同的。此次冰島郵輪之行，共跟了十個不同的當地導遊。Unnur 不像其他導遊背向我們坐在巴士最前一排，她扭腰面向我們。所以我能看到她的臉很紅，很興奮莫名，本身就不太靈光的英文，因情緒激動就更加結結巴巴，錯誤百出。「我的名字是叫 Unnur，來自 Heimaev 島上一個家庭主婦。多謝你們，多謝！多謝！因為 Hurtigruten 是今年第一艘到訪郵船。我養了 30 隻羊，平時兼職做導遊。」那股初心的熱忱，就算聽不懂英語也能感受到。她拚命地向我們車上十多個各國遊客推銷這小島，當我們是腰纏萬貫的投資者。由上車的那一分鐘開始，沒有一分鐘休息或偷懶，鉅細無遺地介紹經過的教堂、學校、老人院、政府設施，「我們這島麻雀雖小，五臟俱全，由搖籃到墳墓，甚麼設施也齊備！」她指着曾經完全被火山灰掩沒的墳場，解釋上面寫着的冰島文《聖經》名言：I live n you will live。我想到我的墳墓上應寫上：I die n you will die（他朝君體也相同）。

「左邊這間小店 Gallery Heimaey 出售我們島民婦女自己織的毛衣和手套，每一件都不同，非常漂亮！」她手舞足蹈，向我們推銷姐妹們的手作，興奮程度遠媲美得到任何 Hermes 的包包或衣服。

出了小鎮，到了山邊。「你能夠看見那條繩子嗎？島上的男孩子，從小到大，都喜歡掛在這繩子上，由山這邊盪去那邊。邊盪邊大叫，Ho Ho Ho，像泰山一樣。」她就在車上叫起來。外面都長滿了野草，

實在沒有甚麼好介紹。「我的老公就是為了這繩子回到了 Heimaev！我和他三十七年前，在首都讀大學時認識。我們在首都結婚後，因為他想念這島上的朋友們，就帶我回到這裏。作為一個城市女孩，我剛開始不習慣，這裏太小，所以做甚麼雞毛蒜皮的小事情，都會變成全島的大新聞，其他人都會大驚小怪傳來傳去。我剛來時，穿着的衣服也成為整個島上研究討論的題目。慢慢地我就喜歡上了這個大家庭，鄰里互相幫助，甚麼事情都容易辦，

令我一見難忘的熱情導遊 Unnur

傳奇小島，寧靜而幽美。

我家水管爆了，當晚就有村民免費來幫我修理！」

巴士繼續開，除了火山熔岩，就是荒蕪野草。「因為我媽媽出生在 Heimaev，我小時候曾經回過這島。我只記得當時正在沖涼，媽媽就怒氣沖天地衝進浴室，責問我為甚麼要長開水龍頭？那時我才知道，這個火山島沒有天然淡水，居民平時收集雨水來用，所以每滴淡水都很珍貴！我後來和媽媽賭氣，一個暑假都沒有再在家沖涼，只是間中去游泳池當洗澡！1968 年才鋪了海底水管。」她指着窗外：「你們看，左邊火山熔岩十米下面就埋着我小時候游過的泳池！現在我們有了新泳池，那是挪威政府送給我們的禮物呢！哈哈哈！」外面還是黑黝黝的火山熔岩，我開始感謝她了，沒有她犧牲個人家庭私隱，向初次見面的陌生遊客大爆自己家事，我也不會了解到挪威和冰島兩國的母子關係。

聊完家事，她開始說歷史了。發現冰島的第一個維京人，正是挪威人。「這是 1627 年的部份城牆，防止北非利比亞海盜來搶冰島人做奴隸。當年海盜搶走 252 名冰島人，次年只有 30 個冰島人能夠活着回來，由當時的宗主國丹麥國王付一半款，家人付一半。上面那一間木屋，是挪威 2000 年贈送的木教堂，紀念基督教傳入冰島一千年。」

冰島最原始石屋的形態

孩子的笑容永遠比風景更美

「1980 年考古學家在這裏發現八間石屋，證明這是一千三百年前冰島最早有人居住的地方。冰島是歐洲最遲人類踏足的地方，所以我們的早期歷史不像其他國家一樣是神話，我們是信史。這石屋左邊是養家畜，右邊是住人，中間有通道。」

「這火山形成了一個天然的劇院，每一個單數年在這裏有盛大的音樂會。我四個兒子是一對搖滾樂隊成員，叫 Junyus meyvant，在冰島很出名，他們曾經在這個音樂會表演過，我為他們自豪！大家可以上網去欣賞他們的演出啊！」她找來筆和紙，寫下兒子樂隊的名字，再三叮嚀我回家要上網捧場！

冰與火之戰

巴士終於到達火山腳。「來，我們去爬火山口！」導遊平時下車都講集合時間就消失了，她卻要和我們一齊去爬這座她來了無數次的火山。旁邊的舊火山是五千年前火山爆發形成，這座新火山在四十四年前形成。

「1973 年 1 月 23 日半夜一點，半夜小孩醒來問爸爸：『今天又到了新年？外面怎麼在放煙花？』就在那一刻，地裂開了，岩漿噴發到半空。但是上帝在保佑這個島！之前一晚天氣惡劣，所有漁船都停在港口，於是居民發揮大家庭精神；互相幫助，年輕人去醫院撤走了全部病人，又去每個家庭敲門，救出所有老人家和小朋友，安排他們優先上漁船。一個多小時已經撤走了島上全部五千多名居民，無一死傷！」四十四年過去，Unnur 邊上山邊說，雖然氣喘如牛，猶有餘悸，但卻語帶驕傲。上到火山頭，刮起狂風，吹得人仰馬翻，舉步維艱。但她仍然堅持一邊爬山一邊講解。我看過電影《龐貝》，火山爆發時那種爭先恐後的混亂情況，和這島簡直是人性和修養的兩個極端。

火山博物館活現了火山爆發時民居受到的損害

　　安頓了所有人後，居民想到的不是逃走，而是對抗！「為了保住我們的港口，漁民們不顧安危，破天荒地想到把海水抽出來，向炙熱的熔岩不停噴射！」這是人類第一次不逃避火山，而是主動對付火山。最後，熔岩真的停了下來，港口變窄了，但就更加安全！「當時第一個救援的國家，就是中國紅十字會！所以，你看，這裏的火山口簡介就用了中文！」1973 年？那時的中國是文革後期，經濟處於快崩潰的階段，我那一年才四歲，記得在家鄉四川連飯也吃不飽，原來中國已經在支援冰島了。三年後，中國爆發唐山大地震，應災能力和這裏簡直天壤之別。要知道，火山爆發之前，必有地震，這也是 Unnur 教我的！

　　半年之後，火山爆發停止了，五千多名居民，三分之二回來，從火山灰中挖出家園。災後的小島因禍得福，面積大了一平方公里，而且有了地熱水，每天可以免費享用溫泉。火山爆發更令全世界知道了 Heimaev 這個不知名漁港，旅遊業發展起來，火山觀火成了重要收入。今年將有 44 隻遊艇來訪，現在五成人口以捕魚為生，還有五間魚加工廠。第二重要的產業就是旅遊業！由於中國遊客越來越多，兩年前開了這島上唯一的中餐廳「廣東餐廳」，24 歲的姓黃少東來自廣州。

「這個島共由 11 次火山爆發形成,所以有 11 個火山口。司機,停一停!左邊路邊這個標誌,寫着 260 厘米,就是紀念當年路上火山灰的高度!最後我們都沒有浪費火山灰,都用來了做建築材料!」

「崖壁上有 Puffin,你們看到嗎?要看嗎?我們可以在這裏停一會,帶你們下去拍鳥!」她不但不趕着收工,還臨時加送了一個節目給我們!海邊的狂風比火山口更猛,眼睛睜不開,不知道是甚麼打得臉上很痛,我以為是自己的頭髮,還是下雨了?最後才發現,是狂風吹起了地上的小石子,吹到臉上像被人不停摑耳光一樣。

又是 Unnur 的聲音,從風中石頭打到臉上傳過來:「這不算很大風,現在風速每秒才 20 米!我見過風速高達 64 米,吹起海浪達 23 米,浪花打上公路,我們都去撿魚呢!」她在風中笑,我在風中哭,因為石子被吹進眼睛裏,疼得我直流眼淚!還拍甚麼 Puffin!

「快看,這是世界上最大的非洲象!這是象鼻山,仔細看有兩隻大象!這是一個 18 洞的高爾夫球場,有很多人在這裏打球。2006 年在 15 米火山灰下面,挖掘出這房子,現在成為火山博物館!你們一定要去看一看!」送我們回到碼頭後,行程完結了,已經超時了半小時。她還主動提出用車送我們去火山博物館!盛情難卻,我們又一齊去火山博物館!相比她七情上面、親身體驗的解說,博物館的錄音解說就相形見絀了。

這裏有一間很大的超級市場,供應豐富,完全和大城市的沒有區別,但和其他小島上的士多卻有很大區別。這裏的蔬菜供應豐富,四個蘋果要 498 克朗。

冰島 11 天的行程到了終點,最難忘氣候很惡劣,不止一日四季,剛剛風和日麗,轉眼狂風起,非同小可,可以吹走人,也可以吹起石仔打在臉上、吹進眼睛,戶外呆幾分鐘就手腳冰凍,提醒我們身在冰島!這也是火之島,火山頻頻,為冰島帶來災難,也有好處:地熱、溫泉、藍湖、新的疆土。

Hurtigruten 郵輪上的工作人員

網上旅行社的優勢

晴天霹靂！不，雨天霹靂！

在人煙稀少的冰島每天遊山玩水，郵輪上大部份時間沒有手機網絡，我一直用 CSL 的漫遊，也沒辦法！昨天上午到了港口終於有了網絡，收到 Expedia 的電郵通知，我的冰島航空回程機（由冰島首都雷克雅維克至哥本哈根）延遲了三小時！但這一延，我就無法接駁由哥本哈根至香港（經蘇黎世）的瑞航班機了。上網查其他由冰島首都雷克雅維克至哥本哈根的班機，才發現冰島航空其實是取消了我那班中午機，和另一班下午機合拼，實在可恨也！惟有向 Expedia 求助，他們很快為我找到另一班 SAS 的早機，雖然就要一大早出機場，總好過要在哥本哈根滯留一晚，於是放下心頭大石，才可以繼續遊山玩水。

我在當天上午已經搞定了新機位，郵輪公司當晚才宣佈這個噩耗，同船有十多人都受影響，為撲機票亂套了。一位澳洲太太 Beryl 氣急敗

壞地來問我，現在香港是幾點鐘？因為她打電話給澳洲悉尼的旅行社要改機票，一直沒有人聽電話！科技先進了，我才可以隨時上網，早過船友們半天知道冰島航空取消班機的消息，而我的線上旅行社 OTA（Online travel agency）優勢為 24×7，不必理甚麼時差，甚麼旅行社辦公時間，隨時候命，任務達成！Beryl 急得像熱鍋上的螞蟻，我惟有建議她下次找 Expedia 訂票！

回程就發達了，坐上了 2016 年瑞航剛剛買入的波音 777-300ER 客機！座位更寬，桶型的座椅可以 180 度平臥，電視屏幕也大了，為 16 吋。遙控器加了屏幕，可獨立顯示飛行圖。最大的驚喜，是一個秘密「夾萬」！長途機大家都會睡覺，惟獨「機艙老鼠」徹夜不眠，就等待你入睡後下手。以前要抱緊自己的銀包護照之類入睡，現在就可以放在自己才能開到的私人櫃子之中，安枕無憂！最重要是，這次真的可以睡得着了！

要告別冰島了

晚餐叫了 San Pietro Ham 配水牛芝士，主菜是香蒜橄欖薯仔，甜品為櫻桃布甸，瑞航的素食由蘇黎世百年老店 Hilti 設計，健康美味。最令人讚賞的是這款 777 可以大量節約燃油，減少二氧化碳排放。

冰島印象

這冰與火鍊出來的島是強悍的：男人強，女人悍。三十萬人而已，已經在三次鱈魚戰爭中打敗了對手。這對手也非等閒之輩，兩次世界大戰不敗於德國，五千年第一個打敗中國的歐洲國家，子國及殖民地有六十多個，還越洋打贏了阿根廷。日不落大帝國，竟敗於家門口的小小冰島，這已經不關晚餐能否吃到鱈魚的問題，而是我們曾經的宗主國實在是丟了面子。

在機場，重遇 Hurtigruten 郵船上智利人教授 Manual，我談起我的冰島印象。「你看看，前方這個冰島女人，她大腿比我腰還粗！我肯定會被她一下子壓死 KO ！」他也同意冰島人極為強悍。

這個世界最北國，氣候極端惡劣。冬春季冰封半年，夏秋季也好不到哪裏。這次冰島之旅，由五月中到六月初的半個月，表面溫度 6 至 12 度，但實際體感溫度完全不同。一天四季，忽然下雨，忽然刮風，東山飄雨西山晴。

回到香港，天氣熱了廿度！一覺醒來，蟬鳴鳥叫、青蛙呱呱叫，我才感覺回到了生物多樣化的亞熱帶地區了。冰島面積幾乎是香港的一百倍，人口就是香港的 4%，地廣人稀。香港和冰島的緯度相差 43 度，這島國應該是香港的兩極了：地大人少、人跡罕至、氣候嚴峻、蛇蟲鼠蟻都沒有、自然風光壯麗、敢與英國為敵。已經破產，全國沒有一間麥當勞。和中國相比，更加小國寡民、人民純樸，全國沒有名店，崇尚簡樸和自然。

第五章

海洋航行者號：
和媽媽去沖繩

家庭同樂日

　　每一年的暑假都是不少家庭的同樂日，我也不例外，每年扶老攜幼的，浩浩蕩蕩一起出外共聚天倫。以前都是岸上遊，由於家裏有小有老，目的地往往都是日韓泰台。坐飛機沒有問題，但是參加的家人眾多，安排陸上交通比較麻煩，每次都需要安排一至兩台車，還未計預約吃飯的餐廳，單是打電話預約已令我頭都爆炸了！

　　為了方便和舒適，過去兩年我終於說服全部家人，跟我的著作《提前退休：坐郵輪遊世界》般坐郵輪旅遊。現今的郵輪越來越大，就像一間移動的酒店，甚至城市，無論去哪裏，都不用每天收拾行李轉換房間，也不用趕車、趕船、趕時間；在船上好吃好喝，管家服侍周到，甚麼也不用自己安排。而且娛樂設施齊備，sea day 也不愁寂寞。搭過兩年郵輪假期去了台灣和越南後，家人也中了郵輪毒。

巨型的郵輪其實是一座移動的酒店

新碼頭的好與壞

搭飛機要去機場，乘郵輪當然要去郵輪碼頭。從前搭郵輪都是在海運碼頭出發，但今次的皇家加勒比海洋航行者號以啟德郵輪碼頭為起點，是另一種新體驗。啟德郵輪碼頭來過很多次，去過郵輪上船吃飯、參加活動、派對等等，但是從這裏出發，揚帆出海，還是第一次。

相比海運碼頭，啟德郵輪碼頭缺點是交通不方便，比以前的啟德機場更加遠離民居。家人由成都、深圳、大埔、觀塘和西貢等不同住處前來，一行十人約好在九龍灣的德福廣場集合。怎料去到的士站卻發現大排長龍，小巴站反而沒有人龍，於是一行人坐上 86 號小巴，浩浩蕩蕩的前往郵輪碼頭。

三千人的大郵輪，行程食宿無需顧慮，惟有登船、下船需要漫長的等候，也是考驗耐性的時間。這時啟德郵輪碼頭的優點馬上顯露無遺：寬敞的大堂洋溢着柔和的自然光，32 個 Check In 櫃枱一字排開，大批職員恭候客人，而不是海運碼頭的幾個櫃枱前人山人海，如同走難般難受。先苦後甜，就是這樣。

寬敞的大堂與數量眾多的 Check In 櫃枱，令登船不再是走難的過程。

根深蒂固的種姓

上船後，先去 11 樓帆船自助餐廳吃午餐。

餐後消防演習，再回房休息。我的房間編號是 1350，但樓層卻在 11 樓，令人不解。不過房間裝潢不錯，除了海景露台，還有一個頗大的 walk in wardrobe。

船靜靜的駛出了公海，我也不知不覺間睡着了。睡醒後管家 Petro 來執房，他來自印度果亞，在這裏工作了七個月。我問他是天主教徒嗎？果然是，在葡萄牙殖民四百五十年後，果亞成了印度唯一的天主教省。我問他果亞有沒有種姓？原本以為天主的兒女平等，怎知還是有三種種姓：Bramin 地主、官員；Chad 商人；Sucha 平民工匠。雖然有三種，但已經比印度其他地方少。

這船上有 1,100 個船員，其中 200 人為印尼船員、200 名印度船員、100 名中國船員。

郵輪上吃新斗記

我每年都坐數次郵輪或河船，飲食是重要一環。最貴的五星級銀海和水晶郵輪，餐餐都有魚子醬、龍蝦和香檳，西餐固然好，但船上也有 Silk Road 的日本餐廳，請來名廚 Nobu，照顧一下亞洲人的味蕾。

以香港為母港的兩大品牌：麗星及皇家加勒比，當然明白「民以食為先」的道理。去年坐處女星號，有「甘飯館」的皮蛋酸薑、烤鴨、叉燒，又有米芝蓮名店「夜上海」的燻蛋、脆皮素鵝、菜膽雲吞濃雞湯、清炒蝦仁、生煎包，完全滿足家中老人家的口味，他們對西餐幾乎敬而遠之。

今年全家上皇家加勒比的「海洋航行者號」，六日五夜去沖繩，

好彩都不輸蝕。於佐敦起家、以港式小炒起家的新斗記，自從被米芝蓮一星加冕後人氣更旺。去年吃新斗記，是港龍航空 CEO 請客，宣佈合作飛機餐。上完天再下海，這次新斗記和皇家加勒比合作，藍寶石餐廳提供粵菜。最抵讚是藍寶石餐廳乃免費餐廳，任何乘客都可以入內吃晚餐，有這種水準和名牌粵菜餐廳的菜單，算是意外驚喜。中午就吃自助餐，好在也有中菜，簡單如水煮通菜，加入腐乳已經比炸雞薯條健康而美味。

晚餐去藍寶石餐廳，每晚有五款前菜、四款主菜，以及四款新斗記粵菜，頭九款是西餐，例如紐西蘭青口、烤三文魚、法國蝸牛等，最正是新斗記的粵菜，我們幾乎每晚都點齊全部四款，例如椒鹽白飯魚，椒鹽味不重無搶味，炸皮薄而脆口，菜膽上湯雞就雞滑飯香。我們還點了一支加州Rose 紅酒，29美元，十分抵飲。

船上的免費餐廳藍寶石餐廳，提供的餐飲絕不失禮。

無風浪的幸福

　　沖繩第二天是航海日，早餐後和媽媽坐在甲板上，我看書，她看海。相聚無言，但心貼近。

　　午餐時，人太多，餐廳都沒有座位，我們一行十人，要分開四張桌子，胡亂吃了點，就各自回房休息午覺。睡醒已四點，全家人去泳池旁邊吹風，小孩們去游泳。

　　晚餐是 sit down dinner，由於郵輪使用「E-sea dining」座位安排，旅客可以自由與同行親友同坐，不受指定枱號限制。我們每晚全家十個人一張桌子吃飯，兩個小孩都懂英語了，我要他們用英語點菜。一家人聚在一起，開一瓶好酒，閒話家常，毋須驚險情節動人劇情，已是最好的家庭樂。

郵輪上的露台，既是看海又是看書的好地方。

每晚十個人圍在一起閒話家常，就是
最好的家庭樂。

日落下看書絕對是人生一大享受

EQ 與心靈大考驗

為了避開台灣海峽的颱風，郵輪在第三天提早了四小時到達沖繩，也會提早半天離開沖繩。上午九時到達那霸，一共有兩千多人要下船，大部份是沒有郵輪經驗的內地遊客，混亂、爭先恐後、大聲喧譁是免不了的。今天也是我失去互聯網信息 30 小時後，第一次上了網，我的 WhatsApp、電郵和 Facebook 有幾十條信息要處理，十多項工作要回覆，而且我有十個家人同遊，扶老攜幼，一人一句，吵鬧喧譁，簡直是對 EQ 一大考驗。

碼頭上有免費接駁巴士，由那霸市政府提供，接送到市中心國際通。沖繩的空氣總是瀰漫着輕鬆慵懶的度假氣氛，這裏沒有大阪的商業氣氛或者東京的緊張，上次來也是純粹度假。

兩人兩輪兩腳，推着媽媽的輪椅逛街，感覺完全不一樣。不能想跑就跑，想停就停，想走就走：有的商店有樓梯免進，有的道路有斜坡太危險，店舖地上堆滿貨物通道窄狹，此路不通。腳步放慢了，不然自己想逛的地方就逛，這也是一種特別的修練。同時間，手機不停響，whatsapp、wechat、電郵、FB，而我的雙手都在輪椅扶手上，十幾個人都以為我終於在線了，會立即回覆他或她，這更是心靈的修煉。同時還有八位家人，嘰嘰喳喳，用三種方言和我說這樣那樣，然後要我為他們翻譯日語！

國際通還是老樣子，星砂雪鹽石敢當。兩年前多了一間四層高的 Donki Hodai 24 小時激安殿堂，就是當地大新聞了。

我帶大家到第一牧志公設市場，二樓的海鮮餐廳吃海葡萄、魚生、苦瓜炒蛋，又去一樓海鮮檔買了兩盒海膽，1,000 日圓一盒，拿上二樓去吃。想不到餐廳職員面有難色，叫我下次不要在下面買，但以前一直就是在下面買海鮮，帶上樓上吃的，這才是魚市場的風味呀！

吃完了就逛市場，為媽媽買了黑糖、黑毛豬等土特產。又去 Donki

終於歇下來，吃海鹽雪糕

Whatsapp 在響、wechat 在響、電郵在響、
FB 在響⋯⋯我仍然推着母親走在沖繩街頭上。

Hodai買日本米、食物一大堆，現在食物買滿5,000日圓也可以退稅了。三點鐘已經打道回府，只有小孩們繼續在國際通上逛。

各自精彩

由於風球的關係，提早了半天離開沖繩，每個人賠了300塊人民幣。這安排對我們影響不大，反正父母都不會逛很久，走半天路已經很累了，他們都想回船休息，而且在船上的娛樂設施也毫不缺乏。

晚上餐廳職員跳 Gangnam style 大叔騎馬舞，老外（包括船員、乘客）個個都放下手上工作或刀叉，個個識跳騎馬舞，識唱一句 Oppa Gangnam Style。

我們每天晚餐後去逛皇家大道商店街，媽媽看包包，爸爸看紅酒，最後一天大道上有歌舞表演，洋妞們勁歌熱舞，即使全部是英語歌，大媽們也邊聽邊扭，洋妞們還拋出糖果，令大媽們瘋狂搶奪。將郵輪氣氛推至最高。

爸媽輩逛郵輪上的商店街，孩子們也沒有閒着，甚至每天都不想

郵輪上不愁娛樂設施，各自精彩。

全船人不分國籍
膚色都一起跳
Gangnam style
大叔騎馬舞。

吃飯，因為太多節目可以玩，打籃球、攀岩、衝浪、乒乓球、高爾夫球……每天都忙個不停。當中最受歡迎最特別的是模擬滑浪。

模擬滑浪分為坐立式和站立式兩種玩法。這個模擬滑浪位於船尾正是它的地理優勢。模擬滑浪對海的那面沒有任何東西遮擋視線。小孩們的評語是：「在滑浪時可以吹着清涼的海風，將眼前海天一色的景致盡收眼底，有如自己真正置身海洋乘風破浪一般。」

所以他們拉了我一同去玩衝浪，小孩子的平衡力很好，看着他們踩着滑浪板，在不斷襲來的微型海嘯中努力保持平衡，雖然一次又一次被海浪打得滿地找牙，像隻狼狽不堪的落湯狗一樣，但這完全沒有令他們沮喪，反而覺得很痛快！所以他們玩第三次已經可以站在衝浪板上超過一分鐘，但我一秒鐘已經跌下來了，被人工浪衝上去。

另一種令小孩們着迷的活動是海上攀岩，雖然海洋航行者號十分穩定，但仍免不了有些許晃動。而在這種搖晃的情況下要準確無誤地

在海中心打高爾夫球完全是與平日不同的體驗

海上衝浪與攀岩絕對是體力的考驗

抓緊攀岩牆上的突出物，確實是一個新的體驗。海洋航行者號亦有舉辦諸如乒乓球比賽、籃球比賽、速度攀岩比賽的活動，在漫長的旅程中添上一點刺激與活力。

www.cosmosbooks.com.hk

書　　名	提前退休3 ──坐郵輪遊冰島、大西洋、太平洋
作　　者	項明生
責任編輯	郭坤輝
美術編輯	楊曉林
封面設計	郭志民
出　　版	天地圖書有限公司
	香港皇后大道東109-115號
	智群商業中心15字樓（總寫字樓）
	電話：2528 3671　傳真：2865 2609
	香港灣仔莊士敦道30號地庫/ 1樓（門市部）
	電話：2865 0708　傳真：2861 1541
印　　刷	亨泰印刷有限公司
	柴灣利眾街27號德景工業大廈10字樓
	電話：2896 3687　傳真：2558 1902
發　　行	香港聯合書刊物流有限公司
	香港新界大埔汀麗路36號中華商務印刷大廈3字樓
	電話：2150 2100　傳真：2407 3062
出版日期	2017年7月初版 · 香港

FIND YOUR
MUSE

INTRODUCING SILVER MUSE – NOW SAILING

With less than 300 suites, the ultra-luxury *Silver Muse* is the epitome of Silversea excellence. A small, intimate ship with uncompromised levels of service, comfort, design and accommodation, she offers tailor-made experiences to last a lifetime. From tranquil niches and observation areas to an unprecedented spacious pool deck, our tailor-made outdoor spaces have been conceived so that time spent aboard is most definitely, time well spent.

Intimate Ship ◆ Ocean-view Suites ◆ Butler Service ◆ Complimentary Beverages ◆ Menu by Relais & Châteaux

2015及2016連續兩年最受歡迎郵輪公司
BEST CRUISE LINE OVERALL

海洋航行者號　甲板衝浪

雙輪出航　開啟非凡國際旅遊體驗

瘋玩之選

4晚 三亞·峴港之旅
適合熱愛陽光海灘一族
香港 → 三亞 → 峴港 → 香港

出發日期 VY
船上代船越南首艙 只需 $6 美元
・7月14日
・9月1日 李幸倪 Gin Lee

家庭首選

5晚 峴港·芽莊之旅
一次過享受歷史，美食，文化
香港 → 峴港 → 芽莊 → 香港

出發日期 VY
・7月18日　・8月27日 達明一派
・8月11日　・9月10日 盧冠廷
・10月17日 OV
・11月3日
船上代船越南首艙 只需 $6 美元

暑假首選

4晚 高雄·台北之旅
停泊時間長，食及玩盡日與夜
香港 → 高雄 → 台北 → 香港

出發日期 VY
・8月2日
・8月16日

人氣航線

5晚 沖繩之旅
停留1晚，充足時間購物及觀光
香港 → 沖繩 (停留1晚) → 香港

出發日期 VY
・7月9日　・8月6日　・9月5日
・7月23日・8月20日
・10月22日 OV
・10月29日

從香港啟德郵輪碼頭登船及離船　VY 海洋航行者號　OV 海洋贊禮號

海洋航行者號適用：功夫熊貓夏令營　特備音樂會 (座位有限，先到先得)